Vila Vermelho

JETER NEVES

Vila Vermelho

1ª edição

EDITORA RECORD
RIO DE JANEIRO • SÃO PAULO
2013

CIP-BRASIL. CATALOGAÇÃO NA FONTE
SINDICATO NACIONAL DOS EDITORES DE LIVROS, RJ

N424v Neves, Jeter, 1946-
 Vila vermelho / Jeter Neves. – Rio de Janeiro: Record, 2013.

ISBN 978-85-01-40196-0

1. Romance brasileiro. I. Título.

13-0143   CDD: 869.93
                                    CDU: 821.134.3(81)-3

Copyright © by Jeter Neves, 2013

Capa: Carolina Vaz

Editoração eletrônica: Abreu's System

Texto revisado segundo o novo Acordo Ortográfico da Língua Portuguesa.

Direitos exclusivos desta edição reservados pela
EDITORA RECORD LTDA.
Rua Argentina, 171 – Rio de Janeiro, RJ – 20921-380 – Tel.: 2585-2000.

Impresso no Brasil

ISBN 978-85-01-40196-0

Seja um leitor preferencial Record.
Cadastre-se e receba informações sobre nossos lançamentos
e nossas promoções.

Atendimento e venda direta ao leitor:
mdireto@record.com.br ou (21) 2585-2002.

"...mais alguns minutos — só mais alguns minutos — e vou estar longe da Vila, de sua gente e de suas lembranças... Ainda há pouco me desfiz dos cartões-postais... Por um instante pareciam borboletas na tal brisa da tarde... Um a um foram pousando nas águas turvas do rio Vermelho... Águas turvas, águas turvas... Não, melhor 'águas mortas'... Os postais foram pousando um a um nas águas mortas do rio Vermelho... Sim, é isso... Num gesto largo, atirei o punhado de cartões da ponte de ferro... Ah, a velha ponte inglesa, ainda firme depois de um século — me assusta pensar que a miserável vai sobreviver a todos nós!... Mas que foi uma cena incrível, lá isso foi! Breve e de uma beleza pungente, diria o Professor... Tenho certeza de que diria 'pungente', se pudesse falar — será que o Professor não pode mesmo falar?... Os cartões-postais pareciam borboletas naquele voo errático de borboleta... Sim, uma imagem e tanto... Alguém já disse que uma imagem vale por mil palavras... Quem foi mesmo que disse que uma imagem vale por mil palavras?... Os postais pousando um a um nas águas mortas do rio Vermelho, como borboletas num filme — mas que filme?... Devo ter sonhado... Humm... Uma imagem e tanto..."

Primeiro dia

(sete dias antes)

...*falsa* notícia me trouxe à Vila. O jatinho aterrissou no aeroporto da cidade, e de lá segui para o cemitério, na Vila. Um funcionário informou que não registravam defunto pelo apelido. "'Tié' não é apelido", corrigi. O homem riu: "Parece nome de passarinho". Deixei o cara rindo sozinho e fui conferir. Foi assim, meio por acaso, que achei o túmulo do Mário — tinha me esquecido do túmulo do Mário. Seu mármore estava mais branco do que minha camisa, e a placa de bronze com o brasão da Marinha faiscava ao sol. E flores, muitas flores. Pior: flores vivas, intensas, cultivadas por mãos habilidosas, não havia dúvida! Voltei ao funcionário, precisava encontrar o túmulo do Tié. Devo ter sido grosso, admito, mil e tantos quilômetros esculacham o humor de qualquer um — eu não ia admitir que o mau humor era por causa dos cuidados com o túmulo do outro. "Não tenho culpa se o seu defunto não está no meu cemitério", o funcionário disse. "Não é 'o *meu* defunto'", corrigi, "e o nome dele é Tié Mundinho de Jesus!", menti — "Tié" e

"Mundinho" ele era, de fato, mas o "de Jesus" inventei na hora... Está bem, admito: falei umas bobagens com o funcionário — eu não estava no meu melhor dia. O sujeito levantou da cadeira, quis engrossar; vi que já era hora de deixar os mortos e procurar Tié no endereço dos vivos. Não imaginei que fosse ter problema. Tive. A Vila cresceu dez vezes nestes quarenta anos, virou um formigueiro de edículas. "Edículas"!... Hum... Aceite esta palavra como uma modesta homenagem ao seu português culto, Professor... "Edícula", francamente!...

...resumindo: encontrei o Tié. E vivo. Vivo como uma sempre-viva. Veio ao meu encontro fumando um charuto — um mata-rato, é verdade, mas ainda assim um charuto. Um charuto é um charuto é um charuto, diria o poeta. Ele parecia um mandachuva da contravenção: chapéu-panamá, calça branca de linho, camisa estampada de girassóis do tamanho de pizzas e um sapato de duas cores. Tive que rir, afinal eu tinha feito mil e tantos quilômetros porque ele tinha morrido! Ver Tié tirando baforadas do charuto e saltitando como um saci num sapato de duas cores valeu por cem mil horas de voo. Mais tarde, ele me confidenciaria que não devia estar fumando, que fazia aquilo de birra pra aporrinhar a mulher e testar a vigilância das filhas. "Esse é o velho Tié!", falei, e ele riu. De alguma forma, continua o mesmo. Junto com Taú, o irmão gêmeo, ele fez a viagem mais maluca de que Vila Vermelho tem notícia. Isso foi no ano da copa da Suécia, a sexta copa, se não me engano. Ano aziago aquele — não pela copa, claro, naquela a nossa seleção se deu bem, mas o ano: 1958...

..."*quem* é vivo sempre aparece", ele disse, roubando minha fala. Apesar do charuto, da muleta e de uma perna a menos, o restante parecia em bom estado. Do lado sem perna, a calça estava dobrada até a metade da coxa e presa por clipes. Sim, senhor, então ali estava o Tié, em carne e osso. "Com menos carne e menos osso", ele diria, sem dúvida, se fosse eu o perneta e ele o inteiro. Tié é o único além de mim que conhece quase toda a história. Taú, o irmão gêmeo, não conta, esse ficou idiota de vez desde a famosa viagem ao Rio de Janeiro. Isadora conhece parte da história, mas não sei se vai querer me ver. Dos outros não faço ideia de quem está vivo e quem está morto. Tié falou, com um toque de humor negro, dos problemas que tinham levado sua perna direita, justamente a dos dribles curtos e finalizações certeiras. Três amputações: primeiro o pé, depois a perna e, por último, parte da coxa. "Quando eu botar a perna de pau, vai ficar faltando só o tapa-olho e a mão de gancho", ele disse, sondando meu rosto. Levei um tempo para entender — às vezes sou lento: sim, sim, os piratas, os mares sem-fim, ilhas do tesouro, praias desertas, terras exóticas... Tié adorava filme de pirata, o sonho dele era assentar praça na Marinha... Mas achei melhor ficar calado porque ficar perneta deve ser uma merda. "Correu esse boato aí que eu tinha passado desta pra outra!", disse, me olhando no fundo dos olhos e, por um instante, ficando sério. É engraçado ele sério, não combina. "Notícia ruim tem perna comprida, meu *cumpade*", ele me examinava de um jeito ainda desconfiado. "Vim a negócios", menti. "Sei...", disse ele...

...*Tié*... Tié é o meu perdedor favorito, Professor, meu modelo supremo de fracasso. Os ianques têm um nome para isso: *loser* — perdedor, fracassado, fodido —, aprendi nos filmes deles. Lá, o sujeito tem de ser positivo: catar as folhas secas no outono e manter a grama aparada no verão, pintar a casa na primavera e decorar para o Natal, ir ao culto dominical e ser membro do Rotary; ser veterano de guerra e ter armas de fogo em casa. E ter sempre que dizer: "I'm OK", "I love you, mommy", "I love you, daddy"... Eles desprezam perdedores, o fracasso é contagioso. Deve ser por isso que ficaram ricos. Duas coisas no Tié não mudaram: a condição de perdedor e a língua afiada. Apesar de perdedor, virou meu herói, ele e o irmão gêmeo — não, não estou brincando, mas não quero falar disso agora, quero falar é deste galpão, foi Tié quem me deu o toque. Tiro o chapéu para a velha construção, esses tijolos aparentes, essas estruturas metálicas e as claraboias, as incríveis claraboias, como uma estufa de mansão de filme. O galpão veio da Inglaterra como um brinquedo de montar. A ponte também. O galpão continua firme como a casa do evangelho, construída na rocha. Nada mal para um imóvel que completou o primeiro século e que tem tudo para atravessar mais cem anos em boa forma. Mas a mudança de entreposto para asilo me faz repensar o provérbio: "Parturient montes, nascetur ridiculus mus", a montanha pariu um rato. Está no *De arte poetica*, de Horácio, que você fez de tudo para enfiar na nossa cabeça, nas aulas de latim. Memória é o meu segundo maior talento — o primeiro é ganhar dinheiro. É preciso não ter constrangimento para falar de dinheiro. Os ianques não têm. Não é à toa que eles dizem "In God we trust", está até na moeda deles. Por isso são vencedores. E sem culpa.

Culpa é maldição de católico pobre. "A montanha pariu um rato", nada mal como epitáfio, um galpão de primeiro mundo que virou asilo de segunda...

...foi também do Tié a notícia sobre você: "Sabia que um antigo professor seu vive no asilo?" Tié sempre foi bom nisso de soltar uma frase e ficar sacando sua reação. "Quem será o infeliz", pensei — desculpa a sinceridade, Professor —, "quem será o infeliz internado num asilo?". Eliminei uns, imaginei outros e, admito, errei, você não entrou na minha lista de professores asiláveis. Como ia eu saber? Você, como se diz hoje, era um *top* de linha, elegante, altivo e cobiçado. A gente tinha uma grande reverência por vocês, professores pareciam ser para sempre, pareciam pairar acima do bem e do mal e viver além do espaço e do tempo. Isso mudou, é verdade, mas o que é que não mudou? Noutro dia vi um adesivo num carro: "Hei de vencer / apesar de professor / eu ser", assim mesmo, em três versos, e rimando. Os caras perderam o respeito... Sua respiração não está lá essas coisas, Professor. Toco a campainha? Chamo a enfermeira? Melhor não, deve ser o tal mal-estar passageiro. A Irmã explicou que é normal, quer dizer, ela não disse que é normal, disse apenas que faz parte do seu quadro. Para quem fumava com tanta elegância, não é uma coisa bonita de se ver, mas ela garantiu que está tudo sob controle: "Ninguém aqui vai ter um ataque na frente do senhor", ela me disse. "Fala com ele. Nosso mestre não pode falar, mas ouve e entende tudo. Fala com os outros também, visite nossos velhinhos, eles gostam de conversar, ajuda a passar o tempo", disse. Loquaz ela, Professor... "Loquaz", francamente...

...*andei* matutando sobre como tratar um ex-professor: *senhor*, *tu* ou *você*? Complicada essa coisa de tratamento, sempre tive dificuldade em lidar com isso. Você não se importa se eu chamar você de "você", não é mesmo? Sei que não se lembra de mim, seus olhos não mentem; e por que haveria de, não é mesmo? Quantos alunos passaram por suas mãos? Dez, quinze, vinte mil? O rosto franco do adolescente que um dia ouviu, primeiro cheio de reverência e depois com desdém, suas exposições sobre essência, verdade e razão se perdeu. Por trás dele, sobrou este, aleivoso e descrente — você deve ser o único, além de mim, que sabe o que "aleivoso" significa. Imagino o que um professor não daria por uma visão de raio X, como o Super-Homem, mas de outro tipo, de um tipo que deixasse você mergulhar no fundo da alma de cada um para flagrar tudo em tempo real. Será que o professor, nem que seja por um instante, fica imaginando que ali, bem na sua frente, estão o assassino, o ladrão, o deputado, o traficante, o agiota, o torturador, o corrupto, o corruptor, o advogado, o estuprador, o fanático, o fingidor, o presidente da república, o santo, o artista, o obscuro, o travesti, o suicida, o traidor...? Mas estão, e isto é tão certo quanto dois mais dois são quatro. Sim, estão todos ali. É possível reduzir essa lista a dois grupos: vencedores e perdedores. Você devia estar orgulhoso de mim, estou no grupo dos vencedores. Nas olimpíadas da vida ganhei medalha de ouro. Subi no pódio, venci. Mas venci porque aprendi nas suas aulas que o Bem sempre vence o Mal, que o sucesso e o dinheiro são uma prova da graça divina, que muitos serão chamados e poucos os escolhidos... Brincadeira, Professor, isso eu aprendi nos filmes e nos gibis. Ficamos assim então: você não precisa se lembrar de mim, eu não preciso chamar você de "senhor"...

*...**para*** os ingleses, mais do que um entreposto no meio da selva, este galpão fazia parte do seu quebra-cabeça civilizatório. Inglês tem uma crença meio sagrada na sua missão civilizatória. Outra coisa dos ingleses que sempre me impressionou é o tom casual — falsamente casual, quero dizer. Tudo neles é calculado para parecer casual — casual é chique. Mas a gente sabe que nada daquilo é o que parece ser, ninguém é mais calculista nem mais cheio de certeza. "Sem a nossa engenharia, sem a nossa língua e sem o nosso chá das cinco não existiria civilização", é o que estão sempre dizendo, mesmo que não usem palavras para isso. Além de galpões de ferro, pontes de ferro e estradas de ferro, foram bons em jogos de guerra, todo mundo sabe disso. Mas a gente sabe que nada funciona sem marketing. "A propaganda é a alma do negócio", a expressão deve ser deles, os americanos só aperfeiçoaram. Na boca de um inglês, um rato vira leão, desde que o rato seja inglês, é claro. O velho e bom marketing. Ouvi isso do Mário, na sua fase do contra. Bem, ele não disse "marketing" — essa palavra não existia —, ele disse "propaganda" — ou foi "reclame"? Naquele senso de humor que só os ingleses têm, deram à construção o nome de "Little Liverpool" — está lá, o preto no branco, nos anais da Câmara Municipal. Com esse truque, transformaram um pedaço da floresta tropical num lugar habitável. Aqui selecionavam e daqui exportavam nossos melhores grãos de café. Os antigos contavam que os índios apareciam de canoa nas águas ainda vivas do rio Vermelho para ver de perto aqueles gigantes de cabelo cor de palha de milho e pele alva de man-

dioca descascada que, depois de algum sol, ficava vermelha como pasta de urucum. A placa de bronze no monumento da praça diz que isso foi entre 1893 e 1898. Os ingleses vieram estender o ramal da estrada de ferro até o rio e construir o galpão e a ponte. O galpão e o ramal eram deles, a ferrovia e a ponte do governo, o rio dos índios. Os índios foram os primeiros a se foder, o rio se fodeu depois — governantes e ingleses nunca se fodem. Sempre quis saber o que se passava na cabeça dos índios ao ver aquele monte de caras-pálidas botando o mato deles abaixo e remexendo a terra feito larvas. Contam que ficavam cacarejando na boca do mato, parecendo galinhas-d'angola, apontando os caras, querendo tocar neles, querendo fugir deles, um passo pra frente, um passo pra trás, como nas danças de guerra. Dizem que os ingleses tinham autorização do governo para repelir a bugrada a bala. Mas, justiça seja feita, não foram eles que acabaram com os índios, ainda que não faltasse esse desejo. Li que o sujeito, depois que pega o gosto pela coisa, fica de pau duro ao meter uma bala na carne do outro. Ouvi dizer que vicia. Quatrocentos anos fazendo isso, os ingleses pegaram o gosto pela coisa. Recentemente, o galpão foi doado à municipalidade pela Companhia e virou este abrigo para doentes mentais mansos e idosos sem família — você está na segunda categoria, me disseram. O incrível pé-direito foi dividido em três e ainda sobrou em altura. O nível térreo foi dividido em dez alas, cada uma com dez camas de ferro, cada cama com cadeira e mesa de cabeceira, cada mesa de cabeceira com Bíblia e bilha d'água. Asilo não é o fim mais nobre para uma construção desse nível, mas podia ser pior, já vi prédio de três séculos virar templo...

*...**não*** reconheci a Vila: curtume, olarias, campo de futebol, rio... quase tudo desapareceu. Está certo que o rio continua no mesmo lugar, mas virou esgoto. Esgoto é esgoto, não conta. Ficaram a fundição, o patronato, a vila dos ingleses e este galpão. A vila dos ingleses foi tombada pela prefeitura, uma parte virou centro cultural, a outra, biblioteca pública. O galpão virou asilo e posto de saúde. Praticamente tudo o que os ingleses ergueram continua de pé: a vila, a estação, a ponte e o galpão — eles têm motivo para acreditar que são para sempre. Só o ramal da estrada de ferro não sobreviveu, os trilhos e os dormentes foram arrancados e vendidos para a fundição. O conjunto do patronato aparecia em meus pesadelos ora como prisão ora como labirinto: eu perseguindo uma pipa perdida num corredor que se bifurcava em outros corredores que se bifurcavam em outros infinitos corredores. O Patronato tinha oficinas, hortas, pomar, criação de pequenos animais e uma mata ao fundo. O diretor era um padre. Pela manhã, os internos que mijavam na cama eram postos de castigo no pátio, de pé, com o lençol mijado sobre o corpo, como fantasmas de desenho animado. Não podiam arredar pé do lugar enquanto o lençol não secasse. O conjunto era separado da Vila por uma cerca de arame farpado e tela de aço, mas ainda assim havia fugas. As recapturas eram exemplares: todos os internos eram convocados, e o fujão tinha que desfilar entre duas alas, debaixo de vaia. O alarido atraía a atenção da Vila. A gente corria para ver, era excitante, meu coração disparava. Alguns nunca foram recapturados, viraram mitos entre os internos. Nos domingos, depois da missa, os bem-comportados tinham permissão para passear, vigiados por três monitores. Os demais podiam chegar até a cerca que dava

para a rua, dezenas deles, de uniforme cáqui, alguns tão pequenos que pareciam de um jardim de infância, dedos agarrados à tela, olhando o movimento lá fora, aprendendo a ver o mundo através das grades. Domingo no Patronato era também dia de visitas, tinha lanche e futebol, as equipes deles surravam todas as de fora, é que além de treinar todas as tardes eles eram pretos, marrons, cinza e bege, e como se sabe gente dessas cores tem um talento desgraçado pra bola. Branco era raro lá dentro, mesmo assim um fantasma me assombrava: medo de ficar órfão e ser mandado para lá...

...*soube* da "morte" do Tié em Palmas, no Tocantins, onde tenho interesses de natureza, digamos, jurídico-fundiária. Você não faz ideia do quanto Tié significa para mim. Foi uma dessas coincidências, quer dizer, acredito que foi só coincidência: o nome dele surgiu por acaso, numa conversa com um forasteiro, cliente nosso. Dizem que o Tocantins é feito de forasteiros. Fala-se muita bobagem: novas fronteiras agrícolas, lavagem de dinheiro, especulação, grilagem de terra, pistolagem... Teve um tempo em que o Tocantins era parte de Goiás e ficava no Centro-Oeste. Hoje fica onde? "O Brasil fica na América do Sul. A América do Sul, no continente americano. O continente americano..." Essa, Professor, é uma lembrança das suas aulas de lógica formal. Havia até uma certa "árvore de Porfírio", acho que o nome era esse — veja só o que um moleque é obrigado a aprender na escola. Vamos ver se me lembro: "Substância: corporal e incorporal; corpo: animado e inanimado; vivente: sensível e insensível; animal: racional e irracional; homem...". Assim mesmo, tudo binário, igual computador. Encadeamento de conceitos, exercício de lógica, "aprender a pensar", você dizia. Aprender a pensar: a mesma conversa dos professores de gramática e de matemática. Algumas coisas a gente não esquece nunca. Por exemplo, a definição de temperatura: "conjunto de fenômenos meteorológicos que caracterizam o estado médio da atmosfera num determinado local". Essa é de geografia. Para o que serve aprender a definição de temperatura? Naquele tempo, Tocantins ainda não existia no mapa. Quer dizer, existia a terra, mas não existia o nome. O Tocantins não deve ser diferente da Vila do tempo dos desbravadores, só que com televisão e computador. Desbravador é o nome que o monumento na praça dá às hordas de aventureiros que chegaram na mata virgem atrás de terra para plantar café e *bang! bang! bang!*... Nosso escritório legaliza terras: terras devolutas, terras abandonadas e terras habitadas. Emitimos título, movemos processos de integração de posse, agenciamos, intermediamos, embargamos, processamos, desapropriamos, expulsamos... Terra pra cultura, terra pra pecuária extensiva, terra pra extração de madeira, terra pra extração de minerais, terra pra turismo, terra pra especulação... Terra, terra, terra! Não existe nada mais poderoso do que a terra. Não estou falando de sítios de jeca-tatu, estou falando de cem mil, quinhentos mil, um milhão, cinco milhões de hectares... Já se foi o tempo de índio zanzando pelado no mato com arco e flecha e posseiro atrasado estorvando o progresso. O mundo mudou, Professor. Aquela conversa de "minha terra tem palmeiras onde canta o sabiá" acabou, só existe em livro. E livro ninguém lê mais. Então essa história acabou. Com todo o respeito, você também está acabado, mas não é porque está entrevado e vivendo num asilo, é porque a literatura e a filosofia estão mortas. Não é nada pessoal, Professor...

...na casa do Tié, foi mais ou menos assim: veio uma mocinha atender, falei meu apelido e o nome do meu pai. Daí a pouco, veio a mãe. A velha me abraçou e lacrimejou minha camisa, sem cerimônia. Eu tinha guardado a imagem de uma mulher menos miúda. A velhinha tinha cheiro de resina de lenha e linguiça defumada, o rosto era murcho como uva-passa. Ela disse que os filhos sempre falaram de mim, que nunca se esqueceram de mim, que tinham todos muito orgulho de mim etc. Fiquei pensando num motivo relevante para isso, se a velha não estaria caducando, se não estaria me confundindo com outro, afinal legalizar terra de índio, defender madeireiro e pecuarista, fazer integração de posse e intermediar venda de terras para estrangeiros não angariam simpatia — essa gente de jornal não gosta de nós, eles esculacham nossa imagem. E ela falou tudo aquilo numa voz de carpideira, e sempre pedindo desculpa: "O senhor desculpa alguma coisa aí... O senhor desculpa alguma coisa aí..." Subserviência e humildade, não gosto, me tiram do sério...

...depois veio Taú — esta é a parte divertida. Ele sentou num banco perto da janela, as mãos entre os joelhos, balançando o corpo como um pêndulo, pra frente e pra trás. Tinha a cabeça raspada — se virasse a cabeça um pouco para a direita, a magnífica cicatriz na forma de lua minguante ia aparecer. O antigo tom da pele, cor de cobre areado, tinha

agora essa cor baça de quem passa os dias dentro de casa. A velha mandou ele me cumprimentar, ele obedeceu, mas não pareceu me reconhecer. Passou a mão duas ou três vezes em meu rosto, com a delicadeza de quem não sabe que o homem é o lobo do homem — talvez seu gesto ficasse mais natural em um cego. Havia uma ausência de infelicidade na sua expressão. A cada fala da mãe, ele repetia: "É... É..." De repente, como quem acabou de encontrar uma coisa perdida, o rosto se iluminou e ele falou, e era quase um grito, um tom de voz de modulação singular, como a articulação de surdo que aprende a falar: "Caburé! Caburé!", disse, apontando para mim. Em seguida, "Pato Garrincha! Pato Garrincha!", apontando para o próprio peito. E me deu um abraço — o mesmo cheiro resinoso e defumado da mãe. Em seguida, deu um passo atrás e começou a girar em torno do próprio eixo, enquanto braços e mãos faziam umas pantomimas incompreensíveis. Pensei se o infeliz não estava tendo um ataque. Como não vi preocupação nos outros, tentei achar aquilo natural. De repente, entendi: ele estava representando alguma coisa. Sim, claro, o "Pato Garrincha", como tinha podido me esquecer? Então desatei a rir: puta merda, o pato, o patinho! Dei um tapa na sua cabeça raspada, e ele repetiu, desta vez para a mãe, mas apontando para mim: "Caburé!... Caburé!" A mãe assentiu com a cabeça. Ele ria, ria muito. E existiu o pato, claro, um filhote de pato. Taú pôs nele o nome de "Garrincha", faz parte da maior de todas as aventuras de que qualquer morador da Vila tinha ouvido falar até aquela noite de 1958, quase tão notável quanto a epopeia dos primeiros vila-vermelhenses, chegados na virada do outro século, com facões, machados e espingardas e que acabaram com tudo quanto era raça de bugre pelado, onça-pintada, anta, jiboia, arara, rio e mata. Está tudo lá, no meio da praça, no obelisco de quatro faces, nas enormes placas de bronze. Foi nesse momento que o Tié apareceu. Olhando bem para ele, me senti um desertor, mais agora que ele parecia um velho lobo do mar, sem uma perna. Me veio a lembrança dos sete mares que não cruzamos, das terras selvagens que não exploramos e dos tesouros perdidos que não conquistamos. A velha justificou sua demora, ela disse que ele não recebia visita na cama. Ele negou, disse que era mentira, mas sei que não era, ele não queria passar por inválido. Foi ele que me falou de você, Professor. Aliás, ele foi muito reverente ao falar de você...

...*Tié* diz que só saiu da Vila uma vez, aquela do Rio de Janeiro, no ano da copa, 1958. Foi no tempo das duas pernas, no auge da sua forma física, quando ele era um ponta-direita impossível de ser marcado. Aliás, os dois eram: ele pela direita, Taú pela esquerda. O Rio ainda era a capital federal e Cidade Maravilhosa: as praias mais lindas do mundo, o melhor carnaval do mundo, o melhor futebol do mundo, as garotas mais lindas do mundo, o sotaque mais charmoso do mundo, a música mais... Tié e Taú tinham ido se apresentar à Marinha, por influência do Mário. Mário era o nosso ídolo — acho que ninguém se lembra mais dele aqui; só o pessoal mais antigo deve se lembrar. E Isadora, claro. Na volta do Rio, os dois fizeram trezentos e tantos quilômetros a pé, no cascalho e na lama, a estrada ainda não era asfaltada. Quarenta dias de estrada. Os dois patetas eram na verdade três: Tié, Taú e o tal pato. Quando cruzaram a divisa dos estados, o pato ainda era um patinho de penugem amarela, cor da gema de ovo. Quando chegaram na Vila, o pato já estava na muda. Taú pôs nele o nome de "Garrincha"...

...Garrincha, o craque das pernas tortas e dos dribles infernais. Craque maior do Botafogo de Futebol e Regatas, o time da estrela solitária. Garrincha era o ídolo do Tié e do Taú. Pelé só estava começando, pouca gente sabia quem era Pelé. Quer dizer, paulista sabia. Pelé sabe ganhar dinheiro, Garrincha não sabia. Imagem é tudo. Em vez de dinheiro, Garrincha só sabia brincar de bola, beber cachaça e fazer filhas. Além disso, criava canarinhos. Ouvi dizer que quem gosta de passarinho tem alma de menino. Diziam que Garrincha tinha. Diziam também que o cérebro dele era igual ao de um passarinho, ou de uma criança de 10 anos, ele tinha de ser pajeado o tempo todo para não fazer merda. Menos dentro das quatro linhas, ali ele era gênio. Os gêmeos acabaram sendo nossos heróis naquele ano enfezado de 1958. Teve uma época em que cheguei a acreditar que o único jeito de não acabar na lixeira da história era virando herói. Eu queria ser herói, toda a turma da Vila queria ser herói. A Vila era um cu de Judas, o último lugar do planeta na mira de um míssil nuclear ou na rota de uma nave marciana. A gente olhava à toa o céu profundo da Vila em busca de naves marcianas. O cinema de ficção científica estava na fase marciana, guerra entre os mundos e invasores de corpos. A gente só sabia dos marcianos por causa dos filmes e dos gibis. A gente não falava "história em quadrinhos", falava "gibi". Cinema, gibi e coca-cola: foi assim que a

civilização chegou à Vila. Acho que foi por causa dos heróis deles que aquela conversa de "lixeira da história" começou e acabou me trazendo dor de cabeça no colégio. Mas a gente não sabia disso, quem começou tudo foi o Mário. Mário sabia das coisas, ele sabia o que era "guerra fria": América *versus* União Soviética, mundo livre *versus* totalitarismo etc. E a Marinha de Guerra era o caminho mais curto entre a Vila e o mundo. Para Mário, no início, também foi. Depois é que ele mudou, começou a falar mal dos nossos ídolos. No começo, "lixeira da história" significava terminar nossos dias na Vila, sem tratamento de dente, com cheiro de resina de fogão a lenha e sotaque caipira. Depois, "lixeira da história" ganhou outro sentido. De repente, Mário começou a dizer que "lixeira da história" era macaquear os americanos, pensar pela cabeça dos americanos, ficar com as sobras dos americanos. E, aí, em vez de "americano", o novo Mário passou a dizer "estadunidense". "Pode parecer uma bobagem, mas nome faz muita diferença", disse. Ficava difícil você confiar em alguém que falava mal dos Estados Unidos, dos super-heróis e do cinema. Como é que você vai confiar num cara que fala mal do cinema americano?...

Segundo dia

...*a* mudança para a Vila foi em 1952. Quatro camas velhas, uma arca e três móveis apresentáveis: a cadeira de cana-da-índia do meu pai, presente de casamento do meu avô paterno, a penteadeira francesa de nossa mãe, presente de casamento do meu avô materno, e um porta-chapéus com espelho, um móvel hoje fora de moda. Isso se explica: a gente morava na fazenda do meu avô paterno, e lá ninguém tinha nada de seu, tudo era da fazenda, quer dizer, do meu avô. Animais, gente, móveis e imóveis. Tudo. "O que é da fazenda é de todos", ele justificava. No dia seguinte ao da mudança, meu pai foi à cidade comprar vasilhas, talheres e outras miudezas. Ao pai do Mário, vizinho e marceneiro, ele encomendou alguns móveis: "Não faço questão de luxo, mas exijo solidez, acabamento de primeira e pau de vinhático", disse. Meu pai tinha uma queda pelo vinhático: resistência, durabilidade e bom para entalhe, segundo ele. Nossa mãe disse que o gosto pelo vinhático era por causa do nome, lembrava a bebida — os dois se hostilizavam de um modo altivo. Olhei no dicionário: vinhático-da-mata e vinhático-do-campo, madeira de cor amarelada, nada a ver com a cor do vinho. Meu pai não honrou a dívida com o vizinho, foi nossa mãe quem pagou os móveis com o dinheiro de costuras, fez isso durante dois anos, em parcelas pequenas, mas enormes para ela...

...a casa foi comprada com as sobras da herança de nossa mãe, e não com as do meu pai, como ele dizia. Casa simples: cinco ou seis cômodos e uma varanda lateral com buganvílias — as flores cor de sangue eram um luxo na simplicidade suburbana; tinha platibanda com medalhão, e no centro do medalhão uma data, 1924; tinha uma horta malcuidada e um pomar fantástico: mamoeiros, laranjeiras, pessegueiros e plantas exóticas, como um pé de canela, um de pimenta-do-reino, um de fruta-pão e um de cajá-manga. A escolha do lugar foi pela proximidade da casa de mulheres e da casa de jogos do Ludovico, nossa mãe dizia, e não pelos ares de roça e pelo sossego, como meu pai dizia. Os "ares de roça" deviam ser os cavalos e os cabritos, que pastavam soltos nas ruas, e os últimos tufos de mata, no topo dos morros em volta. A casa de mulheres estava sob nova administração quando chegamos, pertencia agora a uma certa Albertina. Compunham o plantel da casa a própria Albertina, duas filhas adolescentes, além de quatro mulheres, ainda do tempo do Ludovico. A adolescência das filhas da Albertina não era como a das outras meninas da Vila. Durante algum tempo, foram às aulas no grupo escolar, mas não suportaram as hostilidades das colegas e das mães das colegas. Raramente eram vistas na rua. A turma ficava imaginando as irmãs o

dia inteiro na cama, indolentes, nuas, fumando e fazendo sacanagem. Desejávamos com o ardor de viciados o que elas davam aos homens por dinheiro...

...*meu* primeiro contato com a turma foi logo na nossa chegada. Do outro lado da rua, sentados no meio-fio, confabulavam, mas disfarçavam fazendo rabiscos no chão com gravetos. Depois, atiraram pedras e fugiram, aos gritos, como os índios dos filmes que a gente um dia ia ver junto. As pedras eram para mim, mas a vítima foi a penteadeira francesa de nossa mãe. A penteadeira era seu tesouro: apoio de mármore creme com veios encarnados e estrutura de carvalho laqueado; três espelhos de cristal, os laterais eram articuláveis e podiam se fechar sobre o espelho central. Em tom reverente, ela dizia que a penteadeira era francesa, que tinha a assinatura do fabricante, uma marca como um carimbo, feito a ferro em brasa, na parte interna — às vezes, eu deitava debaixo da penteadeira para ver a marca. Nos dias de tempestade, nossa mãe cobria os espelhos da penteadeira — as pessoas acreditavam que espelho atraía raio. Então, a pedra estilhaçou o espelho do meio, o maior. Nossa mãe viu o incidente como um sinal, um mau sinal — havia essa superstição sobre espelhos partidos. Em público, ela não manifestou a dor de ver sua relíquia de solteira quebrada, nem procurou os pais dos delinquentes. Nossa mãe tinha um jeito próprio de disfarçar os sentimentos. Nunca se acostumou com a Vila, essa foi sua vingança, dizia que a Vila era uma roça, só que sem gado e sem lavoura, e que as pessoas eram uns bugres — ela costumava usar essa palavra, ela e meu avô —, uns selvagens, uma gente atrasada. Nossa mãe tinha alguma leitura, a família dela era da cidade, a do meu pai era do campo: "Um povo casca-grossa, sem verniz", ela dizia. Atribuí a hostilidade da turma à cor de nossa pele, cor de barata descascada, como eles diziam, que é a cor das pessoas de pele clara e sardenta. No dia seguinte, quando saí pra rua com a bola de couro, último presente do meu avô falido, eles foram chegando um por um. Primeiro, Tié e Taú e os irmãos Russo; depois, os mais ariscos, Ventania, Jacó, Tipo-Zero, Hugo-Só e Dado, um preto adotado que andava calçado, vestia roupa nova e tinha dentes tratados. Vieram fazendo umas perguntas bobas, de olho na bola, como se nada tivesse acontecido na véspera. Tempos depois, Tié contou que não foram com a nossa cara porque parecia que a gente tinha um rei na barriga. Talvez nossa mãe tivesse razão, eram mesmo uns bugres; ou talvez não: ex-donos de terras como nós, mesmo sem intenção, traem sua origem através dos gestos e da fala. A ideia de "rei na barriga" ficou, era pior do que "barata descascada", até porque os irmãos Russo, netos de italianos, portanto na categoria de "baratas descascadas", nunca mereceram a hostilidade deles. Sorte é que na Vila nunca teve uma rixa que uma bola de couro não resolvesse. Ruim era o tempo das chuvas, sem bola e sem fogueira noturna...

...*foi* nos anos 20 ou 30 que meu avô construiu a sede da fazenda, a cotação do café nas alturas: vinte e tantos cômodos, telhado de quatro águas, soalho de peroba-de-campos, portais e janelas de pinho-de-riga e varanda pintada de paisagens rurais. Meus avós tiveram louças e talheres ingleses, mas nunca perderam o hábito de usar as mãos para levar à boca a carne de porco, os pedaços de frango e as pelotas de arroz, feijão e farinha que modelavam no prato, à moda dos tropeiros, primeira profissão do meu avô. Nossa mãe era a única a usar faca e garfo à mesa. "Capricho de moça da cidade", diziam meus avós. No fundo, eles apreciavam esse capricho, ele dava ao casarão algum ar de nobreza, que a fortuna do café não conseguiu dar. No casarão, além de meus avós, moravam uma tia solteira, dois tios casados, as noras, meus pais e oito netos. Meu pai aprendeu desde cedo a torrar dinheiro como quem torrava café. Cedo, começou a botar fora sua parte na herança com jogatina e mulheres, na casa do Ludovico. Ele teve papel decisivo na ruína do meu avô, meus tios diziam...

...meu avô chegou na época dos ingleses. A mata escondia os últimos índios, que ele chamava ora de bugres ora de botocudos, fossem eles da etnia que fossem. Botocudos: preguiçosos, covardes e atrasados, tinham orelhas, beiços e narizes vazados e arrolhados de batoques de pau, frechavam à traição e comiam carne de gente. Assim os pais de nossos pais descreviam os selvagens. No começo, eles apareciam em pequenos grupos, emplumados e rabiscados de desenhos pretos e brancos, munidos de bordunas grandes como remos. Traziam mulheres e crianças, também adornadas e pintadas: "Pareciam bandos de araras", meu avô dizia. Ficavam de longe espiando a lida dos empregados. Com o tempo, os homens já não traziam as mulheres, e as crianças eles escondiam no mais fundo da mata. Em contraste com as tintas, as plumagens e os adornos, os índios tinham um jeito triste de ficar a distância. Se alguém caminhava na

direção deles, davam um passo atrás e faziam menção de se embrenhar no mato, assim minha avó contava. Outras vezes, era preciso espantar eles a tiro porque constrangiam as mulheres da casa com suas vergonhas à mostra e porque tinham o mau hábito de roubar tudo o que encontrassem pela frente, deixando no lugar porcarias como colares de contas, objetos de taquara e alguma caça nojenta, assim meu avô contava. "Deram pra ficar intrujões e insubordinados. Hum... Deram pra beber cachaça e roubar as folhas de fumo que secavam nos varais, depois deram pra matar a criação e roubar as colheitas... Ahn... Bugre parece gente do povo de Deus, mas não é não, é só um engodo pros olhos, mais um truque de Satanás. Hum... Ahn... Bugre é bicho muito ladino, nisso é parecido com preto, só que preto aprende a rezar. Parece mais é com bicho do mato: macaco, onça, quati... Não amansa nunca... Hum... Não deve ser pecado balear essa raça de criatura. Nas Escrituras não está escrito que bugre faz parte do povo de Deus... Ahn... Hum..."...

...*nem* bem o século tinha começado e toda aquela gente pelada tinha sido varrida do mapa: os machos viraram adubo, as fêmeas se diluíram no sangue dos tomadores de sua terra. Civilização *versus* barbárie. Mente superior domina mente inferior, como na anedota. Índio é perdedor. Nos filmes de caubói, índio bom é índio morto: "The only good Indian is a dead Indian", um general deles disse, vi no cinema — de índio eles entendem. Depois, os colonos plantaram lavouras e cobriram as encostas de um arbusto de folhas brilhantes e escuras que dava umas frutinhas verdes quando novas, rubras e doces quando maduras, negras e amargas quando torradas. Meu avô ficou rico plantando café, meu avô perdeu tudo plantando café. Os filhos dele achavam que a cotação do "ouro verde" ia ficar nas alturas para sempre. Vila Vermelho ainda não era Vila Vermelho, era Arraial de Nossa Senhora da Conceição do Rio Vermelho, por causa do rio que tinha esse nome, e ainda tem, só que agora não pode mais ser chamado de rio. O arraial virou vila, mas parou aí, depois que alguns barões do café fundaram a outra vila, quatro quilômetros rio abaixo, no tempo dos conflitos pelo mando político. Os que migraram rio abaixo iam ser os futuros capitães da indústria, do comércio e da exportação de café. A vila deles prosperou, virou sede de comarca e depois cidade grande. Os que ficaram na Vila Vermelho, como o meu avô, empacaram e depois andaram para trás feito curupira. Hoje, Vila Vermelho é só um bairro da outra, um bairro de subúrbio. Lembrar essas coisas é chover no molhado, Professor, você conhece essa história melhor do que eu...

...*aos* poucos, as terras em volta da Vila passaram uma a uma para as mãos do Michel Fehres, o libanês, que nunca plantou nada. Ele comprava as propriedades, na bacia das almas, de fazendeiros arruinados e deixava em banho-maria. Um dia, a nova cidade ia avançar na direção da Vila e de outras vilas e se esparramar através de pastos e cafezais decadentes. O libanês tinha faro: as propriedades compradas por uma mixaria iam virar ruas, conjuntos residenciais, centros comerciais e distritos industriais. O centro da cidade conserva casarões do tempo dos barões: lustres de cristal da Boêmia, vitrais belgas, grades de parapeitos e de escadarias francesas de ferro forjado, soalhos de madeiras preciosas, marcos e esquadrias de pinho-de-riga, mármores italianos... A queda da cotação do café na bolsa de Londres, a imprevidência e o esbanjamento levaram a maioria dos barões à bancarrota. O poder dessa coisa imaterial, a cotação do café, fez com que meu pai comprasse um rádio. Nossa mãe desaprovou mais aquele "esbanjamento", num momento em que faltava o essencial em casa. Era um aparelho de válvulas enormes, num móvel de madeira, laqueado de preto. Por essa ocasião, meu pai já não tinha um único palmo de terra nem negociava um mísero grama de café, mas na sua cadeira de cana-da-índia, como um senhor feudal, ele continuava a dar ordens: mulher me faz isso, menino me traz aquilo, menina me passa o terno... Às oito da noite, aparelho sintonizado na Rádio Nacional, meu pai repetia a inútil tarefa de anotar a cotação do café decidida em câmaras de comércio de países que nunca tinham plantado e colhido um único grão. Metodicamente, registrava os números em um caderno de capa dura, para depois comparar os dados e analisar a tendência dos preços da saca. Meu pai tinha uma caneta Parker 51, de pena de ouro, presente do meu avô. Numa caligrafia rebuscada e simétrica, ele não errava e nem borrava o papel. Um outro talento seu era a escrituração. O que meu avô não desconfiava era que, por trás da caligrafia perfeita, a escrituração escondia os estragos que ele fazia nos bens da fazenda. Meu avô tinha uma grande energia para a lida, mas nenhum discernimento para escrituração fraudulenta. Meu pai era muito bom nas artes da escrituração fraudulenta. Ele tinha um terceiro talento: sabia negociar, fazer barganha — catira, como se dizia. Nossa mãe, agastada com suas andanças e vida boêmia, dizia que a escrituração e as barganhas eram desculpas para se livrar das lidas do campo, que ele empurrava para os irmãos, uns broncos...

...quando nossa mãe me matriculou no colégio, Tié disse que não entendia pra que estudar. Lembrou o caso do Michel Fehres: o homem era dono de milhares de imóveis e mal sabia ler e escrever. Na Vila, pai nenhum queria saber de filho perdendo tempo com livro e caderno de caligrafia. Estudo era pra filho de gente rica, eles diziam, o quarto ano primário estava de muito bom tamanho, filho de pobre tinha que aprender um ofício e trabalhar. De outra feita, Tié me saiu com esta: "Quem trabalha não tem tempo de ficar rico". Não sei de onde tirava essas ideias, já que não chegou a terminar o ensino primário, nem ele nem o irmão. Mas devia saber o que estava falando porque se arrebentavam de sol a sol, encarando todo tipo de serviço, e viviam duros. Atarracados, músculos salientes pelo trabalho braçal, os dois salvaram o time de muita encrenca na casa de adversários. O Tié, eu chamava de Ferrabrás, e o Taú, de Matamouros. Ferrabrás era um gigante que aparecia numas histórias de dragões, princesas encarceradas em torres e cavaleiros andantes. Matamouros era uma espécie de Ferrabrás. Não sei se a explicação era boa, sei que gostaram dela porque tinha a cara dos filmes que a gente via e dos gibis que a gente lia. Mas os apelidos não pegaram. Tem gente que não serve para pôr apelido. Gente que lê erra a mão na hora de lidar com gente que não lê e, mais cedo ou mais tarde, acaba se perdendo deles. É uma espécie de maldição, quem lê devia carregar um sininho no pescoço, como leproso na Idade

Média. Estudar é uma coisa esquisita, escola põe palavras na boca do sujeito. Mas a escola da vida também põe, então acaba que ninguém tem voz própria. O bicho-homem não passa de um boneco de ventríloquo...

...mas eu queria falar do Mário. Para a Marinha de Guerra, ele era o sargento Pompei; para ele mesmo, marinheiro Pompei, por causa do Popeye, o marujo comedor de espinafre, o que tinha uma âncora no antebraço e um cachimbo sempre pendurado no canto da boca, chovesse ou fizesse sol. Mas, no início, ele era "Pompei, *the sailor*": ele sabia falar inglês, estudou inglês a bordo e praticou nas viagens. Os pais e os irmãos chamavam ele de Maí, minha irmã também. Seu nome completo era Mário Brandi Pompei. Acho que é o único nome completo de que me lembro, além do nome de Isadora. Quando chegamos na Vila eu tinha 10 anos, Mário 18. Por causa da diferença de idade e de sua ida para a Marinha não fizemos amizade logo. Nossas casas eram separadas por uma cerca de bambu, que servia para impedir as galinhas de passarem de um quintal para o outro e para estender roupas — não me lembro de muros na Vila. Mário foi promovido a cabo aos 19, terceiro-sargento aos 20, segundo aos 21 e primeiro aos 23. Como todos na Vila, fez os quatro anos primários no "grupo escolar", que funcionava em um dos prédios do Patronato. Entre a escola primária e a ida para a Marinha, Mário trabalhou, como qualquer menino da Vila. O pai, seu Pedro Pompei, fabricou uma carroça para ele fazer carretos e vender fruta, verdura, lenha, ferro-velho, o que aparecesse. Na unidade em que serviu, ele fez o ginásio em dois anos. Quem fica

confinado em um vaso de guerra, em alto-mar, deve ter tempo de sobra para estudar. Em 1958, na época dos acontecimentos, ele se preparava para os exames de admissão ao curso de oficiais da Academia Naval. Como nos filmes de pioneiros e peles-vermelhas, Mário foi o nosso batedor lá fora. Quando vinha de licença ou de férias, trazia informes sobre os povos e os costumes das outras terras. Mário foi nosso sotaque caboclo se abalando pelo mundo, nosso sapo tornado príncipe. Éramos os tais tupis tangendo alaúdes, caipiras com olhar enviesado de caubóis. Vila Vermelho era, então, um berçário de estrelas, a gente não se concedia sonho menor do que a conquista do mundo. Mário não *era* um perdedor, Mário *decidiu* ser um perdedor, é diferente...

...*a* cada vinda, ele tinha mais e mais a cara do mundo lá fora. Até o cheiro mudou: de resina de lenha de fogão e de linguiça defumada da gente da Vila, ele ganhou cheiro de loja, pelo menos a imagem olfativa que eu tinha de loja. No uniforme branco, com botões e divisas douradas, ele parecia artista de filme de guerra. Esse foi o primeiro Mário, o que a gente queria imitar. Então aconteceu uma coisa; vou chamar isso de acidente de percurso. Não era para Tié e Taú serem nossos heróis, não naquele ano aziago. A vez era do Mário, ele era candidato único, meu modelo, modelo dos gêmeos, modelo dos irmãos Russo, modelo de toda a turma, modelo de toda a Vila. Então, o lógico era para ser o Mário. Mas foram os gêmeos e um filhote de pato. Falo sério. É uma coisa meio maluca pensar que foi assim. Aquele ano foi como um drible do Garrincha, um daqueles dribles de deixar o marcador sentado na grama, sem moral. 1958 fez de mim e de todo o pessoal da Vila um "joão" — "joão" era o apelido dos marcadores do Garrincha, uma lista de laterais do Vasco, do Flamengo, do Fluminense, do América, do Bangu, do Olaria, do Bonsucesso, do Madureira, da Portuguesa e do São Cristóvão, condenados a marcar o Garrincha nas tardes de domingo de Maracanã lotado e a entrar para a galeria do ridículo. Acho que tudo de decisivo na minha vida aconteceu em 1958. E tudo o que aconteceu antes, apenas preparação...

...*o* primeiro cartão-postal veio de Paris. Dessa época, guardei os postais e descartei os livros. Tenho uma teoria: ninguém precisa de livro para ser vencedor. De talento, sim. Ganhar dinheiro, por exemplo, exige talento. Poucos chegam lá. Muitos são os chamados, poucos os escolhidos. Por mais de uma vez, e por motivos diferentes, pensei em me livrar também dos postais, mas não consegui. Quando embarquei em Palmas, pensei: "Vou deixar os postais para Isadora, ela vai saber o que fazer com eles". Tenho todos, quer dizer, quase todos. Dois se perderam, não sei explicar como, um deles justamente o primeiro: 24 de agosto de 1954, uma data impossível de esquecer. "Agosto, mês de desgosto", nossa mãe dizia. Naquela manhã, Getúlio Vargas disparou um balaço no coração. Não é todo dia que um presidente da república dispara um balaço no próprio coração, não o de um país de oito milhões e meio de quilômetros quadrados e dezenas de milhões de habitantes. Deu na Rádio Nacional, no "Repórter Esso", em edição extraordinária. Cônego Vidal, o diretor do colégio, passou de sala em sala, tinha a expressão consternada. Os professores formavam grupos nas portas das salas, confabulavam, mudavam de porta, formavam outros grupos... Ah, sim, você era um deles. As aulas foram suspensas. Por três dias, não houve aula, esta foi a parte boa do suicídio do presidente. Na volta do colégio, vi gente nas portas das casas e das lojas. De repente, parecia que todo mundo tinha opinião sobre nação, conspiração e traição. Gente simples acorreu à prefeitura para saber se ia ter guerra, se ia ter convocação, se ia faltar comida... "Povo atrasado", nossa mãe resmungou. Meu pai tinha uma expressão de desamparo, igual à de quando perdeu o pai. Compreendi que aquela morte distante atingia de algum modo minha família, a vila, a cidade, o país. Desse primeiro cartão guardei cada palavra, memorizei a estampa e a cor dos selos: *Paris, France, 24 de agosto de 1954. Caburé: Vi a Cidade-luz do alto dessa torre. 320 metros de aço, marujo! Dizem que é uma homenagem à chegada do século XX. Tem um miradouro no alto, tem que subir de elevador. Paris não tem pernilongo, sapo ou cobra, então me lembrei daí. Ó triste Vila Vermelho! Ó triste Brasil! Au revoir! Pompei, the sailor...*

...quando Mário vinha, eu era o primeiro a ouvir seus relatos. Talvez porque a gente morasse ao lado, talvez porque quisesse se aproximar de minha irmã, talvez porque fosse eu o único da Vila a frequentar colégio e por isso, quem sabe, estar apto a avaliar a grandeza de suas façanhas. Penso que ele confiava em mim. Desenvolvi a crença de que ele tinha algum propósito secreto e que me havia reservado um papel importante nele. Ao lembrar seu jeito franco e apaixonado, meu sentimento de aleivosia fica mais vivo. Usei a palavra "aleivosia"? Sei que é um eufemismo, como diria

você, Professor. Foram presentes do Mário os dois primeiros livros que li: *Robinson Crusoé* e *A Ilha do Tesouro*. "Aventura, coragem e conquista se escrevem em inglês marujo", disse ele. Tempos depois, desdisse tudo, "espandongou" tudo, como diziam na Vila. Acho que os ingleses foram os melhores nisso, suas técnicas de navegação e espírito de aventura foram inigualáveis. Os americanos são seus herdeiros, só que uns herdeiros apressados. Tudo bem que o mundo ficou apressado, mas mito não se faz em uma semana — nem em um mês, nem em um ano. Por isso, em vez do tempo, eles têm que recorrer ao marketing. Hoje, não existe mito, existe marketing. É tudo *fake*, aprendi com eles mesmos. *Fake*, a palavra já diz: fraude, embuste, falsificação. Eu queria seguir os passos do Mário e fazer carreira no mar. Acho que ninguém na turma sonhava outra coisa...

...*a* turma se reunia em volta da fogueira noturna para viajar pelos sete mares com seus abismos medonhos, seus mil sóis e ventos furiosos, gelos polares e florestas de canibais. Percorríamos as metrópoles norte-americanas com seus arranha-céus, seus carros reluzentes e letreiros luminosos como naves espaciais. "A Vila tá com os dia contado", disse Taú, numa das fogueiras — Taú era o melhor de todos para decorar frase de filme. "Os sete mar espera nós!", ele ainda gritou, pouco se importando com os riscos. Mas ninguém ria das ofensas à gramática bem-comportada da escola, quem ia ligar para uma bobagem dessas? É bem verdade que quando se tratava dos filmes o preceito mandava que as falas fossem repetidas do jeito que as bocas sagradas dos nossos heróis falavam nas legendas em português. Mas acontecia às vezes de falhar tudo, como falhou com Taú. Daquela vez, as gargalhadas não eram pelo massacre das regras de gramática, mas por causa do pedaço de pau que Tié estendeu ao Taú, para dar uma força, no estilo espadachim-dos-sete-mares, como nos filmes do Errol Flynn. Taú pegou o pedaço de pau, sem perceber que a ponta estava besuntada de graxa. Sorte dele, porque costumavam besuntar a ponta de coisa pior. Daí a expressão "pau de bosta", que não ouço faz tempo. Depois do acerto de contas entre os irmãos, voltamos ao círculo em volta da fogueira, picamos a ponta dos polegares com espinhos de laranjeira e misturamos nosso sangue para selar o pacto de eterna irmandade, igual nos filmes de peles-vermelhas. Ou eram de ciganos? Ou de piratas? Não me lembro mais...

...da segunda vez, chegaram estes dois postais: Estátua da Liberdade e *The Empire State Building*. Parecem paisagens saídas da revista do *Superman*. Aqui, Mário diz: *New York, America, 1º de março de 1955. Caburé, The Statue of Liberty fica na entrada da baía, na Staten Island. É a primeira coisa que a gente avista do mar. Por aqui chegaram milhões de imigrantes em busca do sonho americano. Crioulo aqui se veste melhor do que branco aí. Qualquer um pode comprar um Chevrolet ou um Ford. Um dia também vamos ter um. From yours. Pompei, the sailor.* Para mim, "Liberty", com acento tônico no ípsilon, era a marca de um cigarro barato, que meu pai passou a fumar depois que ficou pobre, não sabia que era nome de estátua. Neste outro postal, Mário lembra que o *Empire State Building* é mais alto do que a Torre Eiffel, além de fazer outras comparações, sempre favoráveis

aos Estados Unidos da América. Nessa época, ele não dizia "Estados Unidos da América", mas "América", como eles dizem lá. A parte pelo todo. A América era maior e melhor do que a velha e arruinada Europa, que era também o "Velho Mundo". Acho que só aprendi a usar o mapa-múndi por causa dos postais do Mário, coisa que a professora de geografia não tinha conseguido: Europa, América, África, Ásia e Oceania. Outros da turma também recebiam postais, mas não faziam ideia de onde ficavam aqueles lugares, exceto os irmãos Russo, que tinham livros em casa. Por isso, tinha sempre alguém querendo informação e tradução para os *from yours, Pompei the sailor, sincerely yours* e *au revoir*. As expressões em inglês e em outras línguas eram um truque do Mário para dizer que conhecer línguas fazia parte da vida de um lobo do mar. Grafar os nomes das cidades e dos países nas línguas originais fazia parte dessa estratégia. Foi o que despertou meu interesse pelas aulas de inglês, fui o primeiro a decorar "God bless America". O professor prometeu dez pontos para os dez primeiros que conseguissem decorar o hino. Li recentemente na Internet que a letra e a música foram compostas por um imigrante judeu russo, Irving Berlin — deve ser pseudônimo, isso não é nome nem de judeu nem de russo. Li que ele foi um dos grandes do *show business* americano, seus biógrafos garantem que ele compôs mais de mil e quinhentas canções. Além de saber de cor, era preciso declamar a letra do hino, de pé, na frente da sala. Eu não fui o primeiro a tentar, mas fui o primeiro a conseguir. Muitos tentaram, poucos conseguiram. Assim é a vida: muitos são os chamados, poucos os escolhidos. Ganhei os dez pontos e elogios do professor. Alguém pode pensar que fiz isso pelos dez pontos. Não foi. Havia sinceridade no meu esforço, desejo de comungar com o espírito de um verdadeiro americano. A voz, emocionada, era inspirada por "Pompei, the sailor", nosso farol, nossa boia de luz. Eu não podia imaginar que um dia ele ia dizer que a América do hino não era a América de todos...

...*os* Russo não tinham dificuldade com os postais do Mário, como os demais. Eles tinham um método de estudo próprio, outra maluquice do pai deles: uma cota mensal de livros para ler, relatórios de leitura para entregar, atividades de cálculo, exercícios de inglês, francês e latim. Na Vila, alguns pais queriam os filhos longe dos Russo porque eles não iam à missa. Diziam que seu "Jusepe" era um herege indecente, que saía pelas ruas a dizer inconveniências e a urrar como um gentio quando abusava da bebida. De fato, mais de uma vez ele ameaçou tirar a roupa no meio da rua, o que acabou acontecendo uma vez, e que foi a desgraça dele. Seu Giuseppe era filho de imigrantes italianos, um grandalhão de temperamento histriônico, maluco por ópera e apaixonado pela memória da mulher. Vivia inventando engenhocas para economizar mão de obra e energia no sítio, às vezes com fracassos espetaculares, que ele relatava às gargalhadas. Era também astrônomo amador e anarquista, mas inventaram que era maçom; bobagem, qualquer um sabe que anarquista não se mistura com maçom. Diziam muitas coisas sobre os maçons, histórias de rituais secretos em que o diabo comparecia em pessoa nas sessões e largava cheiro de enxofre no ar e tal. A gente fingia que aquelas histórias não metiam medo na gente e brincava com a ideia do seu Giuseppe, montado num bode preto, berrando indecências. Os Russo se divertiam com essas histórias...

...o nome deles: Adalmar e Adalmir. Aquilo não parecia nome de netos de imigrantes e de filhos de anarquista. Talvez tivesse sido ideia da mãe, mas não se pode desprezar nenhuma hipótese quando era o juízo do seu Giuseppe que estava em jogo. Era autodidata e queria os filhos autodidatas. Tinha biblioteca e discos de música erudita. Após as lidas no campo e as tarefas de casa, ensinava os filhos a tocar acordeão e a ler partitura. Todo o serviço da casa e toda a lida do sítio eram feitos por eles. "Salário é uma vergonha", seu Giuseppe dizia. "E esse sistema de meia e de terça é servidão, herança da Idade Média." "Meia" e "terça" eram sistemas de parceria no campo: os que não tinham terra arrendavam um pedaço de quem tinha e pagavam com a metade ou com um terço da colheita. Na fazenda do meu avô, existia esse sistema nas roças de milho e de feijão, mas na lavoura de café trabalhador recebia por tarefa. Seu Giuseppe nunca foi compreendido pelas pessoas da Vila, uma gente tacanha. O pároco, sim, esse entendia seu Giuseppe muito bem. Padre Jaime Watzlawick, outro grandalhão, esse de Santa Catarina. Ele decretou que seu Giuseppe era comunista, que o comunismo estava arruinando a Polônia e oprimindo o povo. Para o padre, comunista era pior do que maçom, porque arrancava os filhos dos pais e mandava para reformatórios e, depois, para as forças armadas. O comunismo queimava igrejas, matava padres e fazia indecência com as freiras, tomava as terras e as casas das famílias cristãs

e entregava nas mãos de ateus vagabundos e bebedores de vodca etc. Ele ensinava também que a maçonaria, a macumba e o espiritismo eram obras de Satanás, operando dia e noite a perdição das almas fracas, das ovelhas desgarradas da Santa Madre Igreja etc., mas que a pior de todas as obras de Satanás era mesmo o comunismo. Por isso os Russo eram mantidos a distância por alguns pais — o sobrenome deles só piorava as coisas. A turma não ligava para essas bobagens porque os irmãos eram bons de bola, fortes e muito divertidos. E muitos não gostavam do padre Jaime, não por causa da sua franqueza europeia, como ele gostava de dizer, mas porque era arrogante e grosso. Seu Giuseppe, que não tinha papas na língua, dizia que o padre Jaime era "franco" com os pobres, mas puxa-saco dos poderosos — quando tomava seus drinques, ele trocava "puxa-saco" ora por "cagão" ora por "capacho". "O que esse polaco cagão venera mesmo é o assado de cordeiro e o vinho tinto bancados pelos coronéis", ele dizia, e soltava sua gargalhada de ópera...

...este aqui foi postado na Costa Oeste; estas são as colinas de Beverly Hills e os letreiros gigantes são da "fábrica de sonhos", Hollywood: *Los Angeles, USA, 13 de maio de 1955. Caburé, num piscar de olhos, fomos do Atlântico ao Pacífico. Como isso é possível, marujo? Garanto que a resposta vai ser "Canal do Panamá". Parabéns, nota nove. Pra tirar dez, a resposta certa é TECNOLOGIA! A América é tecnologia, marujo, guarda essa palavra. Conheci Hollywood! É lá que eles fazem os filmes. Vi o Tarzan andando na rua com a macaca Chita! O sujeito é forte mesmo, o nome dele é Lex Barker. Sincerely yours, Pompei, the sailor.* O postal causou grande rebuliço,

Tarzan em carne e osso! O Rei dos Macacos era nosso herói número um, tanto nos quadrinhos quanto nos filmes...

...*algumas* semanas depois, recebi um postal com selo do Panamá — esse foi o outro postal que perdi, não guardei de cor o texto como fiz com o primeiro. De novo, Mário louvava a ousadia e a tecnologia dos americanos em pântanos infestados de mosquitos e de malária, onde os franceses tinham fracassado — me lembro do Mário tripudiando sobre o fracasso dos franceses: "Os ianques foram lá, estudaram a natureza, sanearam o vale e só então mandaram seus engenheiros e técnicos; construíram o Canal no menor tempo e com o menor custo de vidas humanas, que é o maior capital deles". Os americanos ganharam a concessão do Canal até o final do século XX, um século inteiro — isso eu descobri por conta própria; nada mais justo porque não dava pra confiar um projeto daquela importância a uns *cucarachas* atrasados e preguiçosos. Uma coisa que ninguém sabia — desconfio que nem a professora de geografia: o Panamá não existia até o final do século XIX, era parte da Colômbia. Primeiro os ianques inventaram o país, depois é que fizeram o Canal. Não sei se é verdade, foi o Mário que contou, na fase do desencanto com sua América. Era uma história incrível: o Canal, a Colômbia, o Panamá e os *cucarachas*, apelido que os americanos davam a qualquer um que vivesse abaixo do Rio Grande, a fronteira natural com o México. *Cucaracha* significa "barata", tinha uma música que falava de *cucaracha*, era no tempo do Pancho Villa. Pancho Villa era um bandido mexicano, todo mundo sabia disso por causa dos filmes de faroeste. Mexicano era sempre bandido nos filmes, eles tinham cor de canela, cabelos e bigodões pretos e oleosos e cara de índio. A história do Canal do Panamá parecia mais um daqueles filmes de aventura que eles sabiam fazer tão bem. Mas esse postal perdido tinha algo de diferente, não sei dizer se era a informação ou o jeito de passar a informação, alguma coisa nele destoava do Mário que a gente conhecia. Pode ter sido ali que ele começou a mudar de rumo e a me dar um frio na barriga...

...a correspondência era enviada para a Base Naval, no Rio de Janeiro. Se Mário estivesse navegando, as cartas podiam esperar semanas até serem lidas. A maioria não respondia seus postais, a desculpa era a caligrafia ruim. Mas não era por isso, eles tinham vergonha de escrever errado. Ofereci ajuda, os Russo também ofereceram, mas eles recusaram. "Nós vai aprender *ingrês*, igual o Mário, quando nós assentar praça na Marinha", disse Taú. "Nós só vai escrever em *ingrês*", ele disse. Tripudiei: "Vocês só vão falar inglês no dia em que galinha tiver dente" — todos sabiam que eles tinham birra de escola. "Tu não perde por esperar, Caburé", disse Taú — quando ficava enfezado ele usava "tu" e começava a gaguejar. "Vocês têm mais medo de escola do que o diabo da cruz", disse, para ver o Taú gaguejar. Era muito engraçado ver ele gaguejando e sacudindo a cabeça como se quisesse cuspir as palavras. Ele não era gago de verdade, só quando ficava enfezado, acho que era por isso que preferia dar porrada em vez de conversar. Ele e o Tié eram bons nisso de dar porrada. "Nós não tem mmm-medo de escola mmm-merda nenhuma", disse, "nós não fi-fi-ficou na escola porque expu-u-u-ulsaro o Tié, porque o Tié le-eh-eh-vantou

a saia da professora, a dona Da-ar-cy, aquela teteia...". A gente ria de chorar. Os gêmeos eram os mais velhos da turma, se alistaram em 1957. Mário escreveu lembrando data, documentos e local de alistamento, o Tiro de Guerra. Na época, ninguém achava esse nome esquisito: "Tiro de Guerra"...

...quando Mário vinha, trazia objetos e histórias que reforçavam nossa crença de que o "incessante universo", como disse não sei que escritor, tinha cores que nossa terra não tinha e talentos que foram negados a nossa gente. Eu acreditava — acho que todos acreditavam — que o nosso marinheiro era o mais privilegiado e honesto observador do mundo, um explorador imparcial que fazia relatos precisos das viagens. Eu tinha completado 14 anos quando ele me deu *Moby Dick*, numa versão condensada. A história de Ahab e de sua perseguição insana à grande baleia era a antecipação de futuros mares, eu imaginei. Não tenho certeza de que seu interesse por minha irmã tenha sido o principal motivo para me dispensar um tempo maior do que o dispensado aos outros. Ou talvez porque eu era o único da Vila a ir ao colégio, quem sabe? "Caburé", escreveu ele na dedicatória, "Esta é sua primeira baleia-azul, as outras você verá a bordo de um cruzador. Até lá, boa leitura. Pompei, the sailor". Foi um de seus últimos "Pompei, the sailor". Penso, Professor, que a literatura perdeu o prazo de validade. Você deve estar pensando que o pouco que sei do mundo foi a literatura que me deu. Tudo bem, não vou discutir, mas não foi ela que me deu dinheiro. Para ganhar dinheiro com a literatura, o sujeito tem de negar a natureza da literatura, se

é que você me entende. Naquele tempo, não, literatura ainda era uma coisa essencial, quer dizer, as pessoas tinham os livros como uma coisa essencial, os jornais também tinham. Mas se não tivesse me livrado deles não tinha feito fortuna. Literatura, Mário e Isadora: esse trio só me pôs tropeço e confusão nas ideias. Antes deles tudo era simples, depois deles tudo ficou confuso...

...cem vezes reli a dedicatória, cem vezes corri os dedos sobre a caligrafia bem cuidada, fascinado por alguma coisa que ainda me escapava. Talvez os "a bordo", "baleia-azul" e "cruzador", talvez o sentimento glorioso de ser aceito no seu círculo de lobos do mar. Li o romance com a avareza de um Ludovico, o velho sovina da casa de mulheres e de jogos. Um detalhe me chamou a atenção: a baleia de Herman Melville não era azul, era branca. Disse isso ao Mário, quando ele veio. Ele explicou que o engano tinha sido intencional, que a palavra "azul" era mais bonita do que a palavra "branca", fosse em português, inglês ou francês. Além disso, baleia-azul sugeria algo de feminino, enquanto baleia-branca lembrava um verme gigante. Não discuti a arbitrariedade da explicação. Tempos depois, quando voltei ao assunto, ele confessou que tinha sido uma brincadeira, na verdade um ardil para saber se eu ia ler o romance...

...mapas e manuais de geografia e de história não eram de grande valia. No meu esforço de aprendizagem, cinema e gibis, sim, foram minhas bibliotecas. Museus, excursões, seminários e instituições científicas não faziam parte do cardápio do colégio. Se na Vila ninguém tinha acesso a jornal, na cidade não havia uma única livraria. A biblioteca pública eu só descobri aos 15. Para piorar esse quadro, a orientação do colégio não levava em conta a diversidade do mundo, livros e professores eram escolhidos de modo a garantir uma visão de mundo plana e estável. Faltavam elementos de ligação, detalhes que pudessem dar sentido à atividade humana — é claro que não fui o autor dessa constatação, mas Isadora, mais tarde. Minhas lacunas eram preenchidas por Tom Mix, Gunga Din, Tarzan, King Kong, Flash Gordon, Super-Homem, Batman, Capitão Marvel e outros seres saídos dos quadrinhos e dos filmes de Hollywood. Os gibis e os filmes eram nossas principais atividades extraclasse, por isso não passava pela cabeça de ninguém duvidar da honra dos super-heróis e dos mocinhos americanos. Sem a mudança de rumo do Mário, acho que minha vida naqueles dias teria sido sem sobressaltos, preenchida apenas por viroses, uma ou outra morte e algumas privações...

...você se lembra da Isadora? Impossível não se lembrar da garota mais popular e mais rica do colégio, não é mesmo? Às vezes, custo a acreditar que tive Isadora tão perto de mim, quando podia sentir sua respiração, o gosto de hortelã do chiclete, o cheiro de avelã dos cabelos e a vertigem de seus olhos azuis, não desse azul encardido que a gente vê por aí, mas de um azul com sobrenome inglês, Vidgeon, herdado do avô materno, um dos nomes que aparecem no monumento da praça e também numa lápide sóbria no cemitério dos ingleses. Ele foi o engenheiro-chefe da *railroad*, da *bridge* e do *hangar* que resolveu se estabelecer nos trópicos e

fazer fortuna. Isadora não pertencia ao meu mundo, nunca morou na Vila, nunca sujou os pés de pó e barro vermelho, morava quatro quilômetros rio Vermelho abaixo, na cidade. Nessa época, acreditávamos em tanta coisa: que o céu era azul, que os astros eram eternos, que os planetas eram em número de oito ou nove — já nem me lembro mais —, que a luz se propagava em linha reta, que o átomo era a menor partícula da matéria e que era indivisível... E, por fim, por influência do novo Mário, que o proletariado conquistaria o paraíso. Hoje, mal posso acreditar que Isadora tenha sido fiel aos seus sonhos. Fidelidade aos sonhos é uma forma de obscenidade, talvez a maior de todas, porque não leva em conta que tudo acaba e que o homem é uma criatura só e triste. Vou procurar Isadora antes de voltar para Palmas, sei que vou ser recebido com urbanidade, o refinamento é um traço distintivo da riqueza com *pedigree*. Mas sei também que vou ser avaliado com impiedade, ela vai me interpelar, tenho certeza: "O que você fez da sua vida, seu trapaceiro?". Quem devia fazer a pergunta sou eu, afinal quem torrou a fortuna do pai, que um dia ela chamou de burguês, foi ela. Isadora perdeu os pais em situações diferentes: a mãe para os comprimidos, o pai num acidente de carro. Antes, eles tinham perdido o filho para a ditadura militar. Ele era um cara brilhante que morreu por ideias quando podia ter vivido como um *playboy*. Sua morte foi um golpe fatal para os Vidgeon Vignoli. Isadora fez dois cursos superiores sem utilidade, Filosofia e Ciências Sociais e, depois, torrou a fortuna da família com bobagens: um museu, um centro de referência indígena, uma biblioteca multimídia e outras loucuras do gênero. E parte disso na própria mansão da família, um casarão do tempo dos barões do café.

Conheço cada linha de sua biografia, conheço cada linha da biografia de sua família, sou um devotado *voyeur* dos Vidgeon Vignoli...

...foi um francês, André Maurois, se não me engano, que disse — li isso num livro de frases: "Devemos à Idade Média duas das piores invenções da Humanidade: a pólvora e a ideia de amor romântico". Então foi a Idade Média que pariu a ideia do amor romântico, esse desejo do impossível, esse estado de alma que adoece, esse enamoramento que paralisa? Não falo do estilo de época que vocês ensinavam nas aulas de literatura, falo de algo pior. Esse sopro de escuridão que contamina os versos dos poetas, o mesmo que impregnava minha vida, a de nossa mãe, a de meu pai, a de meus irmãos, a dos meus amigos, a do mundo inteiro. Por que estou mesmo falando isso? Ah, sim, por causa das três máscaras — eu ainda não falei das três máscaras? Explico melhor. Eu era três máscaras: ambição, ação e contemplação. Com a primeira, eu desejava Isadora e cobiçava de um modo inconfessável o que ela tinha herdado sem esforço, sobrenome e fortuna. Com a segunda, eu era o voluntarioso, o brigão, o jogador de futebol. Com a terceira, me angustiava diante dessas coisas que acometem você na adolescência, a morte, por exemplo, ou o crepúsculo vespertino, ou a saudade de um lugar que você nunca viu. Não sei explicar como essas coisas se combinam, sei que cada pessoa tem mais de uma máscara, só que uma é dominante. Vou falar só da terceira, a máscara da contemplação. Contemplação é melancolia, melancolia é escuridão, escuridão é romantismo em estado puro. O silêncio de nossa mãe, o fracasso do meu pai e o

espetacular empobrecimento da família me faziam escurecer. Eu podia ficar assim dias e dias, nossa mãe me sondando por cima dos óculos. Foi durante um desses surtos que tive a ideia de construir um veleiro. Com retalhos de madeira e as ferramentas, os palpites e a ajuda do seu Pedro Pompei fiz um veleiro de meio metro que flutuava de verdade. Isso é romantismo, o meu romantismo, o do tipo obscuro. Mas tem o outro; não só de melancolia, de fuga e da ideia do amor impossível é feito o romantismo, tem também a pulsão libertária, o sentimento de autonomia nacional e de rebeldia revolucionária. Esse era o de Isadora e o que desviava o nosso marinheiro da sua rota. Nunca entendi a atração dela pelos pobres e pela feiura; a atração do Mário por eles talvez eu entenda...

...*perto* da Vila tinha uma lagoa; um braço do rio Vermelho alimentava a lagoa. Ali, eu testava meu veleiro, uma sensação difícil de descrever, o sonho de navegar mexia comigo. Minha mãe contou aos pais kardecistas do Mário que eu ia à lagoa, que lia histórias de marinheiros e queria ser como o filho deles. Eles explicaram, do jeito simples deles, que tudo aquilo eram antigas vivências, reencarnações e espíritos imemoriais. Penso que estar só não é apenas uma vocação da alma, estar só exige disciplina e prática. Navegar é um ato de solidão, viver é um ato de solidão. No fundo, tudo é solidão. Solidão era o meu sentimento mais íntimo, a prefiguração de minha verdadeira natureza, mas não tenho mais certeza disso. Escurecer é uma arte. Acho que desde sempre fui obscuro — do tipo Hamlet, contaminado daquela angústia irada —, embora o futebol contrariasse essa vocação, porque futebol e dança fazem o sujeito esquecer que pertence à espécie dos obscuros. Foi então que o novo Mário começou a me pôr um frio na barriga porque uma coisa é a solidão do lobo do mar, outra coisa é a solidão do altruísmo, que é a doença dos heróis e mártires...

...foi de repente, como num estalar de dedos, a metamorfose: eu não era mais menino, mal tinha percebido que o corpo vinha sendo preparado em silêncio. Foi como um assalto, aquele desejo indistinto por todas as mulheres, um desejo como uma dor de dente, sem hora nem lugar. Meu romantismo se encarregou de fabricar a mulher ideal: amiga e amante, pura e lúbrica, delicada e ardente, alva e rubra, imaculada e iniciada, dominadora e dominada, anjo e súcubo. Deslocados do mundo, a gente ia viver dias e noites de fogo e de delícias. No nosso mundo, não iam existir trabalho, escola, falta de dinheiro, doença, medo ou culpa. A vida ia ser uma peça publicitária de um minuto, perfeita, mas vivida vinte e quatro horas por dia, em tempo real, e com trilha sonora. A trilha sonora eu já tinha, "Fascinação", música-tema de uma comédia romântica a que a gente assistiu, por falta de coisa melhor, como os filmes de guerra, de faroeste e de ficção. Tinha uma versão brasileira cantada por um cara de bigode fininho como uma sobrancelha pinçada e cabelos engomados e reluzentes como uma carapaça de besouro, parecido com o Mandrake, o mágico da história em quadrinhos. A canção falava dos sonhos mais lindos jamais sonhados, de um castelo feito de mil quimeras, falava que o corpo da mulher amada era luz e sedução. Na verdade, a letra da música não falava de uma mulher, eu

é que ouvia assim. A droga do amor, Professor, o princípio ativo da droga do amor romântico, é uma doença da alma. A obsessão do amor romântico acaba dinamitando todas as pontes e deformando o modo de amar da pessoa. Nunca encontrei aquela mulher, embora tenha chegado a acreditar uma dezena de vezes que sim. Nessas vezes, fiz e ouvi juras de amor eterno e tive momentos de desvario, paixão, ciúme, desejo de morte e, por fim, de nojo, que é o produto final da paixão. Eis a maldição romântica: a gente se apaixona pelo Amor, por uma ideia do amor...

...do Mário ganhei algumas lembranças de viagem: livros, um papiro com hieróglifos e principalmente uma caneta esferográfica. Foi a primeira que vi e, talvez, a primeira a aparecer no colégio. O interesse que ela despertou não tinha nada a ver com sua natureza de caneta-com-ponta-de-esfera, que era sua tradução do inglês, segundo o Mário. Ele disse também que a caneta esferográfica tinha sido inventada para os mergulhadores tomarem nota debaixo d'água — "sapador" é o nome desse tipo de mergulhador. Li — acho que na revista *Seleções* — que a caneta esferográfica, assim como o motor a jato das brocas dos dentistas, é uma das inumeráveis contribuições de guerra dos Estados Unidos da América à humanidade, um desses milagres tecnológicos inventados graças à apertada agenda da máquina de guerra. O mundo deve essa a eles. Confiável, a caneta esferográfica não fazia sujeira como as canetas-tinteiro e podia cair, sem estragar, desde que não caísse de ponta. Mas o verdadeiro motivo do sucesso da minha caneta não estava nas suas vantagens práticas nem na sua nobre origem, mas

na loura de maiô preto da tampa — um detalhe que me rendeu alguns trocados, até o dia em que as concorrentes chegaram no colégio. A um toque na tampa, o maiô da loura descia e ela ficava nua. Para pôr o maiô de volta, bastava virar a caneta de cabeça para baixo. Seu defeito estava no tamanho da mulher, pequena demais para minhas vistas ruins. Apesar de milimétricos, os seios e o triângulo escuro no encontro das coxas faziam furor entre os colegas. Uma ida ao banheiro com a caneta valia um sanduíche de mortadela, ou o seu equivalente em dinheiro. A caneta chegou num pacote, junto com este postal: *Hawaii, USA, 30 de agosto de 1955. Caburé: Estou em Pearl Harbor, no Havaí. Aqui os marines sofreram o mais covarde dos ataques, está no filme "A um passo da eternidade". Depois, os rapazes deram uma surra nos japoneses. Mas os amarelos eram valentes, imbicavam o avião nas belonaves americanas e explodiam junto. Kamikaze é o nome deles, significa vento divino. Cuidado, marujo! Essa caneta tem o poder de fogo de mil kamikazes. From yours, Pompei, the sailor.* Este foi seu último "Pompei, the sailor". A guinada política ainda não tinha contaminado seu senso de humor...

...são dessa época o rock e a bossa nova. O rock chegou botando banca, com programa de rádio e tudo o mais. Nome estranho, ninguém sabia pronunciar: *rock'n' roll*. Os mais velhos condenaram: zoeira dos infernos, ritmo indecente, dança do diabo. Os primeiros a se viciar foram os garotos das famílias ricas. Finalmente eles tinham sua música, uma música com a cara deles, samba era coisa de preto e cachaceiro, samba-canção de puta e boêmio. O ritmo come-

çou a aparecer nos filmes, uma garantia de que não era uma porcaria nacional, mas um autêntico produto importado. A imprensa deu o nome de "jotatê" aos jovens que ouviam e dançavam aquela música e se metiam em confusão. "Jotatê" significava "juventude transviada", não sei se por causa do filme com James Dean e Natalie Wood ou se o filme ganhou esse nome por causa dos garotos: *Rebels without a cause*. Aquela música estava por trás de tudo, fazendo a trilha sonora da vida deles. O sujeito era capaz de atravessar um rio saracoteando em cima das águas, ligado só na trilha sonora, porque o ritmo entrava no sangue e tomava conta da mente. Os cabelos armados de brilhantina terminavam em topete, como os tubos das ondas do Havaí, congelados na beirada da testa. Se o cabelo fosse louro e liso, melhor. Vestiam *blue jeans* importados — os imitadores usavam "calça rancheira", uma porcaria nacional —, com a bainha dobrada para fora, a parte clara de dentro fazendo contraste com o escuro do *indigo blue*, e camisas de mangas justas, também dobradas, onde encaixavam o maço de cigarros. Os garotos ricos compravam as camisas na Califórnia. Mas tinha um cara na cidade que copiava as camisas, ele aprendeu com um pessoal do Rio que tinha aprendido a copiar as camisas dos bacanas da Califórnia, os inventores da moda. Os garotos faziam ponto na praça do colégio, no bar Dois de Paus, ao lado do cinema. Fumavam e faziam pose, como se estivessem sendo filmados, e esgoelavam o motor das motos. Nos estudos, eram uma desgraça, mas não ligavam para isso porque tinham a tolerância da direção, os pais deles faziam doações para as promoções do colégio e bancavam as festas da rainha da primavera e do café. Eles tinham sobrenomes com selo de qualidade em dia, ao contrário do que herdei do meu avô, com prazo de validade vencido. Ninguém gostava de cruzar o caminho deles, era melhor mudar de lado na rua quando estavam em grupos. Era o que eu fazia...

...*Isadora* frequentou a turma deles. Meninas ricas e meninas safadas que queriam parecer ricas frequentavam a turma deles: vida pra valer era ouvir rock, andar na garupa de moto e usar *blue jeans*. Isadora circulou com a turma deles durante quase um ano. Ela disse que foi pela novidade e pela rebeldia, até perceber que não passavam de uns garotos estúpidos e alienados. Olhei no dicionário da biblioteca: "alienado: louco, doido, alheado". Mas isso não esclarecia tudo. Pelo fato de ter saído da boca de Isadora, a palavra devia ter algum significado oculto, ela sempre tinha palavras que fugiam da minha compreensão. Alguma coisa deve existir na pobreza que engessa os neurônios do sujeito e trava a compreensão. Eu era lento e sentia uma espécie de despeito por isso. Tive de engolir a suspeita de que Isadora não tinha escapado impune daquele tempo de motos e bancos traseiros de carros porque ela ainda não era minha para eu arrancar confissões. Não é para isso que serve o amor? Para vasculhar a alma, tomar posse do corpo, obter promessas de fidelidade e arrancar confissões?...

...*no* começo de 1956, Mário começou a mudar, e então as coisas tomaram o rumo de um barco à deriva. Apesar do alerta no postal, quem acabou virando *kamikaze* foi o próprio Mário. Mas antes preciso contar uma coisa: na noite de

30 de setembro de 1955, James Dean morreu num acidente de carro. A revista *Cinelândia* dedicou uma matéria de capa ao ator, e minha irmã, por sete dias e sete noites, reuniu no seu quarto um minúsculo fã-clube do ator, o "JD forever", para chorar e rever fotos dele. Antes de criar o fã-clube, ela tinha me perguntado como é que se dizia "para sempre" em inglês. A parede do lado de sua cama era coberta por fotos de James Dean, recortadas das revistas *O Cruzeiro* e *Cinelândia*. Não sei por que estou lembrando isso agora, é engraçado porque não lembro a data da morte do meu pai. Nem a de nossa mãe. Em fevereiro de 1956, Mário ia completar 22 anos e tinha acabado de ser promovido a segundo-sargento. A data do postal é de janeiro, mas o recebimento foi na primeira semana de fevereiro. Foi neste postal, com a imagem do grande rio de águas amarelas, o mercado flutuante e um formigueiro de caboclo seminu que a coisa começou. *Belém do Pará, 10 de janeiro de 1956. Caburé: O Amazonas é um mar. A floresta é um labirinto, estrada não existe, só se avança pelos rios. A terra dá de tudo: fruta, erva medicinal, peixe, caça e madeira. Se nosso país tem tanta riqueza, por que o povo vive nessa pindaíba? Riqueza e pobreza são carne e unha, aquela não vive sem esta. Precisamos descobrir o verdadeiro Brasil, marujo. Marinheiro Pompei...*

...após viagens mais longas, a tripulação tinha o direito a uma folga. Em 1956, sua chegada foi precedida por dois cartões-postais. Não de Nova York, Londres ou Paris, mas de Havana, Cuba. Mário distribuiu o texto em dois postais, numa letra miúda e perfeita. A novidade é que eles foram postados num envelope lacrado: *Havana, Cuba, 23*

de abril de 1956. Caburé: *Cuba é a cara do Brasil: sol, mar e uma gente que adora música e dança. Tem postos Atlantic, Texaco e Esso, tem Gillette e Coca-Cola. A diferença é que aqui tem cheiro de pólvora no ar. Pra todo lado você lê: "Abajo el imperialismo yankee". Fica de olho nessa palavra, IMPERIALISMO. De noite você ouve tiro, de manhã aparece cadáver em terreno baldio com sinais de sevícia. Marinheiro Pompei. P.S. Sevícia, seu caipira da Vila Vermelho, é tortura!* O texto continua neste outro postal: *O Brasil tem uma vantagem, fica longe dos Estados Unidos. Um presidente mexicano falou "Pobre México, tão longe de Deus, tão perto dos EUA!". Mais hora menos hora, o Tio Sam vai saltar no pescoço da Ilha e cravar-lhe os dentes, igual na revista do Drácula. Saudações tupiniquins. Marinheiro Pompei. P.S. Devo estar aí lá pelo dia 15 de junho.* Os textos não tinham a cara do Mário, não a do Mário fascinado pelos engenhos americanos. Pela segunda vez, não assinava "Pompei, the sailor" e pela primeira vez escrevia "Saudações tupiniquins". Tupiniquins eram uns índios de segunda categoria, sem prestígio na nossa história; pior: "niquim" tinha um quê de diminutivo depreciativo. Em junho, Mário veio. Estava menos falante, e seus relatos não tinham o mesmo entusiasmo. Ele não parecia feliz, embora eu sinta pudor em falar de um sentimento tão impreciso. Onde estava Mário, o turista deslumbrado, que se desmanchava diante dos truques tecnológicos dos americanos? Não havia nenhuma turbulência aparente, ele tinha um ar tranquilo e parecia gozar de boa saúde. Eis o enigma: com tudo isso, ele tinha algo de diferente. Por que não podia ser razoável com nossos sonhos? Quem é que queria saber de imperialismo, de tupiniquim, de sevícia, de água barrenta e de caboclo seminu e feio?...

...*foi* então que ele começou a falar aquelas coisas: "Os ianques acreditam que nossas cidades têm esgoto a céu aberto, cobra passeando no meio da rua e gente caindo fulminada por alguma febre tropical". Como tinha água suja escorrendo nas ruas da Vila, uma ou outra cobra desgarrada que a gente caçava a pedradas e muito lavrador com impaludismo, perguntei se os ianques não tinham razão, mas por algum motivo aquela já não era a pergunta certa. E ele falando: "Nosso povo sempre foi bem mandado, planta o que eles mandam a gente plantar, compra o que eles querem que a gente compre, fabrica o que eles não querem mais fabricar...". A questão é que "eles" eram os ianques, e os "ianques" eram os nossos heróis. Eu não entendia o que um povo que vivia a não sei quantos mil quilômetros tinha a ver com as cobras e os esgotos a céu aberto daqui? O que super-heróis e mocinhos tinham a ver com a pobreza de nossa gente e o atraso de nosso país? Quem perguntou isso não fui eu, acho que foi o Tié. Mário disse que tinha tudo a ver, que a perseguição e a matança de peles-vermelhas, de amarelos e de pretos e os beijos apaixonados dos mocinhos no final disfarçavam os piores propósitos, só não via quem não queria ver. "Não vê o quê?", perguntei. "Logo você vai ficar sabendo", disse ele. "Quero saber agora", insisti. "Está bem. Imagina a seguinte cena: um bombardeiro sobrevoa nossa Vila e despeja uma bomba atômica bem em cima dela. Não sobra nada: casa, gente, rio, floresta...", disse. Interrompi: "Mas foi pra acabar com a guerra mais depressa. O professor de história explicou que Hiroxima e Nagasaki...". "Quem falou que as bombas atômicas eram pra acabar com a guerra foi o cinema", Mário me cortou. "Não, foi meu professor de história", repeti. "Mas foi o cinema que pôs isso na boca do seu professor de história", disse ele. "A *Seleções Reader's Digest* também disse", falei. "Caburé, não parece uma contradição fazer uma matança absurda como aquela pra acabar com a guerra?", disse. Não gostei de ser desacreditado na frente dos colegas, mas disfarcei. Os irmãos Russo não pareceram surpresos com a mudança do Mário, mas eles eram assim mesmo, o pai enchia a cabeça deles de minhocas. Mário não mudou de estratégia, era como se tivesse previsto nossa reação...

...em dezembro, Mário veio para o Natal e o Ano-novo. O desejo de todos era que aquela história de super-herói bandido e mocinho canalha não fosse pra frente. Mas a cada palavra sua o mundo ficava menos ordenado. Mário esteve conosco ainda três vezes, eu especulava sobre quando e por que as viagens modificavam ele, nunca passou por minha cabeça que as mudanças tivessem ocorrido aqui mesmo, e que saindo daqui mudado o mundo lá fora mudava. Além disso, as viagens nem sempre eram ao exterior, na maioria das vezes sua unidade navegava em águas brasileiras. Aos poucos, o ar de turista deslumbrado foi dando lugar a um outro Mário, ele estava agora mais reservado, mais contido. Acho que foi por essa época que se aproximou da minha irmã. Ela não fazia ideia dos problemas que traziam inquietude ao coração do seu marinheiro, aos 17 anos ela vivia num mundo à parte, de sonho e fantasia, apesar do seu talento para gerar renda. Quando não estava ocupada, seu tempo era dedicado aos cantores de rádio e aos galãs de Hollywood. Era curioso ver os dois: ele, cada dia mais concentrado, se esforçando para explicar as coisas de uma

nova maneira; ela, um turbilhão de cabelos agitados, de gestos largos e riso fácil, quando então exibia dentes perfeitos. Penso que os dois só combinavam no plano ideal, num filme ou numa novela de rádio, por exemplo. Ela parecia estar sempre no meio de algum filme, no papel de estrela, ou então num palco, cantando, e ele, no instante dramático que antecede uma decisão fatal...

Terceiro dia

...*este* é de 1957; ele me incomoda, apesar do toque de humor: *Fernando de Noronha, 15 de fevereiro de 1957. Caburé: brasileiro não é nem super-herói nem caubói, brasileiro é sertanejo, é tupi-caipira. Já provamos carne de muito europeu metido a besta, e ainda vamos provar carne de ianque. Estou lendo um livro que fala de um herói sem nenhum caráter, explico depois. Saudações canibais! Marinheiro Pompei. P.S. Está na hora de deixar de lado essa escola de latifundiários e ler coisa que presta.* "Latifundiários", "provar carne de ianque", "saudações canibais", nosso marinheiro devia estar perdendo o juízo. Foi Isadora que me ensinou o significado de "latifundiário". Ela explicou que seu pai não era latifundiário, mas membro da burguesia industrial e comercial, com interesses junto ao latifúndio. Eu, sim, neto de dono de terras, tinha sangue de latifundiário. "Terras", disse ela. "Só se for latifundiário falido", eu reagi. Ela disse mais: latifundiário, comerciante, industrial e financista não eram a mesma coisa, mas pertenciam ao mesmo clube, o clube do capital, esse sim o verdadeiro inimigo, razão do atraso e da pobreza, porque num país de mentalidade católica e colonial como o nosso o capital tinha ganhado uma face atrasada e concentradora de riqueza. Devo a metade da minha iniciação política ao Mário, a outra a Isadora, que devia a sua iniciação ao irmão, que estudava no Rio e era líder estudantil. Quanto ao Mário, não sei a quem devia a dele. Aos poucos, as coisas iam se encaixando e pondo minhas ideias de pernas pro ar. Tive de aprender da noite pro dia coisas que subvertiam o que antes pareciam verdades eternas. As coisas que Mário e Isadora sabiam contrariavam as coisas que ensinavam no colégio e as coisas em que meu avô acreditava. Ele aprendeu que o comunismo era obra do diabo e que os comunistas tomavam as terras dos verdadeiros donos para pôr nas mãos de gente preguiçosa e ressentida. Ele sabia disso porque o padre Jaime falava, porque o pessoal da associação comercial falava e porque a confederação dos agricultores falava. Mas o que eu queria mesmo era ser como Mário e como Isadora...

...*reli* o postal um monte de vezes, vi uma ligação entre ele e os de Cuba. Eu começava a gostar do jeito que ele escrevia, aquele truque de misturar coisa séria com humor, e a compreender o que antes me tirava o fôlego. Então era isto: quanto mais a gente admirava os prodígios dos ianques, mais a gente se achava uma porcaria; quanto mais eles desprezavam latino, preto, amarelo, índio e pobre, mais a gente queria ser igual a eles. Desde então, os postais passaram a vir em envelope fechado. Agora eu compreendia: aquelas ideias eram proibidas; e aquilo tinha um nome: subversão. Senti que fazia parte de algo importante, isso tornava a gente cúmplice. Cumplicidade implicava riscos, como num filme de suspense. Mário comentou a passagem sobre antropofagia do último postal, disse que era uma provocação, que nunca tinha levado a sério aquela história de canibalismo dos livros de história, que tudo não passava de desculpa de europeu para a matança dos índios. Disse que os portugueses eram uns cagões, tinham má constituição física, doenças venéreas, tossiam, fugiam do banho como o diabo da cruz e faziam feio em combate, só eram bons mesmo em tocaia e ataque à traição. Então, nossos índios não iam querer comer umas porcarias daquelas. Nos rituais, sim, eles comiam o inimigo que tivesse feito bonito em combate. Mas só guerreiro valente de tribo inimiga. Tudo o mais era pretexto de branco para a matança, Mário disse...

...*"querem* mesmo saber quem são os ianques? Eu vou dizer quem são os ianques", disse ele. Havia uma ordem mundial, como uma seita secreta, que regia povos e nações, uma divisão mundial do trabalho em que uns entravam com o sangue, outros com sua sede de sangue, ele explicou. Comecei a me interessar por metáforas — eu não sabia o que era metáfora, foi Isadora que me falou de metáforas e metonímias, não sei onde ela aprendia tanta coisa. Houve um momento em que acreditei que podia ser o porta-voz do Mário. Toda vez que ele ficava assim, incompreensível, e que todos ficavam impacientes com ele, eu achava que podia explicar. O resultado foi desastroso, eu não tinha os seus argumentos, eu não tinha suas informações. Disseram que eu queria ser como o Mário, mas que eu não ia nunca ser como ele. Alguém disse que ele tinha ficado esquisito assim por causa de alguma desilusão amorosa, e que sua desilusão amorosa tinha cabelos loiros, olhos azuis e longas pernas, em alguma daquelas cidades que a gente via nos filmes, com neve e casacos de pele. Saí em defesa dele e de sua namorada nativa, minha irmã. "Marinheiro tem um amor em cada porto", alguém lembrou. "Só um idiota ia trocar uma deusa de olhos azuis por uma caipira da Vila Vermelho", outro falou. Eu mandei os dois à merda. Para aqueles idiotas, uma mudança de orientação, como a do Mário, só podia ser por causa de uma desilusão amorosa, não conseguiam ver nada no mundo maior do que uma desilusão amorosa — não revelei, é claro, mas no fundo era o que eu também sentia; como entender que alguém pudesse jogar fora seu futuro e seus sonhos por causa de uma merda de um país atrasado e de uma gente feia e pobre? O Mário estava desgraçando nosso sonho de sair pelo mundo a bordo de um navio de guerra, que é a única coisa digna do lobo do mar que cada um trazia no castelo de proa do peito, pronto para se soltar e se abalar pelos sete mares: "Fifteen men on the dead man's chest. Yo-ho-ho and a bottle of rum!", igual no romance de Robert Louis Stevenson. Soltar nossas gargantas de marinheiros, sedentas de ventos e de tempestades, era tudo o que a gente tinha desejado até aquele dia. Berrar as coisas medonhas que só os verdadeiros lobos do mar sabiam berrar, como aqueles de *A Ilha do Tesouro*, o primeiro livro do mar que o Mário tinha me dado, antes de trocar os mares sem-fim pela paisagem sem charme desta terra. "Esse traidor vai botar nossos sonhos a pique", cada um devia estar pensando...

...*Mário* colecionava lembranças de suas viagens. Numa parede, bola e taco de beisebol, escuna dentro de uma garrafa, *sombrero*, presa de elefante entalhada, conchas de tamanhos incríveis... Numa parede, duas adagas sarracenas e flâmulas, muitas flâmulas de universidades americanas, dispostas de forma geométrica. Na última vinda, ele trocou as flâmulas por livros. "Escolhe um", ele disse, com um gesto que abarcava todo o novo arranjo. Hesitei, ele correu o dedo indicador pelas lombadas e parou numa amarela. "*Macunaíma*, o livro que te falei no cartão-postal. Mário de Andrade. Mário como eu, Andrade como você", disse ele. Explicou que o romance era uma espécie de história do Brasil meio de ponta-cabeça, que ali eu não ia encontrar mistificação, o livro contava histórias da nossa gente, falava a língua da nossa gente, que era um jeito novo da gente se ver... Depois de uma pausa, ele desafiou: "Caburé, não leva a mal: você sabe o que é mistificação?". Eu não sabia o que era mistificação, mas disse que sabia. Ele riu, deu um tapa na perna como quem diz com mil torpedos, esse marujo é das Arábias. Mas o que disse mesmo foi: "Você é um dos nossos". E ainda brincou: "Já não se faz caipira como antigamente". Talvez soubesse que eu estava mentindo, mas não deu a entender. No colégio, fui ao dicionário. Nunca vou esquecer seu sentido, foi uma sensação parecida à que tive quando li outra palavra, "alienação"...

...*"você* é um dos nossos". A frase ficou dando voltas na minha cabeça, devia ser o sinal para minha admissão no seu grupo, qualquer que fosse o seu grupo, sem dúvida ele tinha um grupo. No momento certo, eu ia ficar sabendo, pensei.

Não fiz perguntas, sempre tive dificuldade em fazer perguntas, mas alguma coisa me dizia que por trás das palavras havia um plano secreto e que nele eu ia ter um papel importante. Neste outro postal, sua dicção faz lembrar o Mário de antes, mas com outro conteúdo. É um modo vibrante de escolher e arranjar as palavras e que pôs meu coração em sobressalto: *Porto de Paranaguá, Paraná, 2 de abril de 1957. Caburé: os mandachuvas deste país são valentes com o povo e cagões com os ianques. General lambe as botas dos barões, os barões lambem as botas dos ianques. Tem muita limpeza pra fazer. Escolha a arma, marujo: livro ou fuzil? Na dúvida, use os dois, é pra isso que o bicho-homem tem duas mãos. Saudações auriverdes. Marinheiro Pompei.* O postal é uma foto; o ano, 1930: uma imensa fila de trabalhadores, a maioria de negros, quase todos descalços, carregando sacas de café para dentro de um navio...

...foi por essa ocasião que meu pai adoeceu; quer dizer, foi quando a doença mostrou a cara pra valer. No começo, era só um pigarro, depois uma tosse rouca e, por último, um rosnado comprido e fundo. Nossa mãe atribuía a tosse e o abatimento ao fumo, à cerveja gelada, ao sereno da madrugada e às mulheres. A relação entre doença e mulheres era um mistério para mim, mas pressenti algo de proibido e obsceno na censura de nossa mãe. Bem que ela tentou levar meu pai ao médico. "É um pigarro à toa, mulher!", desconversava. Outras vezes, ele dizia que era só uma bronquite, que nunca tinha ido a um médico em toda a vida e que não ia ser agora. Ela fez outras tentativas, ele sempre relutante. Tinha sido a mesma coisa com a doença do pai

dele: minha avó insistindo, meu avô relutante. Nossa mãe mandou um portador a um irmão dele para vir convencer o cabeça-dura a procurar um médico. Meu pai desfeiteou o irmão, mandou ele cuidar da própria vida, disse que não falava com ladrão. Havia muito ressentimento entre meu pai e os irmãos desde a partilha, ele se considerava traído por um complô de irmãos e cunhadas. Nossa mãe rebatia, lembrando que a parte dele não tinha dado nem para cobrir as dívidas que tinha contraído em nome do meu avô, que os irmãos dele tiveram de abrir mão de parte da herança para limpar o nome do velho. "O senhor barão deve dar graças a Deus por não estar na cadeia", ela terminava — "senhor barão" era como ela hostilizava meu pai. Essas conversas sempre acabavam em discussão a portas fechadas. E, não fosse por um ou outro tom mais alto, era como se nunca tivessem existido. Não costumavam bater boca na frente dos filhos. Nos tons velados de suas discussões, havia algo que ia além da doença e da herança, alguma coisa viva como uma brasa sob as cinzas. Eu não entendia o verdadeiro propósito da rabugice de nossa mãe: preservar a saúde do meu pai, que perdeu o pai por causa de uma tosse, que acabou desabrochando numa flor maligna, ou afastar ele das mulheres, da jogatina e da companhia dos vagabundos que bebiam da sua cerveja, tomavam seu dinheiro emprestado e trapaceavam com ele no jogo. A situação era esta: a doença consumia seu corpo e junto levava nossas últimas economias. Para nossa mãe, meu pai era um misto de aventureiro, boêmio e otário, que entregou o que tinha e o que não tinha a putas e parceiros de esbórnia. Sempre que faltava o dinheiro para a despensa e para a farmácia, ela jogava na cara dele sua vida de dissipação...

...*a* tarefa de recolher meu pai era de meus irmãos, mas passou a ser minha nos seus últimos dias de rua. Eles desistiram da obrigação porque meu pai não se emendava, porque resistia e porque tinham vergonha dele. E raiva, muita raiva. Acreditavam, como nossa mãe, que todos os infortúnios que se abateram sobre nossa casa eram por culpa dele. Eu também sentia vergonha de ver meu pai naquele estado, mas raiva, não, eu amava ele e, é estranho dizer isso, amparar ele era uma maneira de retomar o contato físico, do tempo ainda recente de menino, quando meu pai era um gigante, de riso fácil, que me punha nos ombros e cruzava o curral no meio do gado, acima dos chifres inquietos dos animais, ou quando atravessava comigo o rio da fazenda, com água pelo pescoço, e eu não tinha medo, e o nosso mundo era um caminho seguro, sem armadilhas e sem tropeços, que parecia ter sempre existido e que ia existir para sempre. A tarefa de recolher meu pai consistia em procurar ele no centro da cidade, nos bares em torno da estação ferroviária, onde também ficava a zona boêmia, as pensões baratas e os galpões dos cerealistas. Quase sempre eu encontrava ele bêbado, sujo e já sem um tostão no bolso, implorando, sem modos, uma última dose, fiada. A mim ele atendia sem resistir e chorava quando eu amparava ele de volta para casa. No caminho, talvez para me consolar, quem sabe para consolar a si mesmo, dizia que não ia mais fazer seus "passeios noturnos" porque o sereno não estava fazendo bem à saúde, que ia voltar à fazenda e recomeçar tudo com uma partida de novilhas ou uma carga de café... Mas fazenda não havia mais, e nem gado, e nem café, e nem crédito na praça. Às vezes, ele ficava intratável, dizia coisas pesadas contra os irmãos e principalmente contra nossa mãe, que ele chamava de santa, santinha, santinha-do-pau-oco, Nossa Senhora Falsa das Dores: "Foi a santinha que mandou? Cadê a santinha, ficou no oratório? Aqueles olhinhos nunca me enganaram". Acho que ele me obedecia porque tinha pena de meu corpo magriz, de proporções ainda avacalhadas pelo último estirão. Eu cumpria a missão com grande esforço físico porque ele era um homem grande, de ossos largos, mesmo sem a antiga e imponente massa de músculos. De qualquer modo, a tarefa ia durar pouco tempo, pois logo ele caiu de cama e não mais se levantou. Meu pai viveu cercado de todo tipo de amigos enquanto teve dinheiro, depois conheceu a solidão. Nos seus dias de sol no quintal, ainda era visitado por dois sobreviventes da corja alegre que dava gargalhadas com ele nos puteiros e nas casas de jogos. Quando caiu de cama, também eles sumiram, não por vontade deles, é verdade, mas por nossa mãe, que escorraçou os dois com um cabo de enxada porque mijavam atrás da casa e se aproveitavam disso para se exibir para ela e para minha irmã. Talvez meu pai também fizesse isso na casa deles...

...meu pai nunca teve ocupação fixa, ao contrário dos irmãos, que viviam para a fazenda. Meu avô desistiu de fazer dele um "homem de bem", o que para o velho significava, em primeiro lugar, ser um proprietário de terras; em segundo, um cafeicultor. O que meu pai gostava mesmo era de negociar — quer dizer, de barganhar, fazer catira. Dizem que barganhar é uma arte, mas dizem também que homem de bem não faz da barganha seu ganha-pão, pois o fundamento da barganha é o logro. Meu avô era mais duro:

barganha era coisa de cigano, gente preguiçosa, ladrona e safada, pior do que índio. Dinheiro fácil é assim, do jeito que vem ele vai, nossa mãe dizia. Além de barganhar, meu pai sabia como ninguém fazer dívidas, para isso se valia do nome do meu avô. Ele tinha veneração pelo pai, mas não sabia fazer as coisas do jeito que o pai queria. Meus tios diziam que quem nunca pegou no batente, como ele, não sabia quanto custava o dinheiro; diziam também que a vida de estrada e de catira era mais um truque para fugir das lidas da fazenda. Quando mudamos para a Vila, meu pai já tinha perdido a antiga vitalidade. A morte do meu avô e a decadência da fazenda, que ele ajudou a arruinar, contribuíram para isso...

...*os* Russo sabiam que as coisas na minha casa não iam bem. Emprestaram uma carroça de mão e colocaram à minha disposição seus legumes e verduras. Ganhei algum dinheiro na parte alta da cidade, mas nossa mãe descobriu e disse que minha obrigação eram os estudos, deixasse o ganha-pão por conta dela. Eu sabia que ela fazia aquilo por soberba. Nos piores dias do meu pai, voltei às verduras e legumes, e de novo os irmãos Russo me garantiram suprimento. Nessa época, a gente já tinha horta própria, mas a falta de carne e a despensa sempre em baixa obrigavam a gente a consumir tudo o que produzia. Os Russo plantavam variedades que ninguém plantava, uma prática que seu Giuseppe trouxe da colônia de imigrantes italianos, da serra capixaba. Suas variedades tinham boa acolhida na cidade, nos bairros dos ricos: rúcula, beterraba, alho-poró, couve-flor, brócolis... Daquela vez, Tié, desempregado, veio comigo. Eu oferecia a mercadoria, recebia, dava trocos, e ele se aplicava nos tirantes da carroça e anunciava os produtos. A divisão do trabalho não foi ideia minha, ele disse que não ficava bem "nosso" estudante puxando carroça em bairro de ricos. Na parte alta da cidade, morava a maioria dos colegas de colégio, Isadora era uma deles. Embora a gente ainda não fosse colega de sala, eu sabia quase tudo a respeito dela — acho que todos sabiam quase tudo a respeito dela, como se ela fosse uma celebridade. Ser flagrado na sua porta como verdureiro ia ser uma desonra. Tié sabia que os garotos do bairro do Alto estudavam no colégio e que, para aquela gente, trabalho braçal era uma vergonha. Eu tinha lido não sei onde que o trabalho braçal era uma herança colonial, tarefa só para escravo, coisa típica de país católico e português. Então, só preto e imigrante puxavam carroça feito animal de tração. A expressão "trabalho não é desonra", que nossa mãe costumava usar para justificar seu trabalho forçado de costureira, era boa para ela, mas não era boa para mim. Por isso, durou pouco minha segunda tentativa de ficar milionário — palavras do Tié para me fazer rir e me animar. Não sei como nossa mãe descobriu, mais uma vez ela pôs fim à minha empreitada. Tié atendeu a freguesia por algum tempo até arranjar trabalho fixo na fábrica de telhas. Voltei a depender de nossa mãe para a coca-cola e a sessão de domingo. O problema era que quase nunca ela tinha dinheiro...

...*meus* pais se odiaram desde sempre, só percebi isso na Vila. A gente tinha acabado de mudar, quando nossa mãe reuniu a família e informou que três de nós iam trabalhar e que só um ia estudar. "Todos vocês deviam estar na escola e não procurando trabalho", disse ela, acusadora, olhando para meu pai. E, então, distribuiu endereços para contatos, nomes que tinha arrancado do meu avô paterno no leito de morte. Meu pai se opôs: "Isso é uma situação indigna para esses meninos". Nossa mãe rebateu: "E qual é a situação digna para esses meninos, senhor barão?". "Na minha família, nunca ninguém teve patrão, na sua eu não sei", ele disse, sem muita convicção. Nossa mãe fez um muxoxo. Seu espírito prático e franqueza tinham previsto tempos ruins para a fazenda quando o sogro se fosse, e por isso ela foi hostilizada pelos cunhados e cunhadas. Meu pai não ficou do lado dela nesse embate, disse que ela ofendia o nome da família; ela nunca perdoou ele por isso. Meu irmão mais velho conseguiu o posto de auxiliar de serviços numa exportadora de café — mais tarde, descobri que era a empresa do pai de Isadora, nunca revelei isso a ela —, o irmão do meio entrou de aprendiz de mecânico na retífica de motores, a irmã na fábrica de resistências de ferro elétrico, e eu fui matriculado no colégio Inácio de Loyola, sabe-se lá com que dinheiro. Nem eu nem meus irmãos tínhamos imaginado ter um dia de trabalhar para sobreviver, não tão cedo, antes dos 18 anos, como a gente da Vila.

...*meu* pai acreditava que a qualquer momento, numa jogada de mestre, ele ia fazer um pé de meia e entrar de novo no jogo, era só uma questão de tempo, e aí toda nossa vida ia mudar etc. Nossa mãe, que, além do espírito prático, sabia como ninguém botar água numa fervura, rebateu: "A despensa está vazia hoje e não no século que vem, senhor barão". Desde o colapso da fazenda, ela não perdia a oportunidade de alfinetar meu pai. Ele nunca levantou a mão contra ela, não que eu tenha visto, mas ainda vejo meu pai batendo a porta e escapando para a rua — ele sempre batia a porta e escapava para a rua nesses momentos, mas ela já não se impressionava com suas saídas dramáticas. "Alguém nesta casa tem de trabalhar", disse ela, em voz alta, para ele ouvir, mas o portão da rua também já batia com força. Com um gesto de mão, nossa mãe encerrou a reunião e despachou cada qual para o seu destino. Dali, meu pai ia bater de porta em porta, atrás dos antigos parceiros do meu avô, fazendo modestos pedidos de "empréstimos" em nome dos favores que, na sua avaliação, as pessoas deviam ao velho. Às vezes, ele obtinha sucesso e numa única noitada torrava tudo. Mas houve uma hora em que o "capital simbólico" do meu avô também se esgotou, como já tinha acontecido com seu capital real, e meu pai se tornou um estorvo para todos. Aí, a paciência dos credores também se esgotou e junto com ela se foram a cordialidade e o respeito...

...na segunda metade de 1957, a penúria tinha obrigado nossa mãe a contabilizar cada centavo. O cinema e a coca-cola dos domingos foram cortados de vez. O argumento que ela usou tinha a cara dela: em nossa família não se ofendia a tristeza com diversão. Tristeza era a doença do meu pai; diversão, o cinema, a coca-cola, o rádio sintonizado em programas de música e até conversa em voz alta.

Em momento nenhum ela falou de privação. Os amigos me procuraram, menti para eles, expliquei que estava apertado nos estudos. Tié procurou me convencer, relatei a conversa de nossa mãe sobre tristeza e diversão, ele riu: "Não vem com essa conversa, Caburé, eu sei que tristeza é essa". E sabia mesmo: quando seu pai sofreu o acidente na roça e ficou quase um ano de cama, a falta de dinheiro deixou sua família a pão e água. "Nós comeu de tudo, até pau de mamoeiro, depois de acabar com os mamão", disse ele. Expliquei que na minha casa cada um ia ter de dar sua cota de sacrifício e que a minha eram o cinema e a coca-cola, se quisesse continuar no colégio. Ele disse que tinha um plano: cada um ia entrar com o que pudesse para um ingresso extra, um refrigerante e a passagem de ônibus da Vila à cidade. O gasto extra de cada um ia ser pequeno porque a turma era grande e ninguém estava desempregado naquele momento. "Tristeza não cura doença", disse ele. "Não está certo", disse, sem convicção. Tié não teve muito trabalho para me convencer, eu já era um trânsfuga da tristeza, embora não tenha mais certeza disso. Eu era o único na Vila a frequentar o colégio, como já disse. Em casa, vinha faltando muitas vezes o essencial, mas eu ia ao colégio. Tié só colocou uma condição para financiar a ida ao cinema, a coca-cola e a passagem: ser o número um do colégio, humilhar os garotos de sobrenomes gloriosos. "Ou?", perguntei. "Ou todo nosso cobre de volta", disse ele...

...no futebol, a Vila estava pau a pau contra os miseráveis: uma vitória para cada um e um empate. Foi num torneio com dez equipes, em campo neutro, que eles levaram a

melhor. Tivemos que engolir um segundo lugar, numa final em que a gente não pôde pôr a culpa no juiz. Jacó, nosso centroavante, desperdiçou um pênalti no tempo normal; o pateta disse que pegou mal na bola por causa de um prego na chuteira. A bola bateu na trave esquerda, e um zagueiro deles rebateu, deu um chutão pra cima e armou sem querer um contra-ataque. Nosso lateral-esquerdo, o Hugo-Só, deixou o atacante deles, um ponta-direita nanico e de pernas de caniço, chegar à linha de fundo. Ventania, nosso goleiro, falhou num cruzamento idiota, mas o centroavante deles não. Perdemos o jogo por 1 a 0. A derrota para os pés de arroz ficou atravessada na garganta dos vila-vermelhenses, e aí me delegaram aquela tarefa maluca de humilhar os caras no colégio, enquanto não chegasse o dia de uma revanche de verdade, no campo de futebol. Acontece que nos estudos a tarefa também não ia ser fácil, eles tinham *pedigree*, tradição, e a nós faltava *quorum*, quer dizer, eu ia entrar sozinho na disputa. Mas não tinha escolha: se a escola era meu purgatório, o cinema era minha perdição. O dilema sacana só podia ter partido da cabeça do Tié, pensei, mas o engraçado é que a ideia foi do Taú, justamente ele que parecia curto de inteligência, mesmo antes do acidente no Rio...

...Mário me enviou uma coleção em dez fascículos, *História da Formação da Classe Operária* — acho que era esse o título —, dos artesãos medievais aos sindicatos atuais; o décimo fascículo era dedicado às ligas camponesas, no Brasil. Vieram com dois cartões-postais. O primeiro é este operário de siderúrgica, com roupa de amianto e uma tenaz gigante nas mãos: "*Conforme prometi, segue material* *mais confiável. Desconfie dos livros do colégio. Os textos e as ilustrações falam mais do que o postal. Saudações operárias".* "Saudações operárias", um marinheiro dizendo "saudações operárias"! O segundo postal, este gaúcho da fronteira, com um laço e ferro de marcar o gado. Nos dois, o mesmo tema: o trabalho. Isso foi no início de setembro, o pacote foi postado no Rio...

...*meu* irmão mais velho tinha uma criação de coelhos. Certa manhã, nossa mãe anunciou que íamos comer os coelhos. Ela não disse "nós vamos comer os coelhos", ela disse "vosso pai precisa de uma dieta de carne" — nas situações graves, ela usava o tratamento "vosso". Segundo ela, a ideia tinha sido do médico, a carne de coelho era apropriada para as condições do meu pai — ela inventou tudo, tenho certeza. De acordo com minhas leituras, sua decisão tinha nome: proteína animal. A gente não tinha dinheiro para carne, por isso ela decretou o abate dos coelhos. A decisão estava tomada, ela não ia voltar atrás. Havia uma grande aflição na expressão do irmão mais velho, ele quis reagir, chegou a esboçar uma reação, mas nossa mãe decretou: "Os coelhos ou a vida do vosso pai". Deixou a frase no ar e voltou para suas costuras. O irmão mais velho saiu para a rua e não tocou mais no assunto, mas nunca aceitou o sacrifício dos coelhos. No início, eles eram uns trinta, comiam os restolhos da horta e o capim que crescia como uma lavoura no fundo do quintal. A cada manhã, antes de sair, enquanto o último coelho não foi abatido, ele ia ao porão, onde criava os bichos e falava com eles. Nos meses seguintes, a cada três dias, em que os coelhos foram abatidos e servidos no almoço, meu pai mal tocou no prato, apenas "ciscou a comida", nas palavras de nossa mãe. Mas a estratégia de garantir provisão de carne para a família tinha sido bem-sucedida — tenho certeza de que esse era o verdadeiro propósito dela: "Corpo mal alimentado é entrada de doenças", dizia. E o inimigo parecia estar alojado dentro de casa, no corpo do meu pai. Nesse tempo, o irmão mais velho passou a comer num bar perto do escritório onde trabalhava: pão com molho de tomate acebolado e um copo de leite. Nos três meses de coelho, nossa mãe fazia seu prato, tapava com outro prato, envolvia com um guardanapo e deixava no forno para quando ele chegasse. No dia seguinte, intacta, sua porção de coelho virava canja ou algum tipo de bolinho. Eu vivia num estado permanente de sobressalto e medo, muito medo, sem saber bem do quê. Uma ardência no estômago me incomodava, descobri que a mão espalmada no local me dava a sensação de alívio. Havia uma espécie de pacto familiar de silêncio, quer dizer, um pacto não negociado de silêncio. Quem não suportasse que cantasse, como minha irmã, desde que cantasse baixinho. Ou criasse coelhos, como o irmão mais velho. Ou caçasse os adversários em campo com "carrinhos" e cotoveladas, como o irmão do meio, que tinha uma criação de pombos. Eu tinha descoberto os livros, passava horas e horas lendo e prestando atenção na ardência do estômago. Além disso, tinha meu veleiro, tinha os gibis e colecionava carteiras de cigarro vazias. Não sei o que nossa mãe fazia para suportar, mas lembro que ela nunca sorria e que, com obstinação, murchava...

...quando o último coelho foi abatido, nossa mãe voltou sua faca para os pombos do irmão do meio. E dessa vez sem o pretexto da doença do meu pai, todos sabiam que ele não conseguia ingerir comida sólida, com muita dificuldade podia engolir duas ou três colheres de caldo. O pretexto para a nova matança eram os piolhos, ela disse que eles estavam infestando a casa. Não acreditei, é impossível não sentir um piolho passeando na sua pele. Não podia haver piolho na casa por dois motivos: primeiro, o viveiro dos pombos ficava no fundo do quintal, a uns 20 metros de distância; segundo, os pombos não tinham piolhos, e ponto final, de piolho eu entendia, estavam limpos como a pomba do Espírito Santo. Ninguém acreditou na história dos piolhos, é claro. Pensei em sair em defesa dos bichos, mas só pensei, eu não teria coragem de desafiar uma decisão de nossa mãe. Quando pressentiu rebelião, ela invocou de novo seu argumento: "Ou os pombos ou a vida do vosso pai". O irmão do meio era o único que tinha coragem de desafiar nossa mãe, mas ele não fez isso e, ao contrário do mais velho, não chorou escondido, tinha uma maneira própria de curtir o rancor. Numa reação que não me surpreendeu, mal a decisão de nossa mãe foi anunciada, ele deu as costas aos seus bichos. O pombal era uma construção de madeira, tela de arame e cobertura de sapê, com 2 metros de altura por 1,5 de largura e 1 de profundidade. A construção custou ao irmão do meio muitas noites de trabalho, depois que chegava da oficina. De dia, os pombos voavam livres e se alimentavam de insetos e sementes. À tardinha, se recolhiam e se reproduziam como os coelhos. Nossa mãe me encarregou de cuidar deles até que o último fosse abatido: trocar a água, o capim seco e tirar a bosta.

Eu poderia jurar que o irmão do meio tinha apagado os pombos da memória — outra percepção falsa: sua entrada em casa, batendo portas e pateando nos tacos brilhantes da sala eram a confirmação de que não tinha esquecido os pombos. Nossa mãe detestava aquele patear ruidoso, ele sabia. Minha irmã detestava aquele patear poeirento que deixava pegadas ruças nos tacos, ele sabia. Eu também detestava aquele patear de cavalo que deixava pegadas ruças de poeira, ele sabia, porque era eu que me esfalfava no cabo do escovão e em cima de trapos de feltro para conseguir a cor e o brilho de maçã, mas principalmente porque isso aumentava a queimação do meu estômago — não sei o que meu pai pensava daquilo porque seus sentimentos não eram levados em conta. Parecia que o irmão do meio estava dizendo: "Que o sangue dos inocentes se abata sobre a cabeça de todos vocês!". A situação agora se invertia: o irmão mais velho, sempre quieto e esquivo como um gato, voltou a almoçar em casa, sem medo de encontrar o cadáver de algum de seus coelhos exposto na mesa, mas sem tocar na carne dos pombos, ele só comia arroz, verduras e legumes. O irmão do meio, que não tinha deixado um só dia de comer sua cota de coelho, passou a comer fora, e não pelo mesmo motivo do mais velho, mas para cobrir a todos de culpa. Achei bom, ficaria por uns tempos sem os rompantes e as manias desagradáveis dele. Uma dessas manias irritava em particular nossa mãe: destampar as panelas no fogão, cheirar uma por uma e fazer careta, como meu pai. Não descobri o que ele comia nessa fase do cardápio de pombos, porque era arisco e dissimulado como um sagui. O segredo devia fazer parte de sua estratégia de inculpar a família pelo sacrifício de seus pombos...

...minha irmã, que insistia em cantar apesar da proibição, talvez mal tenha percebido a matança dos bichos e a reação dos irmãos. Normalmente era para ela que nossa mãe reservava a maior parte de suas censuras — tenho a impressão de que ela tampouco ouvia as censuras. "Passarim alegre é comida de gato!", advertia nossa mãe, na sua voz contida e severa, sempre vigilante contra expansões de alegria, toda vez que minha irmã destampava sua cantoria. "Passarim alegre morre feliz!", retrucava ela e soltava uma risada. Nossa mãe não achava graça e movia a cabeça pra lá e pra cá. Talvez minha irmã fosse feliz. Ou meio sem juízo, o que dá na mesma. Nunca descobri, e acho que nenhum de nós descobriu como era feito o abate dos bichos e o destino que nossa mãe dava às vísceras, às penas e aos couros. Parece que sua cota de sacrifício estava em poupar os filhos dos vestígios da matança. Sua noção de delicadeza talvez se concentrasse nisso: poupar os filhos dos sofrimentos, mascarando as dificuldades do dia a dia, ainda que isso incluísse o ato de abater seus bichos de estimação. Um estranho poderia jurar, pelos silêncios, que nada de extraordinário estava acontecendo sob nosso teto...

...suspeito que havia animosidade contra mim porque parte do salário dos irmãos era desviada para as despesas com o colégio. O raciocínio é simples: sem o colégio, ia ter dinheiro para a carne duas ou três vezes por semana; com a carne duas ou três vezes por semana, os coelhos e os pombos não seriam abatidos. Contudo, engoli a culpa e não recusei nem uma vez minha porção de carne. Naqueles quase seis meses, comi calado as modestas porções que nossa mãe pôs no meu prato. Nunca fui um faminto soberbo, apesar de me constranger, hoje, o corpo de um coelho numa bandeja, rodeado de cenouras ou batatas cozidas. Também me constrange o corpo infantil de um galeto, porque lembra um pombo, os toquinhos de pernas para o ar, guarnecido de purê de batatas e uma folha de salsa espetada no topo, como uma debochada bandeira ecológica. Nunca mais provei desses bichos, nem creio que possa voltar a fazer isso sem uma sensação de aperto na garganta...

...não pensei nas consequências quando aceitei o desafio do Tié. Contrariando a natureza da minha casa, eu não queria ser soturno. Como minha irmã, proibida de cantar, eu também não queria ser soturno. Nossa mãe não sabia que ia ao cinema e, muito menos, que fazia isso com a ajuda dos outros. Resguardar o preceito da tristeza e não aceitar ajuda dos outros eram duas regras sagradas na minha casa — o termo "dos outros" significava todas as pessoas fora de nosso círculo imediato. Quase quatro quilômetros separavam a Vila do cinema, na cidade. Os ônibus eram dois Chevrolets de idade tão imprecisa quanto sua cor, linha "Centro-Vila Vermelho" e "Vila Vermelho-Centro", que passavam de meia em meia hora. De ônibus, a gente fazia só o percurso de ida, para não chegar sujo de pó ou respingado de lama, dependendo da estação. Por economia, a volta era feita a pé, porque já não fazia diferença sujar ou não a roupa. Filmes de faroeste, de guerra, de terror, policiais, e até de amor e musicais, na falta de coisa melhor. Sempre os americanos. Os franceses tinham sexo, mas eram raros e proibidos para menores de 18 anos. Os brasileiros eram comédias recheadas

de marchinhas de carnaval e piadas picantes. Tinha gente que gostava. Minha irmã gostava. Meus preferidos eram os americanos...

...*em* fins de setembro, Mário foi condecorado com a Medalha de Tamandaré — imagino que seja isso, ele é o patrono da Marinha; se não for ele, fica sendo. No mesmo ato, Mário foi promovido a primeiro-sargento. Seu Pedro relatou, com mil detalhes, a cerimônia em que o filho foi condecorado por ato de bravura, com risco da própria vida, em manobras conjuntas das três armas etc. Enquanto o marido falava, dona Olvida exibia o diploma em papel-linho, com as armas da Marinha em alto-relevo, e a medalha de herói, num estojo de madeira forrado de veludo azul-marinho. O pessoal da Vila pensou em fazer uma homenagem quando ele viesse. Os mais velhos queriam batuque e arrasta-pé, o pessoal mais novo queria música de rádio, com alto-falante, para mostrar que a Vila não tinha só matuto e gente atrasada. Avisei o Mário, por carta, sobre o impasse. Ele mandou dizer que não queria homenagem, que isso deixava ele sem graça. A mim ele revelou que se sentia um impostor, ele tinha aprendido nos livros e nos filmes que era preciso algo maior do que escapar sem um arranhão de uma manobra sem inimigo real, sem fogo real, para se tornar herói. Como todos nós, ele tinha uma concepção trágica de herói. Perguntei sobre o fato que gerou a condecoração, ele falou vagamente de um acidente sem importância durante as manobras e mudou de assunto. Mesmo contra sua vontade, ele era o nosso herói...

...**em** dezembro, Mário veio. Foi uma passagem rápida, não deve ter ficado nem uma semana porque recebeu telegrama da base, no Rio de Janeiro: férias e licenças canceladas nas três armas, ventos de levante voltavam a agitar os quartéis. Antes de voltar para a base, Mário me explicou que o governo de Juscelino Kubitschek, desde a posse em 1955, vinha sendo sacudido por tentativas de golpe, um velho costume dos generais desde a proclamação da República. Juscelino tinha derrotado o candidato das oligarquias, do sistema financeiro e dos interesses norte-americanos, Mário disse. Perguntei por que a gente não ficava sabendo dessas coisas na Vila e por que, na cidade, o colégio não ensinava isso nas aulas de história. Ele devolveu a pergunta: "Pois é, Caburé, por que será?". O golpe ia finalmente acontecer sete anos depois, no governo de João Goulart. Levantes e quarteladas tinham uma função tanto educativa quanto de treinamento, já que, sem inimigo externo, serviam para manter as tropas em atividade, o Mário disse. Eu não percebi que era ironia...

...**Mário** trouxe uma máquina de escrever para minha irmã, uma Remington portátil. Parecia de brinquedo, tinha a cor de cenoura e veio num estojo da mesma cor. Nove entre dez mocinhas da Vila sonhavam ser secretárias; não minha irmã, ela queria ser cantora de rádio. Mas, para fazer inveja nas amigas, exibiu sua "joia", com falso ar de tédio. Enquanto seu dia de estrela não chegava, trabalhou numa firma inglesa que processava mica e exportava resistências de ferro elétrico. Depois, produziu peças de *lingerie*, que colocava nas lojas da cidade ou vendia a caixeiros-viajantes.

No final daquele ano, ela trabalhava numa fábrica de sapatos; no começo do ano-novo ia trocar couros, palmilhas, cadarços e ilhós pelos doces, queijos e manteigas de uma indústria de laticínios recém-instalada. Tudo provisório; ela jurava que seu verdadeiro destino era o palco. Pressionada por nossa mãe, matriculou-se num curso noturno de datilografia. "Perda de tempo e de dinheiro, vou ser cantora de rádio", ela me disse...

...*minha* irmã começou a cantar num programa de rádio, na cidade, "A hora do rock", uma imitação do "Hoje é dia de rock", de uma rádio carioca, a Mayrink Veiga, se não me engano. Como pagamento, ela recebia cortes de cetim, novelos de linha e peças de renda da patrocinadora, A Principal Tecidos. Os aviamentos ela investia nas roupas íntimas que fabricava em casa, de noite. O programa ia ao ar nas manhãs de domingo, depois da missa das dez. Estive duas vezes no auditório, arrastado por ela. Minha irmã cantava em inglês, quer dizer, remedava as letras sem saber uma única frase em inglês. Os sons pareciam formar frases verdadeiras, e o público parecia achar o inglês dela tão bom quanto o que ouvia nos filmes. Talvez não fossem de todo sem sentido, minha irmã tinha ouvido afinado. Além das letras em inglês, ela sabia imitar Cely Campello, uma garota paulistana, primeiro lugar em todas as paradas de sucesso com versões de rocks e baladas. As apresentações vinham passando despercebidas de nossa mãe, que não ouvia programa de auditório. O segredo acabou no dia em que o patrocinador do programa veio trazer minha irmã em casa, num Belair conversível, vermelho e pérola, e a rua inteira chegou à janela para ver. Nossa mãe ouviu o ruído do motor em frente da casa e veio espionar pelas persianas. Ela esperou minha irmã entrar: "O que é que essa gente vai pensar? Uma menina da sua idade, no carro de um bode velho que pode ser seu avô! Se seu irmão fica sabendo...", ela falou, no tom mais ameaçador que podia, mas sem levantar a voz, para os vizinhos não ouvirem. Minha irmã explicou quem era o bode velho e disse que não via nada de mais nisso, que ele só queria ajudar, que ele era um homem rico, mas de bom coração, que ele ajudava as empregadas do estabelecimento, levava elas em casa quando ficavam até mais tarde fazendo serão e tal. A explicação deixou nossa mãe ainda mais furiosa porque a fama de sedutor do bode velho não era desconhecida na Vila, outras funcionárias e ex-funcionárias dele eram de lá. E aí nossa mãe já não sabia o que era pior, ter em casa uma cantora de rádio, uma vadia ou as duas coisas numa só. Para piorar, o homem da casa estava entrevado na cama, e ela com todas as responsabilidades nas costas. Quando viu sua carreira de cantora de rádio ameaçada, minha irmã quis se matar...

...eram duas as pontes, uma na Vila, outra na cidade. A da Vila era a velha, de ferro, a da cidade era a nova, de concreto armado. A velha, construída pelos ingleses, estava desativada havia anos, por ela já não passavam as composições abarrotadas de café, gado e madeira. Com as montadoras de carro se instalando no país, as ferrovias estavam com os dias contados. O avô do Ventania, um antigo funcionário da Companhia, vivia dizendo que o governo de Juscelino ia acabar com as ferrovias e com seu emprego. A ponte de

concreto ligava a cidade à rodovia e deixava a Vila sem acesso direto; era larga, tinha pista dupla e um grande arco de cada lado, onde os rapazes subiam e se equilibravam de uma ponta a outra para impressionar as garotas. Minha irmã escolheu a ponte nova para se matar, embora a de ferro fosse melhor para isso. Ela subiu no parapeito e começou a escalar um dos arcos, como os rapazes faziam. Um bando de marmanjos se juntou embaixo, aplaudindo cada avanço dela e assobiando a cada golpe de vento que levantava sua saia rodada. Ela foi bem até a metade do arco; de repente, parou, deitou e se abraçou à viga; incapaz de avançar ou de recuar, ela pediu socorro. Foi resgatada pelo presidente do bloco carnavalesco "Flor de Maracujá" e dono da retífica de motores que ficava a uns cinquenta metros da ponte. Ele fora atraído — assim como todos seus empregados, meu irmão do meio junto — pela algazarra na ponte. Depois, o homem ainda teve de controlar a ira do meu irmão do meio, que queria dar uma surra nela ali mesmo, no meio da rua. De novo em terra firme, minha irmã explicou que não foi em frente porque o vento estava muito forte, ela teve medo de despencar de lá de cima...

...por dois dias, o irmão do meio faltou ao serviço. Cada vez que lembrava da intimidade da irmã exposta pelas lufadas de vento, ele ficava vermelho como pimenta e fazia ameaças. O patrão e também técnico do Riverside Athletic Club, admirador do seu estilo viril de policiar a grande área, conversou com nossa mãe e convenceu ele a voltar. De técnica razoável e pavio curto, mas de um agudo sentido de destruição, como dizem hoje, ele era bom com os coto-

velos nas bolas altas e animal nas bolas rasteiras com seus carrinhos. Numa brincadeira boba de rua, com bola de borracha, ele abriu meu supercílio esquerdo. Enquanto eu sangrava, ele me advertia: "Se não dá conta, não joga, futebol é pra homem". E repetiu isso até que alguém chamou a atenção dele: minha cara e minha camisa estavam empapadas de sangue. Talvez quisesse apenas forjar a têmpera de um vencedor e não ter mais tarde de passar vergonha por causa de um irmão de merda que frequentava colégio e lia livro. Em casa, falei que caí. À sua maneira, ele deixou uma lenda na Vila, e sua fama alcançou outras praças; foi titular na zaga do Nacional, o clube de futebol da cidade, que chegou a disputar a liga profissional, na segunda divisão; recebeu convites para testes em equipes importantes, mas recusou, sabe-se lá por quê. Fiquei sabendo que ele gostava de contar a história dos convites, nas mesas de bar, mas essa história nunca me convenceu, ele não gostava de bar, tinha "birra de garrafa" como nossa mãe. Sua história não é nem um pouco parecida com a do meu pai; o irmão do meio era tenso, de poucos amigos e tinha apego ao dinheiro, ao contrário de meu pai, que, mesmo nos piores dias, pagava rodadas de bebida para todo mundo, se irritava com o silêncio e o pudor de nossa mãe e gostava de dar gargalhada, de contar e ouvir anedotas. "Muito riso, sinal de pouco siso", censurava ela. Numa das suas aulas, você disse que Santo Agostinho também condenava o riso: "Jesus nunca deu uma risada em toda a vida", "não há uma única passagem nos Evangelhos que fala de Jesus dando risadas", "o riso é coisa do diabo"... Você acreditava mesmo nisso? Meu irmão do meio não desperdiçava riso, não em casa, e aprovava a sisudez de nossa mãe. Ele devia achar que mulher de casa tem que se dar ao respeito. Nossa mãe aprovava a sisudez do filho, mas eu sabia que longe de casa ele ria...

...naquele dia, ele conduziu minha irmã de volta para casa sem dizer palavra. Ela obedeceu calada porque sabia do que ele era capaz. Por muitos dias, seu braço ficou com as marcas dos dedos dele. Em casa, ele chegou a dar duas ou três bofetadas na cara dela, e sua intenção era lhe dar uma boa lição. Só não fez isso porque nossa mãe chegou uma acha de lenha no nariz dele: "Nunca mais tu me põe a mão na sua irmã, seu moleque absoluto!". Sei que nossa mãe aprovava os métodos dele, mas não podia admitir um filho tomando o seu lugar, abrir mão dessa prerrogativa era abrir um flanco no seu mando. Isso livrou minha irmã de algo pior do que uma simples surra, eu já tinha visto ele numa briga de futebol, nunca contei isso em casa. Foi preciso um pelotão de companheiros para tirar meu irmão de cima do outro. Sua brutalidade, quando o adversário já não oferecia resistência, me assustou. Já minha irmã tinha o dom de conseguir o que bem quisesse das pessoas com sorrisos e voz macia. Para ir ao cinema ou fazer o *footing* na praça da cidade, por exemplo, ela conseguia que o Mário vestisse seu uniforme de gala — eu compreendia minha irmã, eu também admirava a túnica branca com botões dourados do Mário. Ao lado dele, ela sorria para as pessoas como se fosse a heroína de algum filme de guerra, a Grace Kelly, talvez, se é que Grace Kelly estrelou algum filme de guerra. Minha irmã tinha cabelos compridos, castanho-claros, poderia ser uma estrela de *Juventude transviada*. Conheci poucas pes-

soas com um sentido tão apurado de sedução. Acho que ela era meio maluca...

*...**além*** da máquina de escrever para minha irmã, Mário trouxe um saco de campanha cheio de bugigangas para vizinhos e parentes. Com a turma, comentou que o nosso país era capaz de fabricar todas aquelas porcarias que os norte-americanos enfiavam por nossa goela abaixo. Os que já ouviam Mário com desconfiança começaram a achar que ele estava também ficando ruim da cabeça. Para mim, trouxe um livro: *Vidas secas*. Foi o último que me deu. Eu ia completar 15 anos na primeira semana de dezembro, não sei se a intenção foi essa, preferi acreditar que sim. Na nossa casa não havia o costume de comemorar datas, nem mesmo o Natal. Aliás, o Natal era um dia insuportável para mim, as canções natalinas que inundavam as rádios eram de uma melancolia infinita, elas me faziam sentir falta de alguma coisa indefinível e irreparável. No tempo da fazenda, minha avó e minhas tias montavam um presépio, meus tios matavam um leitão e um cabrito e meu avô trazia presentes para os netos. Todos se ajoelhavam diante do presépio à meia-noite, à luz de grandes velas — círios, minha avó dizia — que eram guardadas para o ano seguinte. O terço, rezado de joelhos, durava uma eternidade. A palha que servia de cama para o menino Jesus também era guardada para ser queimada em dias de trovões e relâmpagos. Na Vila, sob o comando de nossa mãe, a casa tornou-se de vez uma casa sem datas; em vez de comemorações, deveres. O dever evitava o desperdício de gestos, nossa mãe odiava o desperdício de gestos. Por isso, uma palavra era proibida: festa. Ela dizia

que Natal era data de devoção, não de festa — festa era tudo o que não fosse ou dever ou devoção. Meu pai não dava palpite, apenas se esgueirava e ia fazer sua festa longe de casa...

...Mário não foi o único a lembrar meu aniversário. Minha irmã também lembrou. Ao contrário de nossa mãe, ela tinha a mania de datas, qualquer data: de nascimento, de morte, de casamento, de batismo, de crisma, de qualquer coisa. Mas, para ela, as datas tinham uma função peculiar: serviam para ir à ZYD2, no intervalo do almoço, dedicar uma música a alguém; o pedido era de graça, e as datas um truque para ouvir suas músicas preferidas e, principalmente, para ouvir seu nome no rádio. Quando faltavam datas, ela inventava alguma, não duvido. Naquele dia, ela me pediu para sintonizar o rádio, a partir das duas da tarde, no programa "Correio Musical". Na fábrica onde ela trabalhava, havia um aparelho sintonizado o tempo todo na emissora. Ela pediu "The Great Pretender", "dedicada ao irmãozinho, por sua data natalícia". Ela tinha paixão pelo The Platters e sabia dublar pelo menos dois de seus sucessos, "Only you" e "Smoke gets in your eyes", com coreografia e tudo, que ela tinha visto no cinema e que ensaiava com as meninas do fã-clube "JD forever". Nas vezes em que se apresentou na ZYD2, ela vestia um conjunto cor-de-rosa, uma blusa de manga comprida sobre outra de manga curta, copiado da Doris Day, acho, a "namoradinha da América", uma atriz quarentona ou cinquentona que fazia papel de garota ingênua. Além do conjunto, ela vestia uma saia branca, de musselina plissada — cansei de ver nossa mãe fazer saias plissadas de musselina, era a moda -—, e sapatos brancos de

verniz. Por causa da idiotice de aceitar carona no Belair do patrocinador do programa, ela viu a carreira de cantora de rádio escapar pelo ralo. Nossa mãe enxergou naquela carona mais do que uma simples carona, ela parecia saber tudo sobre pecado e segundas intenções...

...Vidas secas parecia um texto simples — muita gente ainda deve ter essa impressão por causa dos viventes miseráveis, da paisagem seca e desolada da caatinga, dos capítulos curtos, do livro fino e tal. Isadora ia falar disso, meses depois, nas nossas conversas sem-fim no seu quarto. Eu não sabia que a simplicidade era o resultado de muito trabalho. As histórias eram muito diferentes daquelas que a gente tinha que ler no manual de língua e literatura, nas aulas do professor Raimundo "Camões". Foi o Mário, e não o professor Raimundo "Camões", que apontou as semelhanças entre *Macunaíma* e *Vidas secas*. Tanto num quanto noutro, nossa terra era o campo de prova da exploração e da miséria, um lugar de gente rude e esquecida. Além disso, o estilo deles era muito diferente do estilo dos escritores que vocês ensinavam, parecia uma coisa mais espontânea e natural. Então era possível escrever de outro jeito, a gente não precisava ser empolado e bolorento como os autores do manual escolar. Preciso confessar uma coisa, Professor — também escondi isso de Mário e de Isadora —: *A Ilha do Tesouro*, *Robinson Crusoé* e *Moby Dick* eram muito mais divertidos, tinham a cara dos filmes e dos gibis que a gente lia. Neles o mundo não parecia fora de ordem. O herói deles lutava contra alguma força da natureza ou contra algum vilão, e não contra a ordem social. A deles era rica e livre, e eles

tinham orgulho disso. Os nossos eram anti-heróis porque o nosso mundo estava fora de ordem, e os homens admiráveis de nossa história eram umas porcarias. Mas o desejo de agradar e a necessidade de imitar me faziam ler os livros trazidos pelo Mário...

...meu pai costumava dizer que nossa mãe e ele não rezavam no mesmo credo. *Vidas secas* e *Moby Dick* também não rezavam no mesmo credo. "Chega de heróis ianques, marujo. Desconfie das crônicas de sucessos deles", disse Mário — não tive coragem de dizer que o "credo" de *Moby Dick* era mais divertido que o de *Vidas secas*. Ele parecia adivinhar meus pensamentos: "São duas maneiras opostas de ver o mundo, marujo, e a deles não serve pra nós". De fato, duas maneiras opostas de ver o mundo: de um lado, horizontes sem-fim, espírito de aventura, homens talhados para vencer, um povo com fome de glória; do outro, um horizonte opressivo, a paisagem tostada da caatinga e uma gente encardida e feia, que não hesitava em devorar o próprio papagaio. O Mário trocou a grandeza épica de *Moby Dick* pelo drama miúdo da miséria, uma miséria que nunca ia servir de tema para filme de Hollywood. Por trás da luta encarniçada de um homem contra uma baleia havia, então, um inimigo disfarçado! E quanto a nossa baleia, a Baleia de *Vidas secas*?: uma cadela faminta e esquelética que sonhava com um mundo cheio de preás. Contudo Mário não via a coisa assim; por trás das histórias em quadrinhos e dos livros de aventura, ele via heróis com propósitos inconfessáveis, suas histórias não passavam de truques para seduzir e captar almas em escala planetária, como os invasores de corpos dos

filmes de ficção científica. De nós só interessavam a eles as matérias-primas baratas e abundantes e o mercado consumidor alienado, ele dizia...

...*depois* dos livros e dos quadrinhos, foi a vez dos filmes: por trás dos dentes perfeitos e dos topetes louros dos galãs se escondiam intenções muito feias. Mas como é que um mundo com gente bonita, com paisagem bonita e com carros bonitos podia não ser bonito? Mário disse que nossa gente jamais ia ser protagonista dos filmes deles porque o nosso corpo era pequeno, mestiço e mal-acabado, só prestava para encarnar bandidos, como os mexicanos dos filmes de faroeste. Então era preciso escolher: ou *Rio 40 Graus* — crioulo, favela, batucada e cachaça, num calor de derreter asfalto, roteiro mambembe e som precário — ou *O suplício de uma saudade* — gente bonita e saudável, agasalhos chiques, neve chique, trilha sonora de primeira e roteiro perfeito. Dia desses, vi uma professora na tevê falando sobre os Estados Unidos e seu "capital simbólico". Eles têm pelo menos dois séculos e meio de capital simbólico, que agora rende juros e correção monetária: pioneiros, Super-Homem, Estátua da Liberdade, Primeira Emenda, democracia, fuzileiros navais, bomba atômica, Papai Noel, rock, coca-cola, *chicle*, *ketchup*, olhos azuis, Marilyn Monroe, *jingle bells*, o sorriso de John Kennedy... Parece que a mulher criticava, não era um elogio. Se soubesse dessa história de capital simbólico, Mário ia dizer: "O nosso capital simbólico está com saldo negativo porque pagamos com a alma a importação do capital simbólico deles". Tive um primo que sofria de "capital simbólico". Ele penteava o cabelo, andava e fazia caras e bocas como o Elvis Presley. Depois dos filmes, ele saía do cinema andando daquele jeito, fazendo os trejeitos e as caras do Elvis. Um dia, ele começou a imitar caubóis: fazia cara de Gary Cooper, olhos de rapina, passos calculados, mãos na altura do coldre, prontas para sacar. Ele tinha a minha idade. Os médicos diagnosticaram esquizofrenia. Ninguém sabia que merda de doença era aquela. Meu tio internou ele um monte de vezes. Um dia, ele pegou o revólver do pai e deu um tiro no ouvido — deitou no sofá e deu o tiro no ouvido. Por causa disso a bala entrou meio de lado, desviou num osso e não fez o percurso certo. Aí, você pergunta: por que será que o idiota deitou no sofá pra atirar? Ele vegetou durante várias semanas antes de morrer. Tem gente que não sabe lidar com essa coisa de capital simbólico...

...no começo de dezembro, um funcionário trouxe meu boletim. "Em nome da egrégia congregação e da diretoria do Colégio Ignácio de Loyola..." Nossa mãe examinou o intruso com desconfiança, parecia um boneco de ventríloquo, plantado diante da porta. Lembra do seu Jaime, o bedel do colégio? Magro, de uma palidez impressionante, parecia mordomo de filme de terror. Os alunos chamavam ele de *sir* James. Os resultados finais eram entregues em dia e hora marcados, na secretaria do colégio, menos os primeiros lugares, que eram entregues no endereço do estudante. Isso fazia parte do ritual de premiações, uma longa lista de esquisitices que o colégio inventou — e que, talvez, você tenha ajudado a inventar. Até aquele momento, eu desconhecia os resultados finais. Nossa mãe examinou o boletim e guardou no bolso do avental. "Não fez mais que a obrigação", disse.

Antes de sair, o funcionário completou o texto decorado: "A solenidade de entrega de certificado e medalha far-se-á às vinte horas do dia 21 de dezembro, no salão nobre do Social Club. O agraciado deverá apresentar-se...". O bedel passou às mãos de nossa mãe um folheto, com as instruções, e se despediu. Eu sabia que a lista de encargos ia deixar ela tensa: terno preto, gravata-borboleta, convites, clube... Ela dobrou o papel, enfiou no mesmo bolso em que tinha guardado o boletim. Em seguida, me olhou, tensa, ou irritada, e disse que a formatura terminava ali. Eu desconfiava de que a coisa não ia terminar ali, mas estava pouco ligando para a solenidade de formatura, só queria que ela reconhecesse meu esforço. Meus irmãos também iam ficar indiferentes, meus estudos nada significavam para eles — mas essa era outra percepção errada; é que eu tinha sido o eleito para continuar os estudos e vivia cheio de dedos por causa disso, acolhia os conhecimentos da maneira mais silenciosa que podia e evitava exibir qualquer conhecimento que não fosse o consentido. Eu fazia minhas leituras com discrição, de modo quase clandestino, e acabei por desenvolver uma espécie de sentimento de obscenidade em relação ao conhecimento. Quis mostrar o boletim ao meu pai, nossa mãe disse que ela mesma ia mostrar. Fiquei olhando sua cara por um instante e, por fim, fiz menção de me retirar. Ela hesitou antes de tirar o boletim do bolso do avental e passar às minhas mãos. Talvez não quisesse dividir seu sucesso com outra pessoa, ainda que a outra pessoa fosse meu pai, ou quem sabe fosse justamente por ser ele meu pai: "Seu pai quer lá saber dessas coisas?". Às vezes era difícil saber o que ela estava pensando, mas ali podia ser o cuidado em poupar o filho do contágio...

...*estendi* o boletim ao meu pai — com algum esforço era possível ouvir e entender o que ele dizia: "Muito bom, Caburé" — ele tinha adotado o apelido que seu Giuseppe me pôs. Sua voz era um grasnado, os olhos eram a única coisa nele que pareciam ter vida e, à medida que ele definhava, pareciam substituir os outros sentidos. "Muito bom, filho", repetiu, emocionado. Talvez não encontrasse as palavras certas, talvez nunca tivesse sabido o que dizer a um filho. E aqueles olhos, eu nunca tinha visto nada parecido, eles me procuravam do fundo das órbitas, os ossos como dois aros de óculos, num rosto de cera e de barba por fazer. Apertou minhas mãos, devia saber que seus dias estavam contados e que nossa mãe não ia deixar eu estar assim tão perto dele de novo. Depois, com um último grasnado e um gesto de dedos, me mandou sair para brincar com os meninos. Ele não percebia, ou não queria perceber, que eu não era mais um menino. Com um chumaço de algodão e uma garrafa de álcool nossa mãe me esperava do lado de fora. Mãos, braços, rosto, fui desinfetado antes mesmo de devolver a ela o boletim. Em seguida, numa voz sussurrada e severa, me mandou tomar banho e trocar de roupa, cuidados que ela nem sempre tomava consigo própria. Não era nosso costume ir ao quarto do meu pai, as notícias sobre seu estado eram filtradas por nossa mãe, e nunca iam além do "seu pai não está bem", "seu pai hoje não pôs nada na boca", que cada um entendia a seu modo. Eu entendia que a doença não tinha cura, e isso me punha uma pedra de gelo na boca do estômago. O risco de contágio isolou meu pai de nós. No meio da noite, eu ouvia sons: às vezes ele parecia chamar, outras apenas gemer. Nunca ouvi dele qualquer queixa pelo isolamento imposto por nossa mãe — talvez também acreditasse que a doença fosse contagiosa. Não era, nunca foi, não poderia ser. O médico tinha garantido à nossa mãe que a doença do meu pai não era contagiosa — eu ouvi isso dele com todas as palavras, num tom que já revelava impaciência, depois de nossa mãe interpelar ele pela milésima vez. Descrença nas habilidades do médico, excesso de zelo, quem sabe velhas antipatias...

...saí, atravessei a rua e sentei no meio-fio. Nessa hora da manhã, os companheiros estavam no trabalho. De noite, dei a notícia sobre o primeiro lugar, e eles duvidaram. Tive que pedir o boletim outra vez a nossa mãe. Dessa vez, ela só fingiu impaciência: aprovava tudo o que pudesse distinguir nossa gente daqueles bugres atrasados. Pra comemorar, me deram tapa na cabeça, chute na bunda e empurrões. Percebi o quanto os garotos endinheirados da cidade, quatro quilômetros rio abaixo, estavam entalados na nossa garganta. Acreditava que fosse só por causa da última partida de futebol. Não era. Aquele primeiro lugar significava mais: a Vila humilhava o Paço dos Ayres, o elegante largo onde ficava o Colégio Ignácio de Loyola, e o bairro do Alto, onde morava a maioria dos colegas de escola. O ressentimento ia além de um torneio perdido, ia além da nossa crença ingênua de que garoto endinheirado não sabia jogar bola — a mesma crença do futebol brasileiro: gringo era cintura dura, futebol era uma arte exclusiva da nossa gente. Eu não sabia se devia encarar a situação da mesma forma, afinal alguns daqueles inimigos eram agora amigos meus, e eu gostava de conversar com eles e de estar com eles. Ventania chegou a fazer alguma bravata sobre "nosso" primeiro lugar, algu-

ma bravata sempre cai bem quando sua autoimagem é uma porcaria. O pessoal da Vila perdia a linha quando os de fora chamavam a gente de pé-de-pombo. As pessoas da Vila eram pés-de-pombo por causa da terra roxa que não largava pés, sapatos e barras de calças. Como uma tintura de guerra, como uma segunda pele. Mesmo lavados e esfregados, os pés não perdiam de todo a cor de tijolo, e a roupa branca ficava definitivamente encardida, para desgosto de nossa mãe. De repente, o primeiro lugar parecia ter o mágico poder de desencardir todos os pés-de-pombo da Vila... Mas havia uma coisa que eu não podia revelar à turma. Aliás, duas. Primeiro: tinha sido convidado a integrar a equipe de futebol do colégio; segundo: eu não tinha sido o único primeiro lugar. Um dos nossos inimigos tinha dividido o primeiro lugar comigo. Pior: uma inimiga...

...*a* "inimiga" não era da minha sala. O nome dela você conhece, Professor, é um nome que todos bajulavam de um modo infame; você, inclusive: Isadora. As palavras do cônego Vidal em seu louvor não tinham nem duplo sentido nem ironia, como as que o miserável reservou para mim. Talvez minha antipatia por ela fosse por causa dessa subserviência coletiva. Mas podia ser por sua altivez e inteligência, coisas que a gente não podia admitir numa mulher. Isadora tinha sua legenda pessoal: era a garota mais popular da escola, como as que a gente via nos filmes. E também era o primeiro lugar em aproveitamento. Isadora carregava as duas coisas com naturalidade porque tinha uma nobreza intrínseca, algo que não se compra, a pessoa nasce com ela, era o que nossa mãe costumava falar de gente que ela admirava.

O fato de ter tido parceiro na entrega de medalhas, e que o parceiro fosse uma parceira, não podia ser revelado. Que porcaria de primeiro lugar era aquele que não passava de um empate, um empate com gosto de derrota, e justamente para uma menina? E, pior: uma menina do bairro do Alto! Não, os financiadores das minhas sessões de domingo, da coca-cola e das passagens de ônibus não iam gostar de saber. Ao chegar da fábrica, minha irmã mencionou o boletim. Não revelou sua fonte, fazer segredo era uma coisa que divertia ela. O fato de ter falado do boletim abalava minha crença de que ninguém, à exceção do meu pai, tinha dado importância à minha façanha. "Eta, maninho danado!", disse ela, de passagem, atrapalhando meus cabelos. Nossa mãe chegou a cara na porta: "Seu irmão não fez mais do que a obrigação". "Pode ser, mas que é danado, isso ele é!", disse minha irmã, fez um rodopio de bailarina e foi se ocupar das suas encomendas de roupas íntimas...

...*no* meio-fio, do outro lado da rua, eu ruminava minhas aflições: o primeiro lugar compartilhado, a falta de dinheiro, o meu pai... Eram umas dez da manhã, nossa mãe limpava a frente da casa quando os homens apareceram. Eram dois. Vieram até mim e começaram a fazer perguntas sobre Mário. Não eram bem sobre Mário, mas sobre o sargento Pompei: onde ele costumava ir, com quem costumava sair, sobre o que costumava falar etc. — no dia seguinte, minha irmã também ia ser interrogada quando voltava da fábrica. Outros, dentro e fora da Vila, também foram. Do outro lado da rua, nossa mãe parou tudo. Vassoura encostada na parede e mangueira jorrando água à toa, ela entrou em alerta máximo. Eles estavam de pé, eu sentado. Falavam em voz baixa: "Tu é o estudante, não é?", o que era louro meio perguntou, meio afirmou — minha intuição dizia que ser estudante naquele momento me colocava numa determinada categoria, e que essa categoria tinha algum significado negativo que eu ainda desconhecia. Ser "o" estudante piorava as coisas: alguém antes de mim tinha sido interpelado e dado com a língua nos dentes, pensei. "Sou", respondi, sem saber direito se minha resposta era para minha situação de estudante, de um modo geral, ou de um estudante em particular, indivíduo único e, pior, sob suspeita. Tive a sensação de que o sangue fugiu do meu rosto e que a voz não saiu com a devida dignidade. Penso que, se ficasse de pé, minhas pernas também iam fazer feio. "Tu conhece o sargento Pompei?", o moreno perguntou. Ao falar, ele movimentava muito as mãos e os braços, pontuando as palavras, de tal forma que uma sereia tatuada no antebraço mexia o rabo como se estivesse viva. "Pompei é o nome de guerra do Mário", pensei. Fiquei repetindo o pensamento como que tentando ganhar tempo, mas a repetição era por outro motivo, aflição. A letra de uma canção idiota começou a saltitar na minha cabeça, como sempre acontecia quando eu ficava aflito: "*O que qu'ocê foi fazê no mato, Maria Chiquiiiinha? O que qu'ocê foi fazê no ma-a-tô?...*"

...não consegui repassar toda a letra da canção, eu estava tenso, só conseguia repetir o mesmo pedaço. E os dois gorilas, de pé, na minha frente. "Co-conheço", gaguejei, embora o desejo fosse dizer "não", negar três vezes. Pego de

surpresa, não sabia o que fazer, mas uma coisa a intuição me dizia: uma palavra errada e Mário ia se dar mal. O que me salvou foi a desconfiança, esse traço de caráter da família. Então disse: "Ele mora aí nessa casa". Uma coisa óbvia assim não ia me comprometer nem comprometer Mário. Eles nem se deram o trabalho de olhar para a casa, não era disso que estavam falando. "O que é que ele falou sobre o movimento dos suboficiais?", é o que consigo me lembrar do que o louro, o que tinha o corte de cabelo à escovinha, perguntou. A pergunta soou como fala de espião de filme de guerra. Eu não sabia o que era um suboficial. "Não sei", respondi, certo de que era hora de ficar calado, pois as conversas e os cartões-postais do Mário, em que ele falava de general lambendo as botas dos barões e dos barões lambendo o rabo dos norte-americanos e tal, tudo aquilo veio à minha memória. "Tenta se lembrar, garoto", o da tatuagem insistiu, refazendo a pergunta do louro: "O que foi que ele falou sobre o movimento dos suboficiais?". Este era do tipo moreno claro, tinha olhos verdes e feições de branco, mas muito queimado de sol, sol de praia, sol de mar, estava meio marrom de tanto sol. "Não", respondi depressa dessa vez, "não sei do que vocês estão falando", e me levantei. "Fica calmo, garoto, e presta atenção", o louro de cabelo à escovinha falou, olhando bem nos meus olhos e pondo a mão no meu ombro para me fazer sentar de novo. "Nós vamos voltar. Ou tu não sabe de nada ou tu é cúmplice, vamos descobrir. Tua situação vai se complicar, garoto." O moreno trocou um olhar com o louro e afastou a mão dele do meu ombro, porque já tinha notado a velha do outro lado do passeio...

...o que eu tinha aprendido nos filmes me dizia que aqueles dois deviam ser agentes secretos. Além do interrogatório, havia aquele sotaque, aquele cheiro — perfume é o nome mais correto —, tão diferente do nosso cheiro de resina de madeira e linguiça defumada. Havia ainda os gestos, uma esgrima de dedos, de mãos e braços, tão diferentes do nosso gestual desajeitado. Eles foram embora, deixando para trás a palavra "cúmplice" martelando minha cabeça. A palavra eu conhecia, por isso o frio na barriga. Nossa mãe não me esperou atravessar a rua, perguntou quem eram e o que queriam. Falei que não sabia, que procuravam um endereço. Ela me mediu com desconfiança, como fazia quando sabia que eu estava mentindo. Nesse caso, costumava me pressionar até conseguir a verdade, mas para meu alívio ela não insistiu; ou era o outro jeito que ela tinha: apreensiva ou assustada, ela podia ficar calada e recuar. Mas era um recuo tático, ela ia ruminar a cena muitas vezes e depois tirar as piores conclusões. Só aí, então, ela ia estar pronta para atacar como um bicho acuado. No caso dos agentes secretos, ela ia se valer do velho Smith & Wesson. Isso aconteceu pouco tempo depois, quando eles voltaram. Ela apontou o velho .38 para os dois e fez ameaças. Os agentes não se intimidaram, chamaram nossa mãe de velha maluca. E ela parecia mesmo uma velha naquelas roupas antiquadas, naqueles cabelos grisalhos presos em coque, naquele rosto trágico sem maquiagem, embora tivesse pouco mais de 40 anos. E parecia mesmo uma doida, parada em cima do passeio, revólver na mão, gritando ameaças, ela que tinha um horror tão grande a escândalo. Depois disso, não voltaram a me interrogar. Quer dizer, tentaram, mas longe das vistas de nossa mãe...

...*à* noite, tive um pesadelo. Acordei sem fôlego, o coração parecendo não caber no peito e a sensação de que havia chorado enquanto dormia. No mesmo instante, tive a certeza de que o pesadelo tinha me assombrado desde sempre e que só agora vinha à tona. Senti alívio por estar acordado e medo de voltar a dormir. No sonho, estou voltando para casa, de longe percebo uma agitação de pessoas entrando e saindo, uns carregam móveis e colocam num caminhão, outros portam ferramentas. Minha aflição aumenta à medida que me aproximo e que percebo não se tratar de simples mudança, é algo pior, vão demolir a casa! Já tiraram as telhas, e o engradamento de madeira aparece, lembra as costelas de um bicho comido por urubus. Agora, começam a derrubar as paredes, não demora e vão alcançar o porão. No porão fica a cisterna, foi abandonada quando instalamos água encanada na casa — eu pensava que ninguém ia ao porão... É lá que escondo os cadáveres! Atiro os corpos dentro da cisterna e cubro de entulho. Não me lembro de ter matado, nem como matei, mas sei que eles são *meus*. Junto dos corpos, escondi coisas hediondas, coisas que unem vítimas e assassino num horror recíproco. Não sei que coisas são, mas sei que elas também vão me condenar. Os operários prosseguem na tarefa de cavar e derrubar. Sinto uma inveja infinita da ausência de culpa daqueles homens simples, entretidos apenas em cavar e derrubar. Como ainda não sabem dos cadáveres, todos me tratam com naturalidade, ninguém percebe que daqui a instantes eu serei apontado como o autor daquelas coisas medonhas e todos vão me olhar como se olha um monstro. Esse delicado intervalo entre o desconhecimento e a revelação é o ponto alto da minha aflição e desamparo. Tenho vontade de gritar para que não continuem, mas a voz não sai. Ao mesmo tempo, tenho medo de que me ouçam e queiram saber por que não quero que continuem a cavar...

...*a* doença de meu pai era mais grave do que ele relutava em admitir. O médico sabia disso, como também sabia que a gente não tinha mais um tostão. Apesar disso, continuou a fazer as visitas. Tal generosidade era movida por uma dívida de não sei quantos contos de réis com o meu avô, quantia muito alta para a época. Entre honrar a dívida e assistir meu pai ele ficou com a operação menos onerosa — meu irmão do meio decidiu considerar as coisas dessa maneira. Não me lembro de qualquer discordância quanto a isso, todos apoiamos sua suposição, mesmo que em silêncio. Assim, a dedicação do médico era vista com desconfiança e até com certo desprezo. Pode ser que o médico acreditasse que o gesto expiava sua dívida, mas ninguém podia saber o que ele pensava. E também nunca se soube o que médico e paciente conversavam nas tardes mornas da Vila. Chegou um momento em que só o médico falava, porque o paciente já não podia articular qualquer som. Não me lembro de ninguém que tenha passado com meu pai tantas horas, nem mesmo a mulher ou o filho mais próximo, eu. O médico era um homem velho, caminhava com os ombros ligeiramente projetados para a frente e as costas encurvadas. Chegava à tardinha, depois de esgotar a agenda do consultório. Vinha numa charrete, puxada por um cavalo de andadura sonolenta, embora tivesse um Chevrolet novinho em folha, sob um toldo no quintal. Sentado junto à cabeceira, debruçado sobre o paciente, mais parecia um confessor diante de uma fonte inesgotável de pecados. Antes de sair, chamava nossa mãe à parte para recomendar ou relatar alguma coisa. Às vezes, deixava alguma caixa de vitaminas, uma cartela de comprimidos, amostras grátis, ou uma palavra de conforto...

...*desconfio* que meus estudos estiveram nos planos de nossa mãe desde sempre. Ela seria capaz de entregar os dedos das mãos — os anéis se foram um a um com a doença do meu pai — para ver realizado seu sonho em pelo menos um dos filhos. Uma noite, enquanto pedalava a máquina de costura e eu estudava, nossa mãe falou dos poetas românticos. O que sabia ela da natureza crepuscular desses caras? Numa voz estudada e teatral, declamou versos de Casimiro de Abreu, Castro Alves e Fagundes Varela. Fiquei desconcertado. É que nossa mãe tinha um senso prático proporcional a sua contenção de sentimentos, e a poesia não é a coisa mais emotiva, mais insensata e mais inútil? Minha impressão é que ao final ela ia dizer "você pensa que ninguém mais nesta casa tem leitura?", mas não fez isso. Depois de declamar os versos, ela contou a história de um amor impossível, saído das trevas do século XII: Abelardo e Heloísa. Vi essa história num filme, *Em nome de Deus*: ela nobre, ele professor de filosofia; ele dava aula particular pra ela, ela dava pra ele; ela ficou grávida, ele ficou sem o pinto, porque o pai dela mandou cortar; ele foi pro monastério, mas não sei se virou santo; ela foi pro convento, mas não sei se virou santa... — você conhece essa história melhor do que ninguém, afinal o filósofo e o carola aqui é você. Nossa mãe disse que representou Heloísa na escola, mas não sei se chegou a conhecer esse lado libidinoso de sexo, gravidez e castração. Eu não conseguia imaginar nossa mãe num palco, diante de pessoas, repetindo as falas de uma personagem romântica e, portanto, louca. Ela repetiu falas inteiras para mim, como se tudo tivesse acontecido ainda na véspera. Meu desconforto foi enorme. Não estava preparado para tanta dose de intimidade, principalmente vinda de nossa mãe. "Depois, ela falou de sua professora: corpo esguio e alvo como camélia, penteado e roupas copiados de revistas francesas; falou de seu empenho junto a meus avós para que deixassem ela prosseguir os estudos num centro desenvolvido — chegou a oferecer a ela hospedagem na casa de parentes em São Paulo, mas não comoveu meus avós." Depois, pegou uma fotografia num pequeno baú de folha de níquel em que se via uma jovem, rodeada de crianças, todas de branco, parecendo vestidas para uma festa. Uma delas, sobraçando os objetos contra o peito, era nossa mãe: um jeito de olhar, que na família costumavam chamar de "olhar mortiço", resultado de uma hipermetropia precoce, como a que eu tinha. A cor amarelecida da foto dava a todos a mesma expressão de melancolia, de fantasmas. Daquela noite, ficou uma pergunta: que inconcebíveis afinidades uniam meus pais?...

...*nossa* mãe decidiu aproveitar um terno do meu pai para minha formatura. A calça, ela mesma podia ajustar, mas o paletó exigia mão de profissional. Procurou o dono da alfaiataria para onde arrematava calças, mas o oficial desaconselhou o serviço, explicou que um paletó novo ficava melhor e mais em conta. Ela então decidiu que eu ia à formatura de uniforme, disse que ia falar com o diretor, mas voltou atrás, pensou no constrangimento que seria para todos. A solução veio por acaso, numa conversa com a mãe do Mário. Ela tinha guardado um terno, que não servia mais nele, um terno preto, de tropical inglês, muito distinto, dona Olvida disse. Para minha surpresa, nossa mãe não se fez de rogada, a formatura e a entrega de medalhas eram muito importantes para ela. O arranjo de última hora me animou. Dona Olvida emprestou o enxoval completo: terno, camisa branca, cinto e sapatos. O terno não ia precisar de ajuste, o único gasto ia ser com o escudo do Colégio e a gravata borboleta. Desejei em segredo ficar com as roupas como prêmio pelo primeiro lugar, mas dona Olvida colecionava os objetos do Mário como relíquias. Seu quarto era uma espécie de templo, ninguém podia entrar sem o consentimento dela, e nada podia ser tocado, nem mesmo a irmã do Mário mexia nas coisas dele. Dessa cerimônia, guardei as palavras irônicas do diretor e uma foto ao lado da nossa mãe, a única que tenho...

...*"Surge* uma nova estrela no firmamento do nosso educandário, uma estrela brejeira, se me permitem a liberdade. Ela nos chega da simpática Vila Vermelho...", disse o cônego Vidal, na sessão solene de formatura. Não me senti lisonjeado pelos significados de "brejeiro" que encontrei no dicionário, mas o resto não me pareceu de todo ruim. Só algum tempo depois, quando Isadora relembrou a solenidade, foi que percebi a coisa: fui o sapo na festa de cobra. Você deve se lembrar, Professor, os discursos do cônego Vidal tinham enorme prestígio dentro e fora da cidade. O Inácio de Loyola cultivava um complicado ritual de resultados finais: entrega de medalhas, Quadro de Honra, Livro de Ouro etc. Eu não fazia ideia do que isso representava para o colégio e para as famílias ricas. Eu não era tão idiota que não percebesse a diferença de classes entre nós, só que nunca tinha imaginado que eles pudessem levar aquela bobagem de primeiro lugar tão a sério. O que eu sabia, pois nossa mãe vivia repetindo essa ladainha, era que em festa de cobra sapo não entra, expressão que ela usava para manter os seus a distância. Não é difícil perceber soberba e ressentimento nas suas palavras, afinal ela tinha conhecido o lado luminoso do prestígio, antes da falência do meu avô. Quanto a mim, não tinha escolha, ou o primeiro lugar ou o pagamento da dívida com os colegas. O irônico disso tudo é que, por causa de um desafio idiota, ia descobrir que não era impossível a um sapo penetrar em festa de cobra...

Quarto dia

...*1958* começou sob chuva forte e constante. Sem poder sair, sem as aulas e sem os amigos, fiquei frente a frente com a realidade do meu pai. Seu isolamento, o silêncio da casa, os olhares de nossa mãe... Foram dias de agonia. A doença tinha chupado suas carnes, os ossos ressaíam sob a pele, o pescoço, ao contrário do resto do corpo, aumentou de volume e ganhou uma cor de romã madura. Na altura da laringe, apareceu um caroço, o caroço cresceu e se abriu em ferida e a ferida virou um buraco. Enquanto pôde articular alguma coisa, repetia que estava passando da hora de descansar e dar sossego a nossa mãe — todos sabíamos o que significava "descansar"; eu sentia um frio na barriga toda vez que ouvia a palavra. Com o aparecimento da ferida, acabou o ciclo das palavras e começou o ciclo dos gemidos. Ele passou a trocar a noite pelo dia, e isso aumentou o sacrifício de nossa mãe e me deu a certeza de que era o começo do fim para ele. A chuva constante obrigou o médico e confidente a espaçar as visitas, meus irmãos saíam cedo para o trabalho e raramente vinham para o almoço, nossa mãe só entrava no quarto para as tarefas de rotina. Meu pai viveu, então, seu pior tempo de solidão. Para chamar, ele acionava uma campainha presa a um barbante, na cabeceira da cama. Os chamados passaram a acontecer com mais frequência. Desde o começo, nossa mãe tinha chamado para si toda a responsabilidade de cuidar dele, por isso já se notavam sinais de cansaço, sofrimento e impaciência no seu rosto. Foram dias de inferno no meu estômago...

...pensava nos amigos da Vila, nos colegas de escola e no Mário, o primeiro Mário, quero dizer. Mas agora vou falar do segundo Mário: eu disse que o último livro que ele me deu foi *Vidas secas*? Não é verdade, o último foi *São Bernardo*. Quando esteve com a gente, perguntou se eu sabia o motivo do presente. Eu disse que não sabia. Perguntou se eu tinha lido o livro. Menti, disse que não, aleguei falta de tempo, as provas do colégio e os trabalhos escolares. Eu não queria falar sobre o Paulo Honório, o aventureiro endinheirado e sem origem definida, que ganhou no jogo, ou comprou por uma ninharia, não me lembro bem, as terras de um sujeito encalacrado, mais ou menos como aconteceu com as terras do meu avô. Paulo Honório era um sujeito bruto, ganancioso e mesquinho. Como o meu avô, talvez. Eu nunca quis admitir que os empregados do meu avô fossem explorados, que aceitavam a situação porque não tinham onde cair mortos, como os empregados do Paulo Honório. A vida dos meeiros e dos terceiros não era menos ruim, moravam em palhoças e vestiam andrajos. Para eles, meu avô era um explorador mesquinho, para nós, um

homem justo e temente a Deus. Mário e Isadora iam me perguntar, cada qual a seu tempo, de que lado eu estava. Eu não ia responder, e eles iam pensar que era porque eu ainda não estava preparado. Mas, em silêncio, eu ruminava coisas muito feias, coisas que não podia revelar. Por exemplo: eu não tinha nem terra nem dinheiro, mas um dia ia voltar a ter muita terra e muito dinheiro...

...Mário fez uma comparação: "Quatrocentos e tantos anos e o país continua como começou: de um lado as capitanias hereditárias, do outro o quilombo dos palmares, mudam os atores, mas não muda o filme". Isadora falou sem metáforas sobre capital e trabalho, ela repetia o irmão: "Capitalista é quem tem pelo menos um destes capitais: terra, comércio, indústria e banco; trabalhador é quem tem só a força de trabalho; o capitalista compra a força de trabalho, o trabalhador vende; o capitalista remunera a força de trabalho por um preço vil, o salário vil multiplica o capital e aumenta a dependência do trabalhador; e assim recomeça todo o ciclo de riqueza e de pobreza". Nessa época, o Mário disse que quem vendia sua força de trabalho por um preço vil não devia ficar do lado do capital: "Qual é o seu capital, Caburé?". No momento, eu não tinha nenhum dos quatro: nem terra, nem comércio, nem indústria, nem dinheiro. "Entendeu, agora?", disse. Então eu era um joão-sem-terra, um *sans culotte*. Essas lições eu encontrei também nos fascículos da coleção que Mário me deu. Mário era naturalmente educador, ele sabia que minha família era dona falida de terra e não jogava isso na minha cara, mas devia perceber que mesmo sem terra a gente continuava com alma de

donos de terra. Teve uma hora que Isadora também me fez perguntas incômodas. Vindo do Mário, eu podia entender, vindo de Isadora eu não entendia. Como é que uma filha da burguesia podia ficar contra o capital?...

...depois de um temporal que não cedeu a noite toda, a rua amanheceu sob um rio de lama. Na semana anterior, tratores tinham nivelado um terreno na parte alta para a abertura de ruas, o aguaceiro erodiu os taludes, minou os aterros e dissolveu a terra. A rua virou uma piscina de barro de quase cem metros de extensão. Nossa casa, que ficava num ponto equidistante entre o início e o fim do barreiro, foi uma das mais afetadas. O passeio desapareceu debaixo de dois palmos de lama. O estado do meu pai era grave, não era preciso médico para dizer isso. A presença da morte dentro de casa me perturbava. Eu não queria, mas pensava o tempo todo no que seria de minha vida sem ele e não conseguia entender o mistério do fim de uma pessoa. A primeira coisa que passou pela minha cabeça foi que, se aquilo acontecesse naquela hora, a gente estava com um sério problema: o cortejo ia ter de enfrentar 50 metros de lama, tanto pela esquerda quanto pela direita. Uma solução seria conseguir voluntários para atravessar o lamaçal com o caixão, enquanto o cortejo esperava na parte seca. Na Vila, não, mas na cidade dispunham de serviço funerário de luxo, com carro fúnebre e tudo o mais, só que a gente não tinha como dispor desse recurso. Não me lembro de ter visto o carro da funerária na Vila. Lá o trajeto se fazia na alça do caixão, no velho sistema de revezamento. Naquela manhã, nossa mãe disse que precisava sair, tinha de ir ao colégio

para um assunto urgente. Antes de abrir o portão da rua, meu irmão do meio colocou duas tábuas do lado de fora, uma em cima da outra, para conter a lama liquefeita que queria invadir o quintal. Nossa mãe dobrou a barra do vestido e deu um nó de cada lado. Com um pedaço de tecido oleado ela improvisou um par de botas, atadas por barbantes que subiam em zigue-zague e terminavam nos joelhos, imitando sem querer as botas dos índios apaches. Como não havia em casa, no momento, um guarda-chuva em bom estado, ela improvisou capa e capuz com a parte maior do oleado. Numa sacola, colocou os sapatos e os documentos. O aguaceiro da noite tinha diminuído de intensidade, mas uma chuva fina continuava. O plano era fazer a travessia do lamaçal, ir à casa de uma conhecida na parte não atingida da rua, tirar as botas-apache e a capa de oleado, calçar sapatos secos, tomar uma sombrinha emprestada e se apresentar em condições no colégio.

...antes de enfrentar a lama, ainda no portão, me recomendou ficar de olho no meu pai. Não explicou por quê, nem o que fazer em caso de necessidade, já que até aquele momento isso não tinha sido tarefa dos filhos. Ela temia algo, isso era certo. Devia estar muito desorientada para fazer um pedido que contrariava as próprias recomendações, que eram evitar qualquer contato com o doente. Havia uma apreensão nova em seu rosto. Isso me afligiu ainda mais porque não imaginava que pudesse caber um milímetro a mais de angústia na sua expressão. Ela disse que tinha conseguido inteirar o dinheiro e que precisava correr ao colégio, pois era o último dia de matrícula. Só então começou a

travessia: procurou primeiro alcançar o meio da rua, onde a lama era menos profunda, evitando assim os passeios, que escondiam desníveis, degraus e buracos; avançou devagar, tateando com os pés, até alcançar aquele ponto. Já mais segura, arriscou passos mais largos. Foi nesse momento que escorregou. Foi um movimento rápido, mas a queda foi em câmara lenta, como um encouraçado de filme de guerra afundando. Acho que a densidade da lama evitou o afundamento rápido. E ela só não se estatelou na lama porque conseguiu se apoiar com um dos braços, ficando o outro erguido, protegendo a sacola com os documentos. Do portão, fiz menção de sair em seu socorro, mas ela gritou para eu ficar onde estava. Assisti seu espernear lento, sem poder fazer nada. Ela tentou se levantar uma, duas, três vezes, até conseguir ficar de pé. Depois, caminhou na direção do portão, os braços afastados do corpo, a sacola numa das mãos, milagrosamente limpa, e uma matéria gosmenta escorrendo do encerado. Na mesma hora pensei, não consegui evitar, na imagem do *Monstro da Lagoa Vermelha*, mesmo sabendo que não existia filme nenhum com monstro da lagoa vermelha, não que eu tivesse assistido. No tanque, com o regador, ajudei nossa mãe a tirar o grosso da lama para ela poder entrar e se lavar direito. A matrícula estava agora por minha conta...

...vesti o calção de futebol, dei um laço nos cadarços e pendurei os sapatos no pescoço, peguei os documentos, o dinheiro da matrícula e encarei a piscina de lama. Do lado sem lama, segui a recomendação de nossa mãe: lavei as pernas na casa da sua conhecida, vesti uma calça, calcei os sapatos e peguei

emprestado um guarda-chuva. No colégio, encontrei uma fila no guichê da secretaria. Na minha vez, a secretária consultou uma lista que ficava do lado de dentro do vidro: "Sua matrícula é na outra sala". Perguntei por que não podia ser naquela fila. Sem esclarecer minha dúvida, ela só respondeu: "Ordem do Diretor". Na outra sala, encontrei duas mulheres parecidas com nossa mãe, quer dizer, meio com jeito de viúvas, abatidas e de olhar tristonho. Tinha alguma coisa errada com a minha matrícula e com a matrícula dos filhos daquelas mulheres, alguma coisa que me dava aflição. Não comentei nada em casa, tinha medo de saber a resposta. De qualquer modo, ia acabar sabendo pouco tempo depois, em condições adversas, quando a congregação se reuniu para me punir...

...escrevi ao Mário para falar do meu primeiro lugar e também para relatar a visita dos agentes. Três semanas depois, recebi um cartão-postal: a imagem de um folião vestido de bobo da corte. Um desses cartões-postais que turistas enviam aos amigos para dizer que estiveram no Rio, no maior carnaval do mundo e tal. Mário zombava dos agentes, chamou eles de renegados: "Um cabo e um terceiro-sargento. Traidores de colegas. Viram filmes de espionagem demais, são caricaturas de agentes da CIA". E condenou: "Traidor de companheiro é o pior dos vermes". Não revelei ao Mário que os agentes disseram o mesmo dele: traidor, verme, renegado. Numa trégua da chuva, numa semana de forte veranico, dois caminhões e dez homens da prefeitura trabalharam para remover o lamaçal que começava a endurecer. Senti alívio por meu pai...

...***volta*** às aulas. Início do novo ciclo, o colegial — hoje, não se diz "colegial", mas ensino médio. Foi na primeira série do colegial que conheci Onan, Punho-de-Aço — Ronan era o seu nome. Ele era de uma família próxima do cônego Vidal, uma gente muito beata, como você deve se lembrar. No ano anterior, ele tinha sido da mesma turma de Isadora. No primeiro colegial, juntaram as duas turmas e, aí, ficamos colegas — Isadora chamava o "Onan" de "pedante inofensivo"; mais tarde, depois das eleições para o grêmio, de "pedante nocivo". Foi dele a ideia mais original daquele verão: "O tempo é um estado de espírito". As leituras que ele fazia eram bem diferentes das leituras de Isadora. As dele falavam de essência, transcendência e absoluto, como as suas, aliás. Tinha a simpatia dos professores, a sua em particular, Professor, embora as notas dele não fossem as melhores. Não levava dever escolar a sério, não ligava para notas altas, medalhas de honra ao mérito, essas coisas: "Prova não mede conhecimento, o verdadeiro conhecimento está além das paredes das salas de aula", dizia. Acho que ninguém entendia muito bem sua lógica, mas fingia entender. Ronan passava as férias na casa de uns tios, em Petrópolis, professores universitários que tinham grande influência sobre ele. Parece que seu tio tinha sido colega de seminário do cônego Vidal. Bom, mas eu estava falando era da noção de tempo do Ronan. Acho que ele pretendia dizer que o tempo não existe de verdade, não como existe um dia de chuva ou de sol, uma lista de supermercado ou um cachorro ganindo de dor. "Onan, Punho-de-Aço" — não lembro quem pôs o apelido, sei que foi por causa de um flagrante no vestiário — tinha essa pose de grande doutrinador, era o centro da roda que se formava no recreio, entre a cantina e a quadra de vôlei. Mas não falava de política, como o Mário e Isadora, falava de metafísica: "O passado não existe, porque o que se foi não se recupera. O futuro também não existe, pois o que será ainda não é. Quanto ao presente... Bem, o presente nada mais é do que uma fração infinitesimal de tempo em que o futuro deixa de ser o que será para vir a ser o que é no instante mesmo em que não é mais...". Depois de uma pausa e um olhar em torno, costumava completar: "Simples, não acham?" — ninguém queria ser o primeiro a admitir que sua conversa era incompreensível. Além do tom pedante, ele gostava de terminar suas exposições com o *quod erat demonstrandum*, copiado dos exercícios do professor de matemática. Nossa antipatia pela lógica do Ronan tinha a ver com seu desempenho em matemática e latim, únicas matérias em que era imbatível. Os pais iam acabar mandando ele para um seminário em Petrópolis, quer dizer, não tenho certeza se era em Petrópolis, você deve saber melhor do que eu, Ronan era seu protegido. Isadora me perguntou o motivo do apelido de Ronan, acho que por malícia, ela não fazia pergunta à toa. Respondi que não sabia...

...*a* segunda vez que ouvi falar do Tempo foi na aula de filosofia. Na sua aula, Professor. Você tinha deixado o seminário na Europa e voltado para o Brasil. Engraçado isso, devo minhas noções de tempo a dois seminaristas, um futuro — Ronan — e um ex — você. Guardo a imagem do seu tipo físico: você era magro, muito magro, alto, pele imaculada pelo sol, cabelos volumosos, muito lisos e de um negro profundo, penteados para trás com brilhantina. Você lembrava o Castro Alves, o do manual de literatura, tinha um toque de romantismo. As alunas viviam suspirando por sua figura distante e pálida. Espalhamos o boato de que era viciado em ópio, mas suspeito que a calúnia tenha excitado ainda mais a fantasia delas. Você sorri? Estou vendo você sorrir? E como esquecer seu jeito de segurar e levar o cigarro aos lábios? Não parecia ser só um cigarro, parecia incenso sagrado enrolado num pedaço dos originais do evangelho. Havia volúpia e afetação no simples ato de fumar. Como saber, naquele tempo, que um hábito tão charmoso pudesse fazer todo esse estrago, não é mesmo? Você vivia discorrendo sobre a noção do tempo, virava e mexia retornava ao tema. Suas aulas eram as melhores. Para mim, eram as melhores. Numa delas, você usou o conto de um escritor, não lembro qual, provavelmente de alguma literatura pia. Fico entre o Gustavo Corção e o Tristão de Athayde. Mas já não sei direito. Como consigo lembrar esses nomes também não sei. Mas posso estar enganado quanto aos nomes. Me lembro que a personagem tinha um instante de angústia diante da tentação do pecado mortal e da ameaça das chamas eternas. Para melhor caracterizar o horror da condenação, você fez uma exposição que impressionou muito a turma e que não deve ter-se apagado da memória de nenhum dos trinta e cinco alunos. Algum tempo depois, quando li *O retrato do artista quando jovem*, dei de cara com a mesma noção de tempo. Penso o seguinte: ou bem você leu o livro do irlandês ou bem aquela descrição da eternidade faz parte de toda formação seminarista, seja ela em Dublin, entre os jesuítas, seja ela em Roma, entre os dominicanos. James Joyce, muita gente sabe disso, estudou num seminário jesuíta. Você, eu sei, estudou num seminário dominicano. Acho que sua intenção não era falar da noção de tempo, mas ilustrar o horror da condenação das almas às chamas eternas. Filosofia em nossa escola era só pretexto para catequese...

"*...imaginem*", disse você, usando os dedos compridos e pálidos para pontuar as palavras, enquanto a fumaça do cigarro fazia desenhos no ar, "que nosso planeta fosse feito de aço, uma esfera de aço maciço. Imaginem agora uma andorinha que nos visitasse a cada cem anos e que, no seu voo centenário, tocasse a esfera com a ponta de uma das asas. E assim, século após século, religiosamente, repetisse o gesto. No dia em que essa imensa esfera de aço se desgastasse pela fricção da asa" — e em que o problema do reagrupamento das partículas pela atração gravitacional fosse resolvido, pensei nisso agora — "a eternidade estaria apenas... começando!". Depois de ter feito aquela pausa no final e medido — tenho certeza de que havia volúpia nos seus olhos, e até um brilho de perversidade — a extensão do silêncio que sabia ter causado em todos nós, você disse: "Bem, creio que agora é possível a todos os senhores terem uma pequena noção do que seja arder eternamente nas chamas do inferno!". Confessa, você só queria fazer propaganda adversa do pecado, apavorar a gente. Tudo não passava de um exercício de crueldade espiritual, de depreciar nossa materialidade, "breve e insignificante" — confessa, você era um leitor fanático de Paulo, o apóstolo misógino e histérico, o inimigo da vida —, então só restava a nós, míseros mortais, preparar a alma para a vida após a morte, já que ela era a única coisa de fato eterna, nossa réstia de divindade, tremeluzindo na mais medonha das trevas...

...*contei* ao Mário sobre sua aula, ele perguntou se você era padre: "Padre é que gosta de falar de eternidade, pecado e redenção. É assim: na teoria eles são amor e humildade; na prática, intolerância e boa mesa", escreveu ele. Eu queria muito saber dizer as coisas como Isadora e Mário, tinha consciência da minha limitação com as palavras. Na mesma carta, ele disse que estava na hora de participar da política estudantil: "Lá, você vai entender o que é o tempo, mas tempo sem padre". Uma semana depois, por uma dessas coincidências inexplicáveis, Isadora me procurou para compor uma chapa que ia concorrer às eleições do grêmio estudantil. Ela também fez um comentário sobre sua aula, Professor: "Ele fala da eternidade porque, assim, não precisa falar do tempo de agora e dos homens de agora". Foi reconfortante ouvir da boca da garota mais popular e mais rica do colégio palavras que ecoavam as palavras do Mário. Mário ainda era o meu modelo, apesar de seus últimos desvios, e Isadora era minha aspiração, com todos meus desvios...

...*na* segunda semana de aula, antes do professor entrar na sala, Isadora me procurou, com um pequeno grupo. Ela disse seu nome completo, explicou por que me procurava e apresentou os colegas. A formalidade era desnecessária, eu sabia quem ela era, ela sabia que eu sabia quem ela era, afinal a formatura tinha colocado a gente lado a lado, o sapo e a princesa, segundo cônego Vidal. Mas não, aquela forma de apresentação era um dos muitos sinais de distinção entre nós: ela conhecia as regras de urbanidade, eu não. Ela explicou que o meu nome para compor a chapa se deveu ao meu primeiro lugar, disse que a diretoria de cultura do grêmio tinha sido reservada para mim. Até aquele dia, não tinha passado pela minha cabeça fazer política estudantil, eu não sabia o que era política estudantil e para o que servia um grêmio estudantil. Aí, sem nenhum pudor, ela confessou que tinha tido curiosidade de conhecer de perto o "estrela brejeira". Os colegas riram, fiquei desconfiado, mas ela lembrou que as palavras eram do cônego Vidal. E como fizesse críticas ao diretor e ao seu senso de humor preconceituoso, baixei a guarda. Mas, por um instante, desconfiei que a curiosidade de "conhecer de perto o 'estrela brejeira'" fosse sua única motivação e que eu devia estar sendo objeto de uma brincadeira perversa dos garotos ricos do bairro do Alto...

...não gostei de Isadora no primeiro contato: era bonita demais, sabida demais, segura demais. Era preciso desconfiar de mulher bonita, sabida e segura demais, mas aceitei o convite sem discutir, primeiro porque eu queria estar perto dela, estava vaidoso de ter sido escolhido por ela, segundo porque Mário tinha dito para eu participar da política estudantil. A chapa teve o apoio do irmão de Isadora, que vinha nos fins de semana para organizar e orientar a campanha. Era estudante de engenharia, no Rio, fazia parte da diretoria da UNE, tinha experiência em política estudantil. Foi ele, e não Isadora, que explicou o que a chapa adversária representava: tradição, família e propriedade, um movimento católico ultraconservador surgido em São Paulo. "Vocês ainda vão ouvir falar dessa desgraça reacionária", disse ele — a outra chapa era a do "Onan, Punho-de-Aço". Isadora explicou o que era uma "desgraça reacionária", e eu disse que

não entendia a ira dela e do irmão contra a TFP — sigla da tal "desgraça reacionária" —, pois o movimento defendia justamente a tradição e a propriedade da família dela contra os comunistas. E ousei: "É uma contradição". Ela disse que as contradições faziam parte do processo dialético, que eu ia entender isso melhor através da *práxis*. Me arrependi da ousadia porque, além de passar por ignorante, agora já eram duas palavras a mais que eu não conhecia: dialética e *práxis*...

...*nos* meses seguintes, eu ia fazer de tudo para submeter Isadora. Mas, em vez de reagir às minhas investidas, ela argumentava. Isadora era muito boa nessa coisa de argumentar. Ela exibia um autocontrole de adulto e sabia usar as armas da urbanidade e da paciência: sorridente ao ser direta, calma ao discordar e impessoal ao criticar. Diante dela minhas estratégias viravam truques ridículos. Às vezes, eu me irritava, pois não concebia outro jeito de ter uma mulher a não ser pela submissão. Minhas noções de convivência foram herdadas do avô paterno: honra, mando e obediência. Isso, mais a ideia de amor romântico, era tudo o que eu sabia sobre um homem e uma mulher. Ela desmontava minhas táticas uma por uma sem alterar o tom da voz, o que fazia de mim um bichinho balbuciante. Às vezes, me afagava com um elogio, que eu acolhia com uma urgência patética. Não duvido de sua sinceridade e tenho de admitir que ela era mais do que cordial, era mesmo paciente diante de minhas indelicadezas e, muitas vezes, da minha hostilidade. Muitos anos depois, quando eu já não era um principiante, e os jogos do amor careciam de inocência, eu ia continuar refinando essas táticas para conseguir a supremacia. Acho que existe uma espécie de geopolítica amorosa, como existe a geopolítica das nações, por isso somos melhores em jogos de dominação do que em jogos de amor. O que chamam vulgarmente de amor nada mais é do que um jogo de dominação: atrair o outro para a sua área de influência. Neste momento, são sete bilhões de almas, em escala planetária, empenhadas no mesmo jogo...

...*na* presença de Isadora, eu disfarçava os sapatos ordinários, tingidos do pó vermelho da Vila, como um pigmento absoluto — talvez ela soubesse do apelido da gente da Vila, "pés-de-pombo". Sua voz de alguma forma me intimidava, eu estava sempre disposto a aprovar o que ela dissesse. Foi assim até que o desejo foi mais forte do que a subserviência. Conheci o esplendor desse sentimento com o coração contrito e assustado, por isso hostilizei ela ainda mais, como os outros garotos, porque todos queríamos Isadora com fervor. A hostilidade é o jogo mais jogado entre adolescentes machos, e quem não joga o jogo também é hostilizado. "Você não é homem, não?" é a frase-chave; qualquer um sabe o que "homem" significa. Penso que se ela fosse um dos nossos, poderíamos ser amigos, mas a amizade era impossível com as meninas, em especial as bonitas. Sua existência além da minha vontade me confundia, minha noção de amor não previa a autonomia e a contingência da mulher, tinha algo de duende e de unicórnio, isto é, tinha a marca das coisas impossíveis. Essa noção vinha de longe, de outro tempo, da Idade Média, já disse isso, acredito nisso. Acho que todas as noções do amor absoluto vêm de lá...

...***duas*** coisas em Isadora estavam fora de lugar. Apesar de viver numa casa onde cabiam dez da nossa e de saber comer à mesa, ela era atraída por coisas mesquinhas como guetos, becos, vilas e trabalhadores feios e estúpidos. A Vila era uma dessas coisas mesquinhas; de alguma forma, eu me sentia uma daquelas criaturas feias e estúpidas que atraíam Isadora, por isso não é difícil entender a vergonha e a raiva que senti ao ver ela aparecendo na minha casa, minha deplorável casa, no velório do meu pai, meu deplorável pai, num momento em que sua morte parecia elevar nossas misérias à potência máxima. A segunda coisa era a disposição de Isadora para a ação e para a rebeldia; não sei se ela tinha consciência dos riscos de suas escolhas, talvez sua educação e a arrogância da sua classe social tenham feito dela um bicho descuidado — mas nunca se deve acreditar apenas em descuido quando se trata de gente da sua classe. Naquele dia, tive pelo menos uma boa notícia: nossa chapa bateu a de Ronan. O lado ruim da notícia: Ronan era uma espécie de porta-voz do cônego Vidal, portanto o candidato oficial do colégio. Como Isadora era a cabeça dourada do Buda, logo intocável, e os outros membros do grêmio outras partes nobres do Buda, logo também intocáveis, alguém ia ter de pagar aquela conta...

...***nacionalismo*** era uma ideia em alta, naqueles dias. A palavra aparecia a cada edição do *Jornal do Brasil*, que o pai de Isadora assinava — com ela aprendi a dizer "Jotabê", em vez de "Jornal do Brasil": percebi que essa familiaridade dava prestígio ao seu usuário; percebi também que inúmeras pequenas coisas faziam a distinção entre o ser chique e o ser suburbano. A palavra "nacionalismo" aparecia também nos noticiários da Rádio Nacional, nas publicações que seu irmão mandava do Rio e nas conversas com Mário, mas foi com Isadora que aprendi seu significado. Ela fez uma comparação: "Nacionalismo é uma estação com duas plataformas de embarque, uma para a autonomia e outra para o autoritarismo". Era preciso saber separar as duas coisas, elas eram como água e óleo, não se misturavam, quer dizer, não deviam se misturar. Noutra vez, ela disse que o nacionalismo era um projeto da burguesia nacional que as esquerdas encamparam por uma questão de estratégia, e frisou que nunca se devia esquecer que as esquerdas é que eram a verdadeira vanguarda da luta dos trabalhadores. Com Isadora aprendi ainda que a alienação política era a pior forma de demência e que a *práxis* não era para estômagos fracos. Ah, sim, e que sua metafísica, Professor, era uma perversão reacionária cujo único propósito era o de justificar o mundo tal como ele era, ou seja, injusto e desigual. Isadora lia tudo o que o irmão mandava e ouvia tudo o que ele dizia. Nacionalismo, autonomia, autoritarismo, burguesia, esquerdas, alienação, *práxis*, reacionário... Informação demais para minha cabeça latifundiária...

...quando vinha em casa, seu irmão sempre trazia material novo. Ele lia e discutia cada parágrafo com ela, era mais exigente do que nossos professores de gramática e de matemática. Em questões de política revolucionária ele não transigia: era preciso disciplina, era preciso educar os sentimentos, era preciso dirigir as energias para a causa... Penso que essas recomendações eram desnecessárias porque Isa-

dora lia por prazer, tinha uma disciplina natural e não era indolente. Ao contrário de quase todos os estudantes que conheci, ela tinha prazer em aprender. Quando fui apresentado a seu irmão, em vez de perguntar a que família eu pertencia, coisa que sempre me incomodava, ele disse para a gente não se deixar desviar da luta por sentimentos pequeno-burgueses — foi a primeira vez que ouvi alguém dizer que o amor não era mais importante do que uma causa e, principalmente, que o amor era um sentimento pequeno-burguês — não me lembro de ter perguntado a Isadora o que significava "pequeno-burguês", mas o adjetivo "pequeno" acoplado ao nome "burguês" era um sinal de alerta. Por estar obscurecido, isto é, doente de romantismo, tive dificuldade em assimilar essa ideia imediatamente. Aliás, não assimilei, dissimulei. Só muito mais tarde aceitei, mas por uma outra causa: ficar rico. Eis uma causa que também exige disciplina e método. Dinheiro e amor são como óleo e água, não se misturam. O irmão de Isadora tinha cada vez mais contatos na cidade, contatos que não cheguei a conhecer porque não era o momento, ela dizia. Percebi que isso era parte de alguma estratégia que eu desconhecia e que não era bom fazer certas perguntas. Mário também andava cheio de mistérios: "Tem muita coisa acontecendo, a gente precisa conversar". Seu tom era parecido ao do irmão de Isadora, mas eu ainda não via relação entre os dois, só passei a ligar as coisas depois da primeira e única sessão do grêmio, quando minha cabeça passou a valer alguma coisa para a congregação do colégio. No tempo anterior ao grêmio, era como se o Mário estivesse me preparando para Isadora...

...o médico interrompeu a medicação e explicou a nossa mãe sua inutilidade e a crueza do tratamento. Os injetáveis não encontravam nem músculos nem veias, os comprimidos não passavam pela garganta. As picadas da agulha produziam hematomas que não se desfaziam porque o corpo já não podia reagir. Nos últimos dias, meu pai não era o mesmo paciente abnegado e silencioso, então o médico passou a trazer morfina, que custeava do próprio bolso, doses que ele partilhava com o paciente — descobri isso bisbilhotando. A dedicação do médico me perturbava e nos constrangia a todos, porque era a negação de nossa crença na sua iniquidade. Eu fingia estar entretido em meus cadernos e livros, mas espionava médico e paciente pela frincha da cortina, um velho lençol dobrado que nossa mãe tinha pregado no vão da porta, para garantir alguma privacidade e manter a circulação do ar. Eu não entendia por que um médico tinha de partilhar remédio com o paciente, eu ainda não sabia que morfina não era apenas remédio. A primeira coisa que pensei foi que o médico estava caduco, imaginei também que tivessem sido parceiros de jogatina, álcool e mulheres. Seu Giuseppe explicou o que era morfina e para o que servia, quando falei do sofrimento do meu pai e de sua quietude depois das aplicações. Eu via o médico debruçado como um confessor à cabeceira do meu pai, cochichando um interminável monólogo em seu ouvido...

...o médico convocou nossa mãe e recomendou a ela que todos falassem com meu pai, mesmo que ele não pudesse responder, ou mesmo que parecesse não ouvir. O médico foi firme quando disse que meu pai não era contagioso —

ele não disse que a doença não era contagiosa, ele disse que meu pai não era contagioso. Aquilo podia soar como censura, mas não era, quer dizer, acho que não era, não tinha o tom de censura que o padre Jaime punha nas palavras. Talvez essa ausência de censura fosse efeito da morfina, da beatitude do transe da morfina... Quando o médico saía, nossa mãe resmungava que ele devia estar caduco, onde já se viu falar com meu pai, o homem já devia estar longe, num lugar de onde não podia mais ouvir a gente, só esperando o chamado de Deus para descansar e dar descanso à família. Nossa mãe, é claro, não aprovou a ideia do médico, ela não ia abrir mão de proteger os filhos do contágio. Penso que seu desejo era que o médico não voltasse e que meu pai descansasse em paz, e o quanto mais rápido melhor para ele e para nós...

...recebi dois cartões-postais. Detalhe intrigante: idênticos, a mesma foto do palácio do Catete, no Rio de Janeiro, em preto e branco, as águias de bronze, nas platibandas, parecendo urubus. O primeiro postal é este: *Rio de Janeiro-DF, 2 de abril de 1958. Caburé: Todas as Armas estão de prontidão, mas não é nada sério, eles só querem derrubar o presidente... Isso é uma piada, marujo, toda vez que a armada entra em prontidão a gente fala isso. Mas agora a coisa é mais séria porque a baixa oficialidade e os praças estão se opondo. O alto-comando já fala em "conspiração vermelha".* O segundo postal é este: *Oficiais linhas-duras dizem que é preciso fazer uma limpeza. Linha-dura significa direita, limpeza significa deposição do presidente da república. Chega de golpismo! Reformas já! Viva o monopólio do petróleo! Fora*

o Banco Mundial! Marinheiro Pompei. Os postais ficaram martelando a minha cabeça. Por que iguais? Por que em preto e branco? Por que o Catete e suas águias-urubus? Meu olhar não era mais inocente, será que eu lia até o que não era para ler?...

...quando se esperava uma exibição de lógica formal ou alguma exposição incompreensível do pensamento de Tomás de Aquino, Onan, Punho-de-Aço cantou *L'Hymne à l'amour*. Ao lado do piano de cauda, um trambolho de afinação suspeita, o filho da mãe surpreendeu com uma voz educada e potente. Quem ia adivinhar que ele tomava aulas de canto e que tinha boa pronúncia em francês? Mesmo derrotado pela campanha fulminante de Isadora, Ronan participou da sessão inaugural do grêmio. Um dia antes, ele tinha aparecido na saleta do grêmio: "Parabéns", disse, e estendeu a mão. Se desconfiou de algum ardil, Isadora não deu nenhuma demonstração nesse sentido, apenas acolheu com urbanidade o gesto de urbanidade. Devia ser cavalheirismo entre os pares, pensei. Ronan abriu a sessão do grêmio, versão 58, cantando, e eu fechei o evento vociferando, não consigo achar outra palavra para o que fiz. Entre uma apresentação e outra, teve declamação de poemas, um número de dança moderna, já naquela época um nome meio genérico para qualquer corre-corre e contorções em cima do palco, um jogral e o fragmento de um monólogo de gosto popular, *As mãos de Eurídice*. E as improvisações de última hora com as falhas de sempre: entradas no tempo errado, esquecimento de texto e cortina fechada antes da hora; aliás, as partes sempre mais aplaudidas...

...*eu* tinha redigido uma espécie de manifesto, que Isadora revisou e escalou para o encerramento. Subi ao palco, investido do espírito de anjo exterminador, e li o texto com a voz alterada pela emoção. Eu atacava os caciques da política local e os partidos tradicionais que se alternavam no poder no país. O texto combinava fragmentos de Iluminismo — direitos do povo, anticlericalismo e triunfo da razão — com uma pitada de antiamericanismo e ideias vagamente socialistas. Foi assim que fiz minha estreia na política estudantil, alinhavada nos últimos meses com retalhos dos cartões-postais do Mário, dos textos enviados do Rio pelo irmão de Isadora e de seus comentários. Sentados na primeira fila, uns senhores de preto, da misteriosa congregação, trocavam cochichos — não me lembro de você entre eles, Professor. Houve muito aplauso e, pela lógica daqueles senhores de preto, como depois ia saber, não podia ter havido aplauso. Ainda embriagado de ira revolucionária, meio perdido em cena, tive a impressão de que faltava alguma coisa, algum gesto tresloucado, alguma cabeça rolando, gritos de motim no ar, cheiro de pólvora, um raio fulminando a torre da capela do colégio, uma palavra de ordem que tirasse o fôlego e arrebatasse o público da sua letargia... Nesse momento, vi Isadora caminhando na minha direção. Ela veio até mim e me tirou de cena pela mão. Enquanto saíamos, ela soprou no meu ouvido: "Você esteve magnífico, o inimigo foi atingido!". Sua aprovação, sua mão na minha e as frases sussurradas me deram a primeira sensação de onipotência intelectual, melhor do que o primeiro lugar nos exames finais — não, mais, a sensação era mais intensa, era erótica. A sessão do grêmio tinha sido sábado à noite; na segunda-feira pela manhã, num comunicado curto, a direção do colégio suspendeu as atividades do grêmio, confiscou documentos e a chave da saleta onde ele funcionava. Fui o único a ser intimado. Eu estava a um passo de virar bode expiatório...

...*a* iluminação fraca, o soalho escuro e os móveis antigos davam um aspecto sombrio ao salão. Apesar de amplo, ele só tinha uma janela, que dava para um pátio interno, fora da área de circulação dos alunos. Eu não sabia da sua existência até aquele dia, e acho que poucos sabiam. Quando entramos, o grupo de terno escuro da sessão de sábado e duas mulheres esperavam atrás de uma mesa muito comprida. No centro, numa cadeira de encosto alto, o cônego Vidal presidia a sessão. Então ali estava a misteriosa congregação, pensei, e dessa vez você estava lá, Professor. Vocês já deviam ter deliberado quando a gente entrou porque só o diretor falou. Mais tarde, quando descrevi a cena, Isadora lembrou que aquele aparato não era normal, ela sabia disso porque seu pai tinha participado da congregação. Eu ainda não fazia ideia da gravidade da minha falta e não saberia dizer o que mais me dava medo, se o veredicto da congregação ou se a condenação de nossa mãe na volta para casa. Como de outras vezes, não tinha contado a ela toda a verdade. Na ida, ela tinha falado: "Vê lá o que o senhor andou me arrumando, não vai me envergonhar, já tenho dor de cabeça de sobra". O diretor indicou uma cadeira, uma cadeira comum, sem o encosto alto das demais. Ficamos de frente para a mesa, ela sentada, eu de pé. O diretor fez um resumo da sessão do grêmio: enumerou cada apresentação, num impressionante exercício de memória. Quando chegou a minha vez, ele recorreu a um texto, o meu próprio texto, confiscado ao grêmio. À medida que lia, ele ia pontuando o que considerava grave: ofensa à imagem do educandário e aos benfeitores da cidade, afronta à autoridade da egrégia congregação, desrespeito à fé e agravo aos símbolos da pátria. Por último, minha aleivosia — ele usou essa palavra; não tive dificuldade para compreender seu sentido: traição; ele disse que eu tinha traído a confiança dos colegas, dos pais e do educandário ao me valer do grêmio para incitar à desobediência e fazer apologia do comunismo. "Apologia", pensei, essa também eu conheço, significa "elogio"...

...*nome* riscado do "Livro de Ouro", confisco da medalha de mérito escolar, uma semana de suspensão, perda da meia-bolsa de estudos... Não tenho certeza se nossa mãe entendeu tudo o que aconteceu na sessão, mas sei que a perda da meia-bolsa de estudos fez ela se remexer na cadeira. O movimento brusco despertou algum mau humor secreto da cadeira, porque o móvel rangeu e se inclinou para o meu lado. Só tive o tempo de amparar nossa mãe, nada pude fazer pela cadeira, que ruiu com estardalhaço, profanando o clima solene da sessão. Acredito até que alguém se prontificaria a ajudar se eu não tivesse tido a infeliz ideia de recolher um pé da cadeira e dizer que ela já devia estar quebrada. A intenção não era levantar suspeita sobre a integridade dos móveis do colégio e, por consequência, sobre a integridade dos donos dos móveis do colégio, mas apenas absolver nossa mãe da acusação de poucos modos ou até de certo excesso de peso. Fui advertido por falar sem que minha fala tivesse sido autorizada. Com isso, em vez de atenuante, acrescentei mais um agravo à extensa lista que pesava sobre mim. Nossa mãe teve de acompanhar o resto da sessão de pé porque a cadeira não foi substituída. Cônego Vidal deu sequência à sessão: o que tinha de dizer estava dito, ele nada podia fazer a respeito, os membros da egrégia congregação eram testemunhas da proverbial tolerância e benevolência do colégio etc...

...o diretor enumerou, então, alguns exemplos dessa tolerância e benevolência: o colégio tinha no seu corpo discente dois negros — nenhuma novidade nisso, aliás, um era o Dado, apelido do Zé Maria, filho adotivo do juiz de paz, que não tirava os pés da Vila porque a família tinha uma chácara com piscina e campinho de futebol lá, onde a gente não podia entrar; o outro era o Thomas Jackson III, com algarismos romanos no lugar do número três; Thomas era filho de um pastor metodista norte-americano, o pessoal chamava ele de "Pai Tomás" por causa de seu tamanho e da cor negro-azulada; Thomas se enquadrava em dois dos critérios de tolerância e benevolência do colégio: o de ser preto e o de ser crente; ele não sabia jogar futebol, o que fazia dele um colega de pouca utilidade para a turma. Além do Thomas, havia mais três crentes, dois batistas e um metodista, estes brancos, mas crentes. E um judeu, o Nathan — isso ninguém sabia, quem é que ia imaginar que tinha judeu na cidade? O Nathan era muito bom de bola, mas de futebol de botões, logo também de pouca utilidade para a turma; ele falava inglês tão bem quanto o Thomas, os dois passavam o recreio juntos, conversando em inglês, conspícuos como dois revolucionários discutindo os termos da Declaração da Independência. Mas a prova final de tolerância e

benevolência, o cônego Vidal deixou para o final: o colégio acolhia "principalmente uma dúzia de meio-bolsistas, filhos de viúvas desamparadas". Ele disse isso olhando para nossa mãe, embora ela não fosse ainda tecnicamente viúva. Em nome da congregação, ele manifestou sua decepção pela soberba e rebeldia de espírito do filho de nossa mãe. E, num tom ameaçador, lembrou a maior de todas as provas de tolerância e benevolência: apesar das graves faltas, o colégio não ia expulsar o rebelde. Você deve estar pensando: como é que alguém pode lembrar com tanto detalhe velhas ninharias? A resposta eu ouvi de um ex-jogador de futebol: você pode se esquecer do cara em quem deu uma porrada, mas jamais se esquece do cara que deu uma porrada em você...

...nossa mãe deu dois passos à frente. Imediatamente, o diretor fez um sinal para a secretária, que veio mostrar uma marca no soalho. Nossa mãe olhou para os pés e viu que de fato tinha uma marca no soalho, quase apagada, é verdade, mas ainda assim uma bendita marca — quando queria xingar, ela costumava usar a palavra "bendita" em vez de "desgraçada", porque esta era portadora de infortúnios, a pior de todas, pior do que "filho da puta". Na volta para casa, ela me garantiu que não tinha visto a "bendita" marca no soalho. Eu tinha notado que a marca era antiga, parecia estar ali desde sempre, só que quase apagada, coberta por camadas de cera. Nossa mãe me mandou pedir perdão, e eu pedi perdão, com palavras ditadas por ela. Em seguida, pediu perdão por ela e por mim. Fiquei constrangido, não conhecia esse lado submisso e miserável de nossa mãe. Na maneira como o diretor remexia seus papéis, sem olhar para

ela, percebi impaciência. Talvez porque não fosse a vez dela falar ou, quem sabe, porque ele também se sentisse constrangido por sua submissão. Depois, nossa mãe pediu, por caridade, que tivessem pena do seu menino e de uma mãe que passava por dificuldades. Do constrangimento passei à vergonha, da vergonha à raiva. O diretor parou de remexer nos papéis, olhou por cima dos óculos e disse que ela havia de convir que fora de suma gravidade o meu dolo, que eu havia causado grave injúria à confiança de meus benfeitores, que eu havia afrontado a hierarquia do educandário, sendo por isso uma presença deletéria... Acho que entendemos perfeitamente o significado do seu palavreado empolado porque a situação preenchia de sentido cada palavra. Então, a um gesto dele, a sessão foi encerrada, e os membros da congregação se levantaram. A secretária tocou uma sineta, e o funcionário levou a gente de volta até a porta da rua. Na volta para casa, ela não me xingou, mas fez uma pergunta, uma só: o que era comunismo. Mais um sinal de que estava sempre atenta a tudo o que contrariasse seu cotidiano e que envolvesse suas crias. Claro que ela já tinha ouvido a palavra. Eu disse qualquer coisa, não lembro o quê, porque não sabia explicar direito o que era comunismo. Aí, ela disse que eu não ia poder continuar os estudos porque não tinha como arranjar a outra metade da mensalidade. Entendi, dessa maneira, por que minha matrícula era feita num guichê separado...

...em casa, avaliei a situação. E a situação era a seguinte: o colégio era minha chance de ser vencedor, ou de pelo menos estar do lado vencedor, mas principalmente de estar

do lado de Isadora, que era a soma de todos os meus desejos; sem colégio, estaria de volta à Vila, quatro quilômetros acima, na margem direita do rio Vermelho, de volta aos pés-de-pombo, longe do mundo de Isadora. Eu não podia revelar esses sentimentos, nem a ela nem ao Mário; ela ia dizer que eram sentimentos pequeno-burgueses, que o seu mundo não era nada daquilo que eu imaginava; ao contrário, ele era feito de hipocrisia, ganância e insensibilidade; ele, que os heróis de verdade não estavam nem nos filmes nem nos gibis, mas nas fábricas, no campo e nas ruas, eram gente simples, de carne e osso. A Isadora eu não ia ter coragem de dizer que era fácil falar assim quando se tinha um sobrenome com selo de garantia ainda válido, ao Mário eu não ia ter coragem de dizer que gente simples só prestava para ser salva pelo herói, no último minuto, como nas revistas do Superman. Em resumo: eu ia ter de voltar com o rabo entre as pernas para o mundo cinzento da Vila, das pessoas da Vila e do silêncio aflitivo da minha casa. Só então percebi o quanto tinha me afastado do pessoal da Vila nesses tempos de colégio e de novas amizades. A gente continuava se encontrando à noite, jogando futebol nas tardes de domingo e indo uma vez por semana ao cinema, mas eu fazia isso mais por hábito do que por afinidade. Tié então me informou sobre a decisão da turma: iam continuar financiando meu cinema aos domingos, como prêmio pela conquista do primeiro lugar. Fui menos relutante dessa vez, aceitei a oferta, a gente se acostuma ao conforto. Mas nem em sonho eles faziam ideia das coisas que eu agora sabia. Por exemplo: a diferença entre um "pé-de-pombo" e um Vidgeon Vignoli...

...sem contato com a diretoria do grêmio e aflito por ver meu pai se finando, me refugiei no quintal. Ali, passei horas e horas nos dias seguintes: cuidava da horta, folheava as anotações dos cadernos, relia algum capítulo dos livros de aventura ou não fazia nada, apenas contemplava o vazio. Tentei voltar ao veleiro e à lagoa, mas isso não me reconfortou, eu só conseguia pensar no que tinha perdido. Na manhã do quarto dia — isso foi numa quinta-feira —, veio um funcionário do colégio. Ele comunicou a nossa mãe que eu tinha de comparecer com ela na diretoria, naquela mesma tarde — ele teve de repetir duas vezes que eu tinha sido anistiado. Expliquei a ela, com a confirmação do funcionário, o que eu tinha entendido. A decisão não foi mais um gesto de boa vontade do diretor, ainda que ele tenha afirmado isso. O fato é que tive um poderoso advogado de defesa, o pai de Isadora. No dia da reunião da congregação, ela me esperava na saída, com o pessoal da diretoria do grêmio. Não tive dúvidas de que estavam preocupados apenas com a própria pele. Eu disse que podiam ficar tranquilos, que a congregação só queria a mim, que ela não tinha pedido a cabeça de ninguém e que eu não tinha delatado ninguém. Isadora me chamou à parte — na verdade, me puxou —, disse que ninguém ali estava preocupado em salvar a própria pele, e por várias razões, uma delas eu conhecia muito bem, eles eram intocáveis. De novo, ela estava com a razão, a congregação precisava de um bode expiatório, não ia tocar nas cabeças coroadas dos filhos de seus benfeitores. O que ela e os colegas precisavam saber, para poder agir, era o que a congregação tinha deliberado para poderem agir. Mas agora me vem uma dúvida idiota, Professor: o nome certo é congregação ou colegiado? Deixa pra lá, você não pode

esclarecer essa dúvida. Resumi o que a congregação deliberou, mas omiti a perda da meia-bolsa de estudos porque esse detalhe me constrangia. Isadora chamou a sessão de "tribunal da inquisição", e isso soou forte, oportuno, tanto que os outros se entreolharam de modo aprovativo. Mas a conversa ficou só nisso porque nossa mãe me puxou de volta; no curto tempo em que conversamos, ela não despregou os olhos de Isadora. Em silêncio, desejei ardentemente que Isadora me salvasse da aflição com o fogo da sua paixão revolucionária...

...dali Isadora seguiu para o escritório do pai, com os colegas do grêmio. Pra encurtar a conversa: a congregação se dobrou às ponderações dele. Não consigo imaginar que argumentos demoveram o diretor e seu bando de corvos — está bem, não precisa me olhar desse jeito, Professor, retiro o "bando de corvos". A congregação manteve minha meia-bolsa de estudos e uma ou outra punição, a perda do mandato no grêmio foi uma delas, mas me obrigou a fazer outra retratação junto ao diretor. Eu estava pouco ligando para a perda das honrarias, o que contava mesmo era que minha vaga no colégio estava salva. Mas, em seu gabinete, sem testemunhas, as palavras do diretor não tinham nem a ironia de sempre nem a arrogância de quem presidiu o júri. Elas eram ameaça pura, uma ameaça direta e quase física, parecida com a truculência do meu irmão do meio. O tom do diretor tinha aquilo que na rua a gente chama de conversa de homem pra homem. Isadora contou que, no escritório do pai, ela disse que a perda do mandato era um "golpe de Estado", afinal eu tinha sido eleito pelo voto direto etc., e

que ele riu, disse que a comparação era dramática demais e que logo todos iam esquecer aquela pantomima — Isadora sabia o que era pantomima. Ela disse ao pai que minha punição era uma discriminação intolerável; seu pai disse que o cônego Vidal podia ser um tanto histriônico, vaidoso e intransigente, mas que sua reação tinha sido proporcional à falta de medida do estudante — acredito que nem Isadora nem os colegas do grêmio sabiam o que era histriônico. Ela disse que a intervenção no grêmio era um ato de desprezo às regras democráticas etc.; seu pai disse que o colégio não era o senado americano e que o Brasil não era a Suécia, e aconselhou a filha a abaixar o tom e a dar menos ouvidos ao irmão, aquele irresponsável que vivia se metendo em confusão e enchendo a cabeça dela de ideias subversivas. Penso que as razões do maior exportador de grãos do lugar nunca serão vãs, os donos do colégio sabiam disso, qualquer um de nós sabia disso. Essa ideia talvez seja cínica, afinal o pai de Isadora era um homem justo e muito culto para um atacadista de arroz e exportador de café. Mas, com seu gesto, ele pôs alguns grãos de incerteza nas minhas recentes noções de justiça, de exploração do homem pelo homem e, a mais recente de todas, a de que um burguês era essencialmente mau. Isadora pensava assim de todo burguês, mas não sei o que pensava do pai, de quem gostava tanto. Enquanto respirava de alívio, eu tentava entender os motivos da sua generosidade, ela partia de um homem acostumado a não desperdiçar nenhum gesto, de um homem que a um simples golpe de caneta somava mais capital a sua fortuna. Minha dúvida era: a troco de quê aquele homem poderoso livrava a cara de um estudante pobre? É claro que comemorei, eu poderia sobreviver à perda do mandato no grêmio e ao apagamento do meu nome no "Livro de Ouro", mas não à perda da meia-bolsa de estudos...

*...**três*** semanas depois, recebi um cartão-postal. Mário não explicou como ficou sabendo do "tribunal da inquisição", tenho certeza de que não falei sobre o assunto; eu tinha até pensado em contar a ele, mas não contei. Este é o postal: a foto da estátua de Castro Alves na capital baiana. Seu texto é um dos mais curtos: *Rio de Janeiro-DF, 25 de abril de 1958. Parabéns pelo batismo de fogo, esse é o nome que a gente dá ao primeiro combate. Eu sabia que você não ia negar fogo. Marinheiro Pompei. P.S. — Não fica preocupado com os renegados, a situação está sob controle.* Por suas palavras, parece que os marinheiros "renegados" preocupavam mais a mim do que a ele. Ele não menciona a sessão da congregação, mas não há dúvida de que sabia. Quando ele veio, perguntei como soube da sessão. E ele, enigmático: "Notícias voam, marujo. Por enquanto, ficamos assim. Confia em mim?"...

*...**retornei*** às aulas depois de cumprir a suspensão. No recreio, colegas de sala e da diretoria do grêmio fizeram um círculo à minha volta. Narrei a façanha, mas omiti a cadeira quebrada, as súplicas de nossa mãe, o meu pedido de desculpas e o meu cagaço. Quando descrevia o salão secreto e as figuras de negro, vi o funcionário do dia do julgamento descendo a escada que dava acesso ao pátio. Ele caminhou na nossa direção, abrindo caminho entre os grupos. O círculo fez silêncio e se concentrou em mim. O funcionário

disse para eu acompanhar ele até a diretoria. Deixei cair a merenda, como o pistoleiro deixa cair o Colt .45, naquele segundo antes de desabar, mortalmente ferido pelo mocinho, e atravessei o pátio atrás do funcionário, que abria caminho em silêncio. O gesto da merenda caída deve ter passado uma impressão contrária à de bravura, tive a sensação de que todos os olhos me seguiam e me julgavam. Antes de desaparecer no corredor que dava acesso à sala do diretor, me virei a tempo de ver o círculo sendo engolfado por uma vaga de alunos. Dessa vez, não era uma nova convocação do tribunal da inquisição, eu sabia disso desde o instante em que vi o funcionário vindo na minha direção, pois existe um jeito diferente de alguém vir na sua direção quando o motivo é uma desgraça. Quando saí, pela manhã, nossa mãe tinha me olhado de um jeito que me encheu de angústia. Não tive coragem de fazer a pergunta, e afinal ela não ia mesmo responder...

...abril, nove e quarenta e cinco no relógio do pátio. Meu pai morreu por volta das oito, numa manhã de boa luminosidade e temperatura amena. Íamos ter uma prova de latim depois do recreio, eu não tinha conseguido decorar os casos das declinações mais difíceis. No trajeto de volta, um rádio tocava um sucesso: *Os teus lábios têm o mel / que a abelha tira da flor...* Parecia coisa do José de Alencar: lábios, mel, abelha, flor... Meu coração vivia balançando entre rompimentos e recaídas pelos guerreiros e virgens-dos-lábios-de-mel do José de Alencar. No momento, eu oscilava a favor de um dos Andrade, o Mário. Seu *Macunaíma*, aquele filho do mato virgem, herói de nossa gente, preto

retinto e filho do medo da noite é que queria dominar minha alma. *Macunaíma*, o herói às avessas, sem nobreza e sem nenhum caráter, valores tão caros às elites branqueadas do país, nas palavras do outro Mário, o nosso. Com Isadora, eu tinha acabado de aprender a dizer "elites", repetia a palavra, mas não entendia por que Isadora cuspia no prato em que comia, no seu lugar eu não renegaria minha classe e nunca aceitaria alguém como eu no seu círculo. Numa de minhas recaídas românticas, tinha começado uma redação assim: "O sol declinava no horizonte e lançava seus últimos raios dourados na paisagem...". Eu era capaz de fazer coisa melhor por conta própria, mas naqueles dias, conforme já disse, o José de Alencar ora sim ora não me martelava as ideias. Além disso, tinha aquele verbo, "declinar"... É, pode ter sido o verbo. Às vezes um bom verbo, no lugar certo, na hora certa, faz o sujeito perder a cabeça; a imagem de um sol a declinar no horizonte, francamente, era um luxo. Acontece que o professor Raimundo "Camões" não entendeu desse jeito, veio com a conversa de que tolerava tudo, menos o plágio. Na hora, senti a cara pegar fogo porque ele falou isso diante da turma, mas depois relevei, não tinha admiração por ele, acho que ninguém tinha. Onan, Punho-de-Aço, nosso principal metafísico, chamava ele de o "cavaleiro da triste figura". Ele era mesmo meio quixotesco, mas só no aspecto físico, como nas gravuras do livro que eu vi na casa dos Russo: uns ombros caídos, um cavanhaque pontudo, meio grisalho, mas de um grisalho amarelado, cor de palha, parecendo sujo, e o bigode defumado de um lado porque ele segurava o cigarro com os lábios, até virar um toquinho, e que obrigava ele a amiudar o olho esquerdo por causa da fumaça. O paletó era de um preto-ruço por causa do sol e da lavação, salpicado de caspa nos ombros, umas caspas graúdas, como flocos de aveia Quaker. Eu não podia, não queria admitir que aquela criatura deplorável me tivesse atingido. Percorri os quase quatro quilômetros do colégio até a Vila com a canção martelando minhas ideias...

...em casa, Tião Pé-de-Boi, do centro espírita Caminho da Luz, preparava o corpo do meu pai. Caminhei na direção do quarto, alguém se interpôs entre mim e a porta, sem necessidade, eu não pretendia entrar, eu não ia suportar. Seu corpo nu e ossudo não pesava mais do que uns quarenta e cinco quilos, apesar da estatura. "Três arrobas, se muito...", ia dizer, depois, o dublê de médium e pai de santo, para dar a medida do sofrimento do meu pai, a relação peso-sofrimento. Aos que chegavam, nossa mãe ia dizer que ele tinha morrido como um passarinho. Era como se, em vez de ser consolada, ela consolasse. Sem saber direito o que fazer, fui até ela. Recebi ou dei um abraço sem jeito, contido e breve, mas enfim um abraço. Depois de receber os pêsames dos primeiros vizinhos, entrei num dos quartos, onde já estavam a irmã e os dois irmãos. Cantarolei baixinho "os teus lábios têm o mel que a abelha tira da flor", e o irmão do meio me deu um cascudo. A frase saiu sem querer, escapuliu da minha boca. Talvez estivesse nervoso, quando fico nervoso acontece de alguma música vinda de um tempo e de um lugar de que nem me lembro mais ficar martelando, martelando, ocupando o lugar daquilo que está me perturbando. "Cala essa boca, desgraçado!", disse ele, respaldado pelo preceito de que só o silêncio ou o choro ou a amargura, ou tudo isso junto, podem reverenciar a memória de um morto.

O irmão do meio não era o novo chefe do clã, não por direito. Segundo o costume, era o mais velho que assumia a condução das coisas da família e, na sua falta, a mãe. Mas o do meio tinha um pendor natural para mandar e achacar os outros, tinha uma noção antiga da ordem natural das coisas, tão antiga quanto o corpo descarnado do patriarca a ser exposto na sala dali a pouco...

...*purificado* pelo último banho e vestido de um elegante terno azul-marinho de casimira inglesa, irremediavelmente largo, e gravata e meias italianas de seda, do tempo em que tinha sido o filho perdulário de um barão do café, o corpo de meu pai foi exposto na sala. Nossa mãe queimaria, no dia seguinte à missa de sétimo dia, todo o seu guarda-roupa, composto de bons tecidos e de confecções de qualidade, numa fogueira quase ritual, no meio do terreiro. Junto com as roupas foram-se também o colchão, o travesseiro e as roupas de cama — a cama ela doou à Sociedade São Vicente de Paulo. Um pintor caiou paredes e forro, pintou a óleo marcos e alizares da janela e da porta, numa *blitz* de desinfecção minuciosa supervisionada por nossa mãe. Para tempos de privação, o ato da cremação era um desperdício injustificado. Não fosse por sua crença sincera em contágio, eu podia jurar que era um rito de desagravo. Talvez por isso eu tenha levado tanto tempo para entender o que "morrer como um passarinho" significava. Desde essa época, tenho vivido obcecado por algumas imagens, aquela em especial, talvez a mais delicada imagem da morte que conheci. Tenho me perguntado se um único ser humano merece tal delicadeza. Além disso, era uma imagem avessa à natureza áspera de nossa mãe. Coisas assim perturbam minha compreensão. Mário e Isadora também perturbavam minha compreensão...

...*o* irmão mais velho, normalmente de pouca conversa, estava encurvado e pálido, parecendo mais magro e mudo do que de costume, dava a impressão de estar mais órfão do que os demais. Não tinha o caráter forjado para ser o novo chefe do clã, nem queria ser, sei que não. A irmã parecia mais preocupada em sondar a reação das visitas diante do piso da sala, de tacos vermelhos e brilhantes como uma maçã. Aquele piso era nosso tesouro secreto, vitral numa palhoça, rubis numa pocilga. Mas ela podia estar apenas apreensiva pelos danos que os calçados sujos de areia e do pó ocre da Vila pudessem causar aos tacos. O silêncio do irmão do meio era raivoso. Nossa mãe fez o almoço, mas ninguém de casa comeu. Algum parente de fora se serviu no fogão, onde as panelas foram deixadas para a comida não esfriar. Fazer almoço no dia em que o corpo do marido estava exposto na sala parece uma coisa tão sem sentido quanto repetir versos idiotas de uma canção idiota. Ela fez o almoço por algum sentido de obrigação e de dever ou, quem sabe, por uma reação nervosa. Penso que cada um tem sua reação nervosa, talvez seja possível explicar toda a obra da humanidade como uma cadeia infinita de reações nervosas. Passado o choque do conhecimento da morte e da confusão de sentimentos que isso traz, fomos deixando o quarto, cada um a seu tempo, e cada qual procurando o seu lugar. Minha irmã ficou com as amigas do "JD forever", na varanda lateral. Meu irmão mais velho foi fumar na rua, longe do burburinho e longe do olhar de nossa mãe. O do meio escolheu a roda de amigos da retífica de motores e do time de futebol. Visto de longe, parecia falar de coisas engraçadas — é curioso como ele podia ser engraçado e falante entre os amigos. Escolhi o pomar, passei a tarde entre laranjeiras, pessegueiros e ameixeiras. Era tempo de flores, mas não lembro que fruta florescia em abril. Àquela hora, não fosse a turbulência política, Mário poderia estar no extremo sul do continente, e seu navio afrontando ventos de gelo à luz rubra do crepúsculo austral, como diria, quem sabe, o José de Alencar, se em vez de índios e caboclos ele falasse de marinheiros. Pensei em apanhar meu veleiro e ir à lagoa, mas não cometi essa bobagem, o irmão do meio poderia me dar outros cascudos e até destruir o meu barco. Eu desejava ser alguma coisa minúscula como a menor folha do mais secreto galho da mais remota capoeira da mais perdida ilha do mais secreto mar do mundo quando vi Isadora vindo na minha direção...

...meu constrangimento foi enorme, mas devo ter passado só a impressão de sofrimento. Parecia que família, casa, quintal, morto, tudo, tudo era um rol interminável de misérias e de derrota diante da sua invasão luminosa. Pensei em escapar pelos fundos, por um buraco na cerca de bambu, mas Isadora não me deu tempo, ela disse "ei", eu disse "ei", sem coragem de sustentar seus olhos. Eu ainda vestia o uniforme do colégio, e isso fez aumentar meu constrangimento porque o uniforme era meu álibi para a falta de roupa adequada. "O pessoal do grêmio está aí fora", disse ela. Fiquei calado, tempo em que ela olhou atentamente em

volta, e imaginei ter flagrado uma expressão de comiseração no olhar. "É aqui que você costuma ler? É lindo", disse ela, sem me dar tempo de responder. "Flores de laranjeira, adoro esse perfume" — acho que ela disse "flores de laranjeira", eu tinha falado sobre o pomar, onde costumava ler e estudar. Ouvi suas palavras, desconfiado, podia ser alguma gentileza de funeral, dessas que eles têm na ponta da língua cultivada, sem parecer triviais ou impróprios. Eu queria tanto Isadora perto de mim, mas não ali, não assim. Ela me olhou, quem sabe com sinceridade, e disse: "Você deve estar sofrendo muito". "Não, não estou", menti, num tom que deve ter soado rude, e nele me traí. Ela me lia, eu sentia que ela me lia. Por um instante, pareceu refletir sobre o que ia dizer. "Está sim", disse ela, "é que você tem sofrido aos poucos, e quando a gente sofre aos poucos acaba acostumando, achando que é natural". A frase podia não ser verdadeira, nem boa, mas tinha espírito, tinha brilho, sei lá, tinha aquilo que ela sabia imprimir em tudo, mesmo nas coisas banais. Então eu não disse mais nada porque podia ser que ela tivesse razão. Para mim, suas palavras eram a própria razão. Então ela deu um passo à frente e ficou muito perto de mim, tão perto que senti pela primeira vez seu hálito de *tutti frutti*, ainda que ela não estivesse mascando chiclete. Foi um movimento tão rápido, e ao mesmo tempo tão delicado, que não tive tempo de evitar: ela me abraçou. Eu não contava com isso, era um gesto que revelava uma falta de pudor e de continência que eu não tinha. Em seu lugar, não teria feito aquilo. Nossa mãe nunca teria feito aquilo. Em nossa casa, ninguém teria feito aquilo. Ela não apenas me abraçou, ela fez isso de uma maneira inequívoca, a sensação era de que me envolvia com todo o corpo, de um modo que os místicos devem chamar de comunhão, ou qualquer coisa assim. E eu comecei a chorar. Chorei como quem tem sido avaro. Chorei como quem tem ferido passarinhos. Chorei como quem tem enterrado cadáveres no porão. Do abraço de pêsames ficou a impressão definitiva do seu corpo...

Quinto dia, de manhã

...1958 não foi só o ano da morte do meu pai. Na Suécia, a seleção brasileira de futebol deixou de joelhos ostrogodos, saxões, eslavos, galeses, francos e vikings, todos aqueles antigos bárbaros, agora calçados de chuteiras. Mil vezes fosse desafiada naquele inspirado 1958, mil vezes a caboclada ia deixar de joelhos qualquer ajuntamento de louros que cruzasse seu caminho. Os gringos tinham cintura dura, havia essa lenda, e a gente acreditava nela — talvez não fosse só lenda. Finalmente campeões do mundo, depois do desastre de 1950, no Maracanã, e do silêncio impressionante dos duzentos mil, diz outra lenda. O país estava finalmente de alma lavada e a dignidade nacional, restaurada. Agora a gente era o centro do mundo e não tomava conhecimento do que os civilizados pensavam de nós. Elizabeth Bishop, uma escritora que morou entre nós, falou sobre isso. Bishop era uma norte-americana culta, branca, de olhos azuis e provavelmente rica. Em outras palavras, uma mulher civilizada. Veio morar entre nós, em exílio voluntário abaixo do

equador: *Ultra equinotialem non peccatur?* Isso também é do seu tempo de latim, Professor, mas não sei se é assim que se fala, afinal, tudo se perde. Por exemplo: eu achava que era "Gloria in excelsis Dei", mas é "Gloria in excelsis *Deo*", descobri isso outro dia numa dessas faixas que anjos gorduchinhos estendem no céu, acho que num livro de gravuras antigas. Então a poeta norte-americana ficou surpresa com aquela comoção pública: carreatas gigantescas e multidões exaltadas, na recepção aos heróis de 1958. "É muito mais importante para eles do que seria um *Sputnik*", escreveu no seu diário, li no jornal. *Sputnik*, Professor. Ela percebeu que a Copa do Mundo era mais importante para nós do que a maior façanha do homem, naqueles dias, a colocação em órbita de um satélite artificial pelos soviéticos. Talvez ela quisesse dizer que nossa gente era incapaz de compreender o significado de um artefato orbitando a Terra, a dezenas de quilômetros. Ou, quem sabe, incapaz de compreender o significado do triunfo da racionalidade. Olha os nossos heróis daquele ano: Garrincha — tinha as pernas tortas e o drible debochado do voo de um passarinho; Pelé — um crioulinho de 17 anos, dono do sentido letal de uma pantera faminta; Didi — conduzia a bola, de cabeça erguida, regendo uma orquestra de gênios, com gestos elegantes, a cara cinza e toda fuxicada de bexiga... Esses eram os nossos heróis possíveis. Elizabeth Bishop ainda disse: "Todo mundo acha que isto significa que virão 'dias melhores para o Brasil', Deus sabe por quê, ou de que modo — e este é um bom exemplo do jeito de ser deste povo tolo, porém simpático". Juro, li isso no caderno de cultura do jornal, anotei num papel. Senti curiosidade de ler o livro, *Poemas do Brasil*, não li, mas às vezes o sujeito tem de ler um livro, eu já li muitos, não leio mais. São percepções reveladoras do que pensam de nós. Fico sempre constrangido ao ser olhado por eles, sinto uma espécie de raiva do olhar deles, é um jeito de olhar que faz lembrar velhos filmes na África e na Índia. Sinto esse olhar toda vez que procuram nosso escritório, em busca de terras virgens. E eles estão chegando cada vez em maior número. Sei que Mário esperava de mim algo mais elevado, mas descobri a tempo que a maneira mais elevada de homenagear a inteligência é ficando rico. Aprendi com eles: a riqueza poupa você de abaixar a cabeça. Não me queira mal, Professor, de nada vale sua metafísica, de nada vale seu latim se você está na merda. A riqueza é manifestação da Graça Divina. Riqueza é do bem, pobreza é do mal. Eles sempre souberam disso, por isso ficaram ricos...

...as emissões de rádio pareciam vindas de outro planeta. O Rio de Janeiro era a capital do mundo, Brahma era sinônimo de cerveja e Gillette, de lâmina de barbear. Um presidente visionário estava mudando a capital da República para o centro do país, no coração da terra dos índios, das onças-pintadas e das sucuris míticas. A televisão inventou que os anos 1950 foram nossos anos dourados, como nos filmes de Hollywood. 1958 foi o tempo do *rock' n' roll* e da bossa nova, mas também de um acontecimento capital na vida do sargento Pompei, o que por duas férias seguidas tinha sido namorado da minha irmã, a que me punha a encerar e a polir o piso de casa até ele ficar vermelho e brilhante como uma maçã argentina, minha primeira maçã, um pomo de cores vivas, como um fotograma do desenho animado *Branca de Neve e os sete anões*. Nas telas, a gente via

cenas de guerra em que os demônios amarelos emboscavam os bravos rapazes americanos em praias e florestas do Pacífico, aplaudia as heroicas cavalgadas do exército nas grandes planícies do meio-oeste contra peles-vermelhas, que deviam ser eliminados porque não tinham nem Bíblia nem olhos azuis, via turistas loiríssimas se apaixonando e dançando à luz eterna de Paris... Mas 1958 foi, sobretudo, o ano de Tié e Taú, os gêmeos que afrontaram as procelas, como diria o professor Raimundo "Camões", se eles tivessem sido alunos dele. Seu nome verdadeiro, Raimundo Monção, sempre soou estranho; o miserável moía os miolos da gente com análises sintáticas, foram meses e meses toureando a maldita ordem inversa dos versos de *Os Lusíadas*. A gente se vingava fazendo paródias do poema. Talvez ele não desconhecesse nossas sacanagens com os versos do seu ídolo, Luís de Camões, primeiro e único...

...duas semanas depois do enterro, bateram à porta. Nossa mãe, na máquina de costura, me mandou atender. Com um grande sorriso, uma braçada de flores e uma piteira municiada de cigarro aceso, Albertina sorria diante de mim. Pego de surpresa, não consegui dizer palavra. A cafetina disse: "A dona da casa está, meu príncipe?". Albertina era de algum lugar muito longe, no Nordeste — mas ninguém dizia Nordeste, dizia Norte —, tinha a pele da cor de alguma fruta madura, dessas que só existem lá, narinas atrevidas, cabelos pintados de um tom vibrante e um jeito de falar e andar que era puro *swing*. Na Vila, as pessoas não sabiam bem o que fazer quando cruzavam na rua com a dona de uma casa de putas, menos ainda se ela estivesse

diante da sua porta, sorrindo, te olhando. Por isso tratei logo de chamar nossa mãe. Não disse quem era, não tive coragem de pronunciar o nome da Albertina, disse apenas que tinha uma mulher querendo falar com ela. No mesmo instante, nossa mãe fez a cara de desconfiança que costumava fazer quando alguma coisa vinha perturbar sua rotina. Levantou, passou a mão nos cabelos e alisou a saia. Ela também foi apanhada de surpresa, mas algo atávico fez com que acolhesse os pêsames e a braçada de flores e convidasse a cafetina a entrar. Albertina não se fez de rogada, não devia ser do feitio de uma dona de casa de putas se fazer de rogada. Não esperei nossa mãe me despachar, apanhei meus objetos escolares no cômodo que até alguns dias atrás tinha sido o quarto do meu pai — e agora era quarto, ateliê de costura e sala de estudos — e saí. Não me importei, já que de qualquer ponto da casa podia-se ouvir tudo. A voz da cafetina, normalmente grave e possante, dessa vez era delicada, feita de sussurros. De nossa mãe ouvi o que ninguém tinha ouvido até aquele dia: choro, um choro pontuado de soluços. Como censurar nossa mãe por não ter chorado no funeral do marido, quando não teve como eu o abraço absoluto de Isadora? Com Albertina, ela teve o dela...

...quando Tié e Taú anunciaram sua ida para a Marinha era ainda começo do outono e uma cerração obstinada cobria campos, ruas e casas e só se dissipava com o sol alto. Durante quase cinco meses, três vezes por semana, a turma acordou com o escuro, pegou a trilha no meio do capim meloso florido e rutilante de gotas de orvalho para alcançar o campo de futebol. Encolhido pela friagem, o grupo

marchava descalço, em fila indiana, para os exercícios: pular carniça, fazer polichinelo e canguru — nomes que eu ouvia nas aulas de educação física do colégio — e dar voltas em torno do campo de futebol. A gente saltitava e se contorcia como macacos, acreditando estar fazendo a preparação física para os duros testes da Escola Naval. Os exercícios eram a parte chata, o futebol a parte divertida e a bola a isca para garantir a adesão dos mais preguiçosos. As atividades tinham de terminar antes da jornada de trabalho deles e das minhas aulas. Nossa mãe, para minha surpresa, não se opôs, talvez para que eu esquecesse um pouco da perda do meu pai, ela sabia da forte ligação entre nós. O orvalho, os pendões do capim meloso e o pó vermelho calçavam nossas canelas de um par de botas cor de ferrugem. Os testes na Marinha só iam ocorrer em setembro, maio estava apenas começando. No princípio, resisti, não sentia vontade de nada. Acho que a antecipação dos exercícios foi mais um complô da turma...

...*no* dia seguinte à visita da Albertina, nossa mãe me encarregou de levar verduras à cafetina. Por sua recomendação, colhi as melhores verduras, os melhores legumes, arranjei tudo num cesto e borrifei água em cima — um truque que tinha aprendido com os Russo. Pelo menos uma vez por semana, a cesta de verduras devia ser entregue. Nossa mãe sabia o apelido da cafetina porque me advertiu: "É *dona Albertina*, vê lá se não vai esquecer. *Dona Albertina*". Eu disse "sim, senhora", incomodado pela suspeita de que ela sabia o apelido da cafetina — "Abertinha" —, um assunto de homens, nunca de mães e de irmãs. Além disso, o tratamento de "dona" era excessivo, afinal puta era puta, mãe era mãe e irmã era irmã. Mas as duas se tornaram confidentes e passaram a se ver duas ou três vezes por semana. A cafetina vinha sempre à tarde, no princípio a pretexto de costuras, depois para conversas à toa. Nossa mãe tinha uma noção muito severa do que era útil e do que era fútil, isso não permitia a ela desperdiçar tempo com amizades e "conversas fiadas". Mas, com Albertina, o preceito foi rompido...

...a contragosto, virei benfeitor de putas; criei coragem e disse a nossa mãe que não achava justo as verduras saírem de graça. Ela me olhou por cima dos óculos, me fincou o velho olhar do "e desde quando isso te diz respeito?", e eu não disse mais nada. Nossa mãe passou a atender toda a costura das mulheres; elas pareciam gastar com porcaria tudo o que ganhavam. A própria Albertina costumava dizer que puta pensava com o rabo, não com a cabeça, que iam acabar todas ou no asilo ou no sanatório. Nossa mãe não parecia se escandalizar com o linguajar da cafetina, a cada dia a amizade das duas ficava mais firme — eu percebia nos meus irmãos o mesmo desconforto que eu sentia. Os amigos começaram a fazer brincadeiras sobre as verduras, perguntavam se eu via as mulheres peladas e se elas pagavam as verduras com sacanagem. Da turma, mesmo Tié e Taú, os mais velhos, ninguém tinha ficado com mulher, nunca tinha entrado na casa da Albertina ou em qualquer outra casa de mulheres. Comigo eles não falavam da amizade de nossa mãe com a Albertina, mas sei que faziam comentários pelas costas. A casa da Albertina recebia visitas de senhores dos bairros do Centro, do Alto e do Paço dos Ayres; o que

se dizia era que eles vinham pelas filhas da cafetina e que elas eram mais caras. A mais nova devia ter a minha idade, talvez menos. Essa eu vi nua. Foram duas vezes, mas nunca contei a ninguém. Sempre que eu tocava a campainha, era a Albertina que me recebia: a voz rouca, o cigarro na piteira, a maquiagem pesada, mesmo com o sol rachando — apesar da maquiagem exagerada, os estragos já davam sinais; ela e nossa mãe deviam ter a mesma idade, uns quarenta, mas pareciam ter sessenta. Às vezes, ela recolhia o cesto na porta, às vezes me pedia para colocar na mesa da sala. Eu nunca ia além da sala, o espaço coletivo da casa, uma sala grande rodeada de portas que davam para os quartos. No centro, uma mesa redonda; num canto, um oratório com a imagem de São Judas Tadeu e uma vela sempre acesa; em volta, poltronas de cores berrantes. Numa das vezes, em vez da cafetina, veio uma mulher...

...*a* mulher: "Olá, gracinha". Eu: "Cadê a dona Albertina?". Ela, fazendo trejeitos e biquinhos: "Dona Albertina não está". Dei meia-volta com a cesta de verduras. Ela me chamou de volta, remedando o meu "dona Albertina": "É só com a dona Albertina ou eu mesma posso resolver o seu problema?". Fiquei vermelho, ela deu uma risada. Quando viu que eu ia mesmo voltar com a cesta, falou que a Albertina tinha ido ao Centro e pedido para eu deixar as verduras lá dentro. Segui a mulher, ela apontou uma das portas que davam para a sala. Não era o lugar das outras vezes. "Não é lá", disse. "Mas agora é." Olhei para a mulher, ela voltou a apontar a porta. Todas as passagens — eram cinco — tinham uma cortina de contas de lágrimas-de-nossa-senhora, planta comum nos brejos e riachos — a gente da Vila chamava apenas de contas-de-lágrimas. Segui sua indicação, hesitante; depois da cortina de contas, tinha um pequeno corredor com espelho, mesinha e abajur; a porta do quarto estava entreaberta. Ao passar pela cortina de contas vi a menina: ela estava deitada de costas, nua. Fiquei parado entre a porta do quarto e a cortina de contas. Ela, então, virou. No movimento, expôs o sexo. A primeira impressão é que eram excessivos seus pelos, não imaginava que uma menina pudesse ter pelos assim. Não era a mesma menina que eu tinha me acostumado a ver na rua, a que vestia uns vestidos que batiam quase no meio da canela e que parecia miúda e frágil. O corpo parecia pertencer a outra pessoa, quer dizer, ela parecia uma mulher e não uma menina. Em vez de um ano a menos do que eu, ela parecia ter cinco a mais. Compreendi que era mesmo verdade o que diziam: ela e a irmã ficavam com homens, elas podiam ficar com muitos homens numa mesma noite, homens rudes e tão grandes que podiam machucar o corpo de uma mulher. Minhas pernas tremeram, meu coração disparou. Voltei para a sala, depus a cesta de verduras na mesa de centro e caminhei na direção da saída. As mulheres, surgidas do nada, se divertiam com minha falta de graça...

...na segunda vez, veio outra mulher. Fez sinal para eu deixar o cesto no lugar indicado pela mulher anterior. Fiquei parado, olhando para ela. "Por que você não entra e põe dentro", disse ela, e me empurrou na direção do quarto. Como da outra vez, não havia ninguém no salão, mas eu sabia que elas estavam espionando de algum lugar. Mas já

não havia surpresa, era a expectativa que me assustava, eu queria ver de novo o corpo da menina, mas tinha medo. A imagem que tinha ficado eram os pelos, como uma coisa viva. Li alguma coisa sobre essa impressão: fascínio e medo, algo gravado no inconsciente masculino. Pode ser verdade, pode ser conversa fiada, mas a impressão que ficou foi a de uma aranha-caranguejeira, enorme, pulsante, parecendo ter vida própria. "Anda, garoto, entra logo", a mulher me deu um último empurrão. "Não é homem, não?" Dessa vez, a menina não estava nem nua nem deitada, vestia um roupão e me esperava na porta, com um cigarro aceso, o que lembrou a mãe dela. Fiquei parado, o cesto de verduras na mão, de novo sem saber o que fazer. Ela pôs o cigarro no cinzeiro, tirou o cesto da minha mão e colocou em cima de uma cadeira. Eu era bem mais alto do que ela; de pé, e naquele roupão, ela parecia de novo a menina que a gente via na rua, pequena e magricela. Perto do cinzeiro, tinha um copo pela metade ao lado de uma garrafa. Ela disse "oi", e eu senti o bafo de álcool. Eu disse "oi", mal movendo os lábios. "Lembra de mim?", perguntou ela. Movi a cabeça, sem pensar na tolice da pergunta, talvez ela também não estivesse à vontade. A situação era absurda: a gente morava na mesma rua e nunca tinha se falado. Aí, seu lado profissional prevaleceu, ela me pegou pelo punho e me puxou. Senti, além da bebida, o hálito de cigarro. Pegou minha mão e enfiou no roupão, senti a forma redonda e o bico do seio arrepiado. Ela disse "que tal?". Não consegui responder. Ela então soltou o cinto do roupão, não vestia nada por baixo. Do seio, conduziu minha mão ao sexo. Ao contato com os pelos, recolhi a mão, num gesto brusco. "Bobinho", disse ela, e deitou de costas, o roupão se abriu completamente. Ela então abriu as pernas, eu dei um passo atrás. Ela disse "espera, seu bobo", dei outro passo atrás, na direção da porta. Passei pela cortina de contas, ela disse "espera, seu veado". No salão, ainda ouvi: "Vai, volta pra sua turma de punheteiro". Atravessei a sala, passei pelas mulheres, de novo surgidas do nada. Não tive coragem de olhar na cara delas, deviam estar me desprezando. Nos dias seguintes, e nos meses e nos anos seguintes, tive raiva de mim e senti uma frustração muito grande por não ter sabido lidar com a situação. Não voltou a acontecer, nas outras vezes foi a Albertina que me recebeu no portão...

...este pôr do sol sem nome e sem endereço tanto pode ser do mar daqui quanto dos mares de outras terras: *Rio, 15.06.58. Caburé: A prontidão foi relaxada há dois meses, mas só agora tive tempo e cabeça para escrever. Prometeram licença para agosto ou setembro. Se não tiver mais imprevistos, devo passar uns dias em casa. Mário. P.S. 1: fiquei muito sentido pelo seu pai, mas foi melhor assim, ele descansou. P.S. 2: aqui, a situação não está boa, muitos companheiros foram presos.* Aquele "Mário", solitário, num postal de cores pesadas, era de maus presságios. O cartão, como das últimas vezes, chegou num envelope. Lembrei o tempo em que eles vinham abertos, sem medo, e em que Mário cruzava os mares cantando e sapateando, como num musical da Metro Goldwin-Mayer, e ainda era *Pompei, the sailor*. Desejei que sua falta de entusiasmo fosse uma coisa passageira, resultado apenas do longo período de aquartelamento e da falta das férias...

...*os* Russo perderam a mãe ainda meninos e tiveram de aprender a cuidar da casa sozinhos porque seu Giuseppe não admitia empregada. "Empregada doméstica é escrava disfarçada", ele costumava dizer. Uma mulher vinha duas vezes por semana só para lavar e passar, tudo o mais eles faziam: cozinhar, varrer, estender lençóis etc. Havia também a lida do campo, o trato da horta e, nos últimos tempos, os cuidados com o pai. Seu Giuseppe vinha negligenciando as tarefas no sítio e se excedendo no vinho, parece que nunca se acostumou com a morte da mulher. Antes, mas só nos domingos, ele tomava seu tinto suave e soltava o "grito de guerra": "Entra pra morrer, s'a vaca!". O grito caiu no gosto popular, fez fama na Vila, alcançou outros subúrbios da cidade e foi ouvido até em outras cidades. Seu Giuseppe tinha uma disposição sem-fim para a graça; o apelido "Caburé", foi ele que me pôs. Caburé é um tipo de coruja... Bem, penso ser inútil explicar as razões de um apelido. Seu Giuseppe era autodidata, um homem refinado à sua maneira, às vezes irônico, às vezes cáustico e, de último, melancólico. Começava seus "drinques" no sábado à tarde, depois da lida no sítio. No domingo bem cedo já estava fazendo barulho pelas ruas da Vila ou na feira livre, onde mantinha uma barraca, que os filhos cuidavam. Numa voz de barítono, ele berrava: "Entra pra morrer, s'a vaca!". No fim do dia, estava sujo, a cara e os braços ralados. Os dois filhos tinham pelo pai uma ternura e uma paciência incomuns. Davam banho, vestiam, faziam curativos e punham ele na cama...

...*Tié* e Taú viajaram na primeira semana de setembro. Ninguém mais acreditava que aquela viagem pudesse ser o primeiro passo para afrontar os sete mares e conquistar o inumerável mundo lá fora, como alguém já disse. A dupla que seguia com destino ao Rio de Janeiro não tinha nada de futuros lobos do mar. Nas semanas anteriores, o grupo tinha recolhido algum dinheiro para a viagem. Vendeu-se de tudo: ferro velho, garrafa vazia, esterco para jardim, peixe, dúzias e dúzias de lambaris, pescados nas corredeiras ainda limpas da cabeceira do rio Vermelho. Fez-se de tudo: conserto de cercas, capina de quintais e poda de árvores. O pessoal carregou sacolas nas feiras, engraxou sapatos e encerou casas. Paguei a minha parte recolhendo e administrando o fundo de viagem. Os Russo tinham sido dispensados da obrigação porque seu Giuseppe tinha perdido o juízo justamente naqueles dias, mas eles não aceitaram ficar de fora, disseram que o pai tinha sido o primeiro a apoiar a ideia da marinhagem. Duvido do apoio dele se a viagem fosse a dos próprios filhos — acho que todos duvidavam. Bom, o que sei foi o que me contaram depois, eu não vi, estava no colégio...

...*a* confusão começou com os gritos de guerra que vinham da chácara, do outro lado do córrego. Acontece que não era sábado, não era domingo nem dia santo, mas uma terça-feira braba, numa hora em que devia estar na lida do sítio. Contaram que seu Giuseppe, só de chapéu e botas, soltava seu grito de guerra e dava cambalhotas no meio da rua. "Ele entrou porta adentro naqueles trajes, gritando feito um gentio", contou dona Amanda. Acho que não foi nada calculado, quer dizer, ele não escolheu a casa dela, foi só a primeira porta que encontrou aberta. Na hora, o marido, seu Normando, estava longe dali, na serraria. Foi o pai do Mário, seu Pedro, quem acudiu dona Amanda e as quatro filhas. Ele garantiu que seu Giuseppe não queria molestar ninguém, mas só fazer graça, ou fosse lá o que fosse. A nudez e os gritos de guerra do seu Giuseppe provocaram um pandemônio. Quem viu contou que foi até engraçado, mas na casa do seu Normando ninguém achou graça porque eles eram crentes metodistas, e lá tudo era condenável pela Bíblia, no livro tal, capítulo tal, versículo tal...

...*seu* Giuseppe foi levado na carroceria de um caminhão da prefeitura. Amarraram os braços e as pernas e meteram nele uma espécie de focinheira. Adalmar e Adalmir imploraram que desamarrassem o pai e livrassem ele da focinheira. Juraram que ele só tinha tomado um pouco de vinho além da conta, nada mais. Mas o chefe do destacamento, o famigerado cabo Santoro, disse que era calejado com aquele tipo de doido e que não ia relaxar. Os irmãos ficaram no meio da rua, sem rumo, olhando para o ponto onde o caminhão desapareceu. Os desafetos do seu Giuseppe aprovaram a medida: uns diziam que ele estava endemoninhado e outros que tinha sido mordido por cachorro zangado. Mas, para a maioria, ele tinha sido doido a vida inteira. De uma coisa todos tinham certeza: o cabo Santoro ia maltratar seu Giuseppe mal o caminhão dobrasse a esquina. Seu Pedro seguiu junto para evitar os maus-tratos contra o vizinho e tomar as primeiras providências. Mas uma coisa ele não conseguiu: o relaxamento da focinheira. Seu Pedro não deixou que Adalmar e Adalmir seguissem junto, disse que alguém precisava ficar para cuidar da casa e do sítio. A intenção era poupar os dois das cenas de horror que ele já previa. No hospital, seu Giuseppe foi sedado, desamarrado e aliviado da focinheira. O médico disse que ele precisava de tratamento especializado e que na cidade não havia tais recursos. Cinco dias depois, ele foi levado para um hospício, noutra cidade, muito longe da Vila. Ele foi acompanhado por uma irmã que veio do Espírito Santo...

...*à* noite fui à casa dos Russo, a disposição para jogar conversa fora tinha sumido. Trouxeram o garrafão de tinto suave do seu Giuseppe, bebemos como quem não sabe beber, depressa demais. Adalmar e Adalmir temiam pela vida do pai, repetiram isso um monte de vezes. Hospício tinha a fama de sentença de morte. Falavam de certo "chá da meia-noite", uma droga letal que aplicavam nos mais doidos — mais cedo ou mais tarde todos ficavam mais doidos. Dona Amanda disse que ver ele indo embora daquele jeito era como um adeus. Adalmar e Adalmir não tinham parentes na região, só contavam mesmo com aquela tia do Espírito Santo, mas ela não podia ficar, eles iam ter de se virar sozinhos. Ao voltar para casa, tudo girava, achei que ia desmaiar. Vomitei muitas vezes, minha camisa ficou empapada de suor. Nossa mãe não podia me ver naquele estado. Fiquei dando voltas na rua até o pior passar. Com o irmão do meio eu não me preocupava, porque naquela noite a equipe dele fazia uma partida amistosa contra o juvenil do Flamengo, do Rio. Partida amistosa é uma maneira de dizer, para meu irmão do meio qualquer partida era a oportunidade de perseguir e caçar uma promessa de craque e matar a serpente no ovo. Ele era forte nas cotoveladas, animal nos "carrinhos" e sabia provocar e intimidar o inimigo com uma cusparada na cara ou uma enfiada de dedo no cu. Ele não era sem talento, ele tinha era uma espécie de raiva, e quando o cara joga com raiva parece que fica grosso...

...*a* turma acompanhou Tié e Taú à rodoviária, o ônibus com destino ao Rio passava por volta das cinco. Fizemos o percurso a pé porque o lotação Vila Vermelho-Centro só começava a circular às seis. Revezamos na alça da mala, num silêncio de quatro quilômetros, bem diferente das madrugadas de preparação, quando o grupo seguia para o campo em fila indiana, espantando o sono com safanões e risos. Deviam chegar ao Rio por volta das duas da tarde, se dessem a sorte do ônibus não quebrar no caminho. Na mesma plataforma em que iam desembarcar, Mário ia embarcar, poucas horas antes, fazendo o caminho inverso, um desencontro com tom de farsa — os dois não avisaram ao Mário da ida deles, como tinha sido combinado. Tié ia contar, semanas depois, já de volta à Vila, que mal tinham colocado os pés na plataforma de desembarque, a mala deles sumiu. Ninguém sabe, ninguém viu, tudo se passou num piscar de olhos, no meio do formigueiro de gente que chegava e de gente que partia. Só pra aporrinhar o irmão, Tié ia dizer que tinha sido dele o descuido. Taú, com o novo sorriso idiota adquirido na velha capital, ia dizer: "Eu não... Eu não...". Só não perderam os documentos e o dinheiro porque estavam escondidos num bolso costurado do lado de dentro da calça. Essa esperteza foi do Taú, que tinha ouvido falar desse lado sacana da Cidade Maravilhosa. Quando estivessem de volta à Vila, muitas semanas depois, a turma ia aplaudir sua esperteza, dar tapas na cabeça raspada dele e examinar com inveja a cicatriz recente, uma magnífica lua minguante, um corte com quinze pontos do lado esquerdo, acima da nuca...

...*à* tarde, se apresentaram na base naval. Fardas brancas, fuzis e baionetas brilhando, alojamentos e pátios tão limpos quanto a nave da igreja do padre Jaime. Fundeado a poucos metros, um navio alto como um prédio, cheio de flâmulas coloridas, como num filme de guerra. E, principalmente, o mar: maior, muito maior do que tinham imaginado. Tié e Taú foram reprovados nos exames de saúde, eles nem chegaram a fazer os testes físicos, foram reprovados ainda no exame de dentes, que é o primeiro de todos. Eles tinham o número mínimo, previsto no edital — vinte —, só que amarelos, com manchas pretas e panelas enormes. O Mário tinha alertado para o exame dos dentes, "procurem um dentista", mas não quiseram ouvir, falaram que essa história de dente bonito era coisa de "mulherzinha", que a Marinha precisava era de macho e não de "sorriso *congate*". Mas, ainda que tivessem os vinte dentes em bom estado, quando se tem 1,60m de altura não se chega a lugar nenhum. A altura mínima de 1,60, no edital, era só pra inglês ver, porque só engajavam candidato de 1,70 pra cima, e estava assim de sujeito com mais de 1,70, principalmente uns brancões do Sul, tudo de dente bom, cabelo louro e olho claro, e uns negrões da Bahia, com dentes brancos feito polpa de mandioca. Cinco meses de exercício físico em madrugadas geladas, e tudo pra nada. Tié ficou com cara de pateta olhando a cara de pateta do Taú. Um marujo alto como um mastro, ao lado do oficial-médico, tripudiou: "Esses aí só se ainda tivesse bucha de canhão, né, capitão?" O oficial-médico deu uma gargalhada, Tié e Taú não entenderam a piada, mas sabiam que era alguma sacanagem de carioca; gente esperta esses cariocas, melhor fingir que a piada não era com eles. Na rua, deram uma olhada no tempo, puseram sentido no rumor do mar, farejaram o ar, coçaram a cabeça, se olharam... Dizem que gêmeos são assim, se entendem pelo olhar. O céu estava azul, soprava uma boa brisa, o mar era uma pintura. E em Rio de Janeiro lindo, só não vai à praia quem trabalha, e quem trabalha é otário. Dizem que essa disposição para ir à praia a qualquer hora do dia ou da noite é herança de índio...

...*a* unidade do Mário tinha retornado à base para reparos. Depois de *manutenido* — Mário me garantiu que essa palavra existe, faz parte do jargão naval — e reabastecido, o cruzador ia seguir para Fernando de Noronha. Era início de setembro, tempo quente e seco. A tripulação teve cinco dias de licença, Mário aproveitou para ver a família. Vinha com sede de rio e de cachoeiras. Sobre a cama, esparramou o conteúdo de um saco de campanha, com lembranças para meia Vila. Da janela lateral, ele gritou "ei, marujo!". Larguei cadernos e livros e corri até a cerca. Ele me atirou um embrulho e disse que falava comigo mais tarde, tinha um assunto importante para tratar. Voltei aos livros, mas não consegui mais me concentrar. À noite, tomamos *Milk-shake* no Dois de Paus: coca-cola batida com sorvete de baunilha e uma bola em cima, última novidade, parecia feita para acompanhar as músicas do Bill Halley e seus Cometas. O Cine Imperial exibia *A um passo da eternidade*, com Montgomery Cliff, Deborah Kerr e Frank Sinatra. Mário não pôde falar comigo o que tinha prometido — eu estava ansioso para ser admitido no seu círculo secreto; a conversa devia ser sobre seu círculo secreto, pensei, entre orgulhoso e assustado. Mas naquela noite ele queria mesmo era ir ao cinema com minha irmã, ela também estava lá. Às vezes, eu pensava que ela era a mais bonita de todas as garotas. Quando se aprontava não parecia uma operária, podia se passar pela filha de um exportador de café, por uma carioca e até por uma californiana, que era o modelo de todos os modelos. "Não deixa de assistir, é aquele filme que te falei no cartão-postal", disse ele — mas não era noite de domingo, eu não tinha o dinheiro para o ingresso. Achei que devia falar de novo sobre os dois marinheiros espiões. Mário explicou que já estava informado de tudo e que eu podia ficar sossegado, meteu a mão nos meus cabelos, atrapalhou o que eu tinha levado meia hora para arrumar: "Esse Caburé está me saindo melhor do que a encomenda". Parecia não estar mesmo preocupado, ou fingia não estar. Insisti, ele me olhou de um jeito maroto: "O que é isso, marujo, não confia neste velho lobo do mar?". Seu bom humor me tranquilizou, aproveitei para mencionar a viagem de Tié e Taú, mas ele já tinha sido informado de tudo. Disse que não entendia aqueles dois e perguntou se eu sabia por que não tinham feito contato. Eu disse que ninguém sabia, que nem eles mesmos sabiam, eles eram assim mesmo, uns abestalhados. E esse foi o único momento em que uma sombra pareceu nublar seu rosto...

...Tié contou que ficaram espiando pra ver como as pessoas faziam. Viram que velho fazia, que mulher fazia e que

até criança fazia. Só entraram na água quando tiveram certeza: primeiro até o joelho, depois até o calção. Na segunda vez, arriscaram até o peito. A onda vinha, crescia, eles davam um pulinho, a onda passava e ia se desfazer na areia. Muito esperto aquilo de dar um pulinho pra onda passar. "Vivendo e aprendendo!", disse ele ao irmão. Não tiveram coragem de mergulhar, mas antes de voltar pra Vila iam fazer. Corisco tinha feito um alerta: "Quem morre salgado é bacalhau, meu filho". E pediu respeito às águas do mar, ele era experiente nas coisas do mar, viu muito valente beber meio mar e dar com os bofes na areia. Corisco era o técnico do time profissional da cidade e mestre de bateria do bloco carnavalesco Quem Fala de Nós Tem Paixão, rival do Flor de Maracujá. Foi uma tarde pra não esquecer: onda indo, onda vindo, a areia ringindo sob a planta dos pés, as mulheres mais lindas, como nunca tinham visto, mostrando as coxas e a barriga. Dormiram na praia. Ali, de papo pro ar, avaliaram suas chances e riscos e decidiram ir ficando até onde o dinheiro desse: "Só porque a gente levou pau na Marinha, não vai perder a viagem, né, mano?", disse Tié. No dia seguinte, vadiaram pelas ruas do Centro, olhando vitrines e admirando a conversa esperta dos camelôs. Taú decidiu que queria ser camelô, ganhar dinheiro fácil e passar os otários pra trás. Aqueles caras é que eram espertos, sabiam falar bonito e não tinham que dar duro. E os dois iam se divertindo sem gastar com bobagem: "Ver com os olhos e lamber com a testa", conforme a mãe deles tinha ensinado. Na segunda noite, areia da praia de novo. O Rio era lindo e dava vontade de nunca mais voltar pra casa. Só tinha um defeito — foi Taú que descobriu —, quase não se via estrela no céu, só enxergavam uma ou outra estrelinha pro lado do mar. Em compensação, o reflexo das luzes dos edifícios, dos postes e dos carros nas águas do mar era uma festa...

...voltei do colégio, engoli minha porção de legumes com carne cozida e fui à casa do Mário. Dona Olvida disse que ele tinha ido nadar. Perguntei se tinha ido com alguém, ela não soube dizer. A saída sem avisar me contrariou, ele sabia que eu não tinha aula à tarde, não custava ter esperado. Pensei em ir atrás dele, conhecia seu lugar preferido rio acima, onde rochas enormes represavam o rio, formando uma piscina natural. Desisti. Se ele quisesse alguém na sua cola tinha deixado recado. Não era justo ele ir nadar sem a gente, afinal futebol, cinema e rio eram nossas paixões. Decidi ir ao Centro, talvez encontrasse alguém do colégio no Dois de Paus. Ao descer do ônibus dei de cara com os dois agentes. Antes que me interpelassem, me esquivei, e dessa vez não hesitei porque não ia ter o Smith & Wesson de nossa mãe para me dar cobertura. Mário precisava saber dos agentes...

...terceira noite na Cidade Maravilhosa. Tié contou que dois brotinhos de olhar pidão chamaram eles pra passear: "Vem cá, vem, meu bicho do mato", disse uma. "Uiuiui, como ele é arisco!...", disse a outra. E assim foram levando os dois, na lábia e no dengo, manjando os olhos gulosos e o jeito desconfiado deles, aquele jeito de passarinho, que fica bicando e levantando a cabeça, bicando e levantando a cabeça, pronto pra voar. Tié e Taú nunca tinham visto mulher bonita no meio da rua convidando pra namorar. Perto daquelas gracinhas, as meninas da Albertina eram

umas marmotas. E elas, ali, na maior sem-vergonhice, se encostando, fazendo boquinhas e gestos, dizendo safadezas e arrastando os dois pelo braço. Atraíram eles pra uma daquelas travessas do Centro, era aquela hora em que o local começa a mudar de cara: sai trabalhador entra malandro, sai mulher de respeito entra vagabunda, sai homem de terno entra veado. Entraram num beco mal iluminado e fedendo a mijo. Num lance de escadas, que parecia levar a algum quarto, Taú levou uma tijolada na cabeça e Tié foi rendido por uma navalha. Teve de mostrar o bolso secreto do Taú, desacordado, onde estava escondido o dinheiro. Num estalar de dedos, os brotinhos cheios de dengo viraram vampiras que berravam palavrão e blasfêmias. A que deu a tijolada tinha uma faca, que usou pra cortar a calça do Taú e roubar o dinheiro...

...*quando* voltassem pra casa, Tié ia contar que eram duas bonequinhas lindas, com jeito de estrelas de cinema, não pareciam com aquelas bobalhonas da Vila. "Ela me beijou, aquela teteia, beijou ou não beijou, Taú? Fala aí pro pessoal, conta como é que elas falavam: '*Gochtou* da mamãe aqui? Fala, meu bichinho do mato, *gochtou*? Vem namorar comigo, vem, meu bichinho'", Tié ia contar assim, exagerando no sotaque e fazendo trejeitos e bocas. "É... É...", Taú ia confirmar, fazendo boca de beijo, imitando os trejeitos do Tié. "Eu, hein... Imagina! Um bobalhão feito você", a irmã deles ia dizer, fazendo cara de desprezo. "Não arranja namorada nem aqui nesta roça, quem dirá no Rio! Hum... Hum...", ia dizer a mãe. "E ainda deixou aquelas vagabundas levarem o dinheiro dele. Uns trouxas, isso sim", ia dizer a irmã. "E esse macaqueiro aí", a mãe apontando o Taú, "com uma tijolada no quengo, parecendo galinha de pescoço pelado com esse coco raspado...". Mas os dois iam estar pouco ligando, afinal iam ser os heróis da Vila. Dessa aventura, Taú ia guardar duas lembranças: a cicatriz na forma de lua minguante e o jeito de falar e de sorrir, aquele sorriso idiota que nunca mais largou a cara dele. O pessoal não ia demorar a perceber que tinha alguma coisa errada com ele: não ia mais dar conta de serviço complicado nem de jogar futebol, só ia prestar pra obrigações simples, dessas de levar e trazer encomendas, de levar e trazer recados. E serviço pesado: rachar lenha, carregar tijolo, essas coisas, porque a força de cavalo ele não ia perder nunca...

...três da tarde. De um ingazeiro que alcançava o meio do rio e servia de trampolim, imagino Mário soltando o grito dos grandes macacos e esmurrando o peito, como o Tarzan, nosso herói supremo para assuntos de rios, matas e bichos. Minha irmã deve ter rido, batido palmas, alegre como uma foca amestrada que acabasse de ganhar uma sardinha. Depois, Mário deve ter saltado, fazendo pose, e minha irmã visto seu corpo cruzando a linha da água, os círculos concêntricos se afastando e se desfazendo na margem. Ela deve ter calculado um ponto, talvez uns dez metros à frente, onde a cabeça dele ia reaparecer. Mário gostava de retardar a volta à tona, tirando o máximo dos pulmões. Ele sempre ganhava de nós, era uma obrigação que se impunha, penso, porque ele era homem do mar, e um homem do mar tem a obrigação de superar um homem do rio. Minha irmã deve ter contado cada um daqueles segundos, olhos rastreando

a linha da água, odiando aquela brincadeira de retardar a volta à tona, mas sabendo que a qualquer momento ele ia emergir e nadar até seus pés em braçadas largas, o sorriso branco e covas nas bochechas, como quem diz "meu bem, mas que carinha é essa?", parecendo foto de propaganda de dentifrício. Acontece que Mário não voltou à tona, nem nadou até os pés de minha irmã. Aliás, ele jamais voltou à tona, não por conta própria. Nosso rio, além de boas águas e de bons peixes, era também de sumidouros, de lajes e de troncos submersos. Imagino libélulas vermelhas e viuvinhas fazendo voos rasantes e piaus excitados furando a linha da água para abocanhar insetos. Imagino também os odores das plantas e do rio transpirando ao sol e uma brisa ciciando na copa dos bambus, na outra margem. Resgatou seu corpo um grupo de tiradores de areia, atraídos pelos gritos da minha irmã, que tinha faltado ao serviço para ir nadar escondido — por isso Mário não tinha chamado a turma. Nadar é apenas modo de dizer, minha irmã não sabia nadar, deve ter-se deitado numa laje, brincando com os pés na correnteza, provavelmente cantando, ela adorava cantar...

Quinto dia, à tarde

...*na* manhã do dia em que Mário deu seu último mergulho, uma cobra tinha saído do feixe de lenha debaixo do fogão. Nossa mãe acendia o fogo quando a cobra deslizou entre o fogão e seus pés e se meteu num buraco do soalho — ela tinha cansado de dizer a meu pai para tapar o "bendito" buraco. A cobra ia escapar por ali se nossa mãe não tivesse puxado ela pelo rabo e esmigalhado sua cabeça com uma acha de lenha. Dona Olvida, a mãe kardecista do Mário, estendia umas peças de roupa do outro lado, quando nossa mãe saiu no quintal para descartar o bicho. Ela veio até a cerca de bambu, e nossa mãe resumiu o caso em poucas frases, como era do seu feitio. Dona Olvida, não, a kardecista gostava de esticar a conversa: "Sonhei com cobra esta noite. Cobra costuma ser um bom sinal" — a frase contrariava a crença de nossa mãe de que cobras eram mensageiras de desgraça. Para a vizinha qualquer acontecimento era a manifestação do sobrenatural, seus sonhos eram sempre sinais de bom ou de mau presságio. "Estou numa praia. As ondas vêm vindo, cada uma maior do que a outra — a senhora não faz ideia do tamanho que tem uma onda do mar", ela sabia que nossa mãe não conhecia o mar — nossa mãe nunca conheceu o mar. "Chegando na praia, as ondas rebentavam na areia, e da espuma saía um despotismo de cobra...", contou ela. Dona Olvida tinha passado uma semana no Rio com seu Pedro, em hotel de primeira, tudo bancado pelo Mário. Passearam de barco, andaram de bondinho, visitaram a Quinta da Boa Vista, o Jardim Botânico e o Cristo Redentor. Dona Olvida fez uma pausa, sondou o rosto de nossa mãe, um truque que ela sabia usar quando queria fisgar algum espírito indeciso. Nossa mãe considerava dona Olvida uma mulher de leitura porque ela tinha em casa *O Livro dos Espíritos* e o *Livro dos Médiuns*, do Allan Kardec, e assinava o *Racionalismo Cristão*, revista mensal de artigos kardecistas; ela falava com desenvoltura sobre reencarnação, psicografia, ectoplasma, mediunidade, plano astral, bons e maus fluidos, encostos etc., e também sabia conversar de maneira "distinta", ao contrário da gente atrasada da Vila, na avaliação de nossa mãe, que era um desses espíritos indecisos que dona Olvida assediava. Mas a vizinha fazia isso com discrição porque o padre Jaime condenava o espiritismo, a macumba, a maçonaria e o protestantismo. Ela disse que as ondas do mar representavam uma viagem muito longa que Mário ia fazer, que a praia representava um país com areia e desertos sem-fim, só não tinha ainda conseguido interpretar as cobras, mas que ia consultar os espíritos à noite, no centro do seu Sebastião. E, sem perceber que comprometia a seriedade da doutrina, disse: "Vou mandar a menina na banca do Ludovico fazer uma fezinha na cobra"...

...*os* sonhos de dona Olvida serviam tanto para aconselhamento espiritual como para palpite no jogo do bicho. Nossa mãe nunca tinha palpites, nunca tinha arriscado um tostão no jogo do bicho, a vida boêmia e de jogatina do meu pai tinha consolidado sua birra contra tudo o que desse a mais leve ideia de jogo e diversão. Da porta da cozinha, pronto para ir ao colégio, eu ouvia a conversa. Esperei nossa mãe entrar e contei que eu tinha tido um sonho, contei mais para aliviar uma sensação de angústia, o sonho ainda estava vivo na memória: estou perdido no mato, aparece um dragão, uma criatura medonha com olhos de jacaré; quando vou ser atacado, São Jorge aparece; a armadura dele é reluzente, feita de folhas de latas de sardinha, cobertas de estampas e nomes de marcas variadas; o santo surge do nada, no seu cavalo branco, espeta o lagartão com a lança e me livra da goela e da baba do monstrengo. Pensei agora uma coisa boba: como podia ser reluzente se a armadura estava coberta de estampas e marcas de sardinhas? Nossa mãe ouviu o relato com interesse. Em situação normal, ela ia me despachar, me mandar procurar o que fazer. Quando terminei, ela me olhou por um tempo, foi aos seus guardados, pegou uma anêmica nota de um cruzeiro, suficiente talvez para a despesa diária com a padaria, e me despachou para a banca do Ludovico, já aberta àquela hora. Ela se apegou a um único detalhe, os "olhos de jacaré" do dragão. Desconsiderou a esquisitice de um São Jorge vestido de armadura feita de latas de sardinha, não tomou conhecimento do cavalo, um palpite importante, na lógica de um jogador habituado, e me mandou fazer uma aposta no jacaré. O Ludovico perguntou: "Dezena, centena ou milhar?". A pergunta não fazia sentido para mim, mas falei "milhar" porque, como o meu pai, eu tinha atração por números espetaculares. Quando cheguei das aulas, contei para meu irmão do meio que nossa mãe tinha me mandado jogar no bicho. Ele me olhou com desconfiança e ameaçou me dar um cascudo...

...*foi* na tarde desse dia, por volta das três horas, que trepado no grande galho do ingazeiro Mário esmurrou o peito, como os grandes macacos das revistas de Tarzan, e deu seu mergulho cinematográfico no rio Vermelho. Às quatro e vinte e cinco, chegavam com seu corpo em casa. Às quatro e meia, dona Olvida implorava que corressem com o corpo do filho ao centro espírita. Às quatro e quarenta, seu Tião Pé-de-Boi invocava os espíritos, em sessão extraordinária. Às cinco, o Ludovico divulgava os resultados do bicho: jacaré, na cabeça! Nossa mãe teve de engolir seu contentamento, pois o corpo do filho muito amado de nossos vizinhos não ia demorar a ser velado a poucos metros de nossa cerca. E foi para lá que ela se dirigiu às seis horas menos quinze minutos — ela não chegou à janela, nem saiu à rua, como meia Vila fez, num tumulto de gritos e choro desatinado, no traslado do corpo da casa de dona Olvida ao centro espírita e do centro espírita de volta à casa de dona Olvida. Mais tarde, cortando um vestido, não acreditei que estivesse ouvindo da sua boca, mesmo num tom abafado, solfejos de uma velha valsa. Só pude compreender isso bem depois: a gente ia ter carne de primeira quatro vezes por semana, por mais de três meses, e despensa abastecida por outros tantos. Na semana seguinte, nossa mãe comprou uma imagem de São Jorge, que foi entronada em cima do rádio, numa toalhinha de frivolité. Desde então, pelo menos uma vez por semana, ela fazia uma fezinha nos bichos. Eu era sondado a cada manhã, mas não me lembro de ter tido qualquer outro sonho premiado. Se nossa mãe tivesse jogado pra valer, e não a porcaria de uma nota de um cruzeiro, ela tinha ficado rica, a Albertina disse. Aprendi que o milhar pagava mil vezes cada unidade apostada...

...o corpo que trouxeram do rio e colocaram na mesa da sala ainda estava quente, era o que dona Olvida repetia aos gritos. O que ela não queria ver era que dos pulmões do filho brotava um filete, mistura de sangue e rio, escorria por uma das narinas, deslizava pela comissura dos lábios, do lado para o qual a cabeça se inclinava, e gotejava no lençol de linho branco. Ela não quis ver o que todos viam, por isso implorou que levassem o filho ao centro espírita, correndo, pois lá haviam de reencontrar e trazer de volta a vida perdida em algum lugar daquele pobre corpo do seu filho muito amado. Na porta do centro espírita, uma multidão esperou em silêncio o fim da sessão extraordinária em que a mãe implorava aos espíritos sinais de vida do filho e a Deus que perdoasse se ela pecava contra Sua vontade... Os espíritos, através da voz embargada do seu Tião Pé-de-Boi, informaram que o filho dela já não fazia parte do mundo dos encarnados...

...*fui* às aulas na manhã seguinte e, na volta, cruzei com o enterro. Não parei, não quis olhar. Depois, muitos iam me perguntar por que não parei e por que nem mesmo olhei o cortejo fúnebre do melhor amigo — me censuraram por isso. Se tivesse acompanhado o enterro, se tivesse visto o corpo descer, se tivesse urrado de desespero, como a mãe dele, acho que teria esvaziado a alma de aflições. "Mário Brandi Pompei, primeiro-sargento da Marinha de Guerra, medalha de honra por bravura em ação, morto por um rio caipira, uma ironia do destino...", assim discursou, dizem, um oficial que veio da base naval do Rio de Janeiro em missão oficial, uniforme de gala, espadim e luvas. Há quem garanta que o oficial não disse "rio caipira", mas "simples rio". "Simples rio" faz melhor contraponto a "grande mar", é mais apropriado, penso, pois preserva a introvertida natureza das montanhas e de suas artérias e veias e capilares de água doce. Mas quer mesmo saber o que penso? Acho tudo isso improvável, Mário vinha sendo investigado por sedição. Então, talvez não tenha sido um oficial que discursou, mas um colega de patente, o povo da Vila não distinguia um sargento de um almirante, um facão de um espadim. Fazia três dias que Tié e Taú tinham ido se apresentar na Marinha, eles iam ficar desaparecidos e só iam saber do mergulho do Mário dois meses depois, de volta à Vila, em petição de miséria, nas palavras da mãe deles...

...*ia* ter prova de história. Professor Antônio Gracioso tinha falsa cara de irascível e uma ternura sincera pelas garrafas, bebia duas de cerveja, antes das aulas, num bar meio escondido numa rua lateral ao colégio. Aliás, ele morava nessa rua, ele e a mãe, num sobrado grande demais para os dois. Não consigo conceber qualquer afinidade entre você e ele, Professor. A única coisa em comum entre os dois era a solteirice renitente. No resto, eram diferentes: ele com suas garrafas e a poesia irreverente de Bocage, você com sua altivez aristocrática e os ternos bem cortados. Ele tinha um método singular de "catequizar o gentio", como costumava dizer ao se referir às aulas e aos alunos: contava piadas. Quer dizer, não contava, lia piadas, ele tinha um caderno cheio delas, divididas por seções: do papagaio, do macaco, do bêbado, do capiau, do português etc. Tinha também uma seção secreta, a do Bocage, só com piada indecente, que ele lia no bar. Para nós, ele lia duas ou três anedotas "de salão", antes de começar a aula. Quanto ao seu método de ensino, ele se resumia à memorização de datas, de nomes e de fatos, método que conspirava contra a "natureza dialética da história", como diria o irmão de Isadora, ele também um ex-aluno do mestre. O professor Gracioso era duro nas suas provas: a menor alteração da ordem frasal, a troca ou omissão de uma palavra, a mudança de uma vírgula, um acento, qualquer ninharia podia ter graves consequências. Não seria sensato faltar à prova do professor Gracioso. Mas não foi por causa da prova que não fui ao enterro...

...*naquele* dia, ele leu uma anedota da seção de bêbados, cuja autoria atribuiu a Machado de Assis. Não sei se isso é possível, e esse é o lado curioso dessa história. É sobre propriedade privada: um velho edifício no centro do Rio está em chamas; do nada, surge um bêbado com um charuto apagado na mão; o bêbado pergunta de quem é o edifício... Está bem, Professor, vou poupar você, seus olhos estão me dizendo que você conhece a anedota. Para mim, tanto faz, não me importo com repetição. Mas é, como se diz, cada um, cada um. Minha irmã podia cantar durante horas, o irmão do meio virar um bicho descontrolado e quebrar coisas, o mais velho empalidecer e ganhar uma expressão de angústia profunda. Diante da aflição, eu costumava lembrar alguma música, em geral idiota, e aí ficava com aquilo martelando na cabeça. Mas podia também lembrar alguma anedota, como agora. Ainda hoje, morte, medo, aflição, enfim, todas essas situações podem ativar na minha memória alguma música idiota ou alguma anedota. Posso também rir sem uma boa razão. Já teve gente que me chamou de debochado e de insensível por rir na hora e no lugar errado. Nossa mãe já me chamou de "sem-entranhas" porque ri quando o moço que cavava a cisterna quase decepou o dedão do pé com a enxada. Mas eu não ria dele, como já expliquei. Ria de tensão. Meu pai costumava me chamar de "bobalegre"...

...na parte baixa do colégio ficavam o campo de futebol e a quadra, lembra? Depois do campo e da quadra vinha uma rua sem calçamento, com uma fileira de palmeiras. Depois das palmeiras, o rio. Do outro lado do rio, uma mata. Por algum motivo, eu associava aquela paisagem aos escritores "indianistas", que a gente estava estudando, Gonçalves Dias e José de Alencar. Sentia uma espécie de melancolia, esse sentimento que os românticos sabiam provocar tão bem. Era uma coisa muito forte, principalmente no fim da tarde. Era ali, pelo portão dos fundos, que os meninos entravam e saíam — as meninas usavam o portão da frente, que dava no adro da Matriz. Meninos e meninas nunca se encontravam depois das aulas, 300 metros separavam a gente. Quando uns alcançavam a frente do colégio, as outras já tinham se dispersado. Mas naquele dia uma colega me esperava, a

gente nunca tinha se falado até então. Ela me entregou um bilhete, disse um "tchau", com uma piscadela cúmplice, e se foi. O bilhete era de Isadora. Tampouco foi por isso que não fui ao enterro...

...*o* impedimento do grêmio tinha me afastado de Isadora. Às vezes, a gente trocava um olhar ou um gesto, na saída para o recreio. Nos fins de semana, depois da missa, tinha *footing* na praça e sessão de cinema, mas eu não ia nem à missa nem à praça, e ao cinema eu só ia com os colegas da Vila. Por isso a gente mal se avistava. O bilhete de Isadora pedia que eu fosse a sua casa, mas eu não podia. Mário estava morto, e dali a instantes seu corpo ia passar, embora eu tivesse decidido não acompanhar o enterro. De volta para casa, eu vinha pensando na estranheza que era a morte do Mário. O dia tinha amanhecido nublado, isso aumentava a sensação de estranheza. O enterro do Mário teve carro fúnebre, os Pompei tinham recursos para esse luxo. O coche era puxado por uma parelha de cavalos, uma coisa anacrônica já na época, parecia saído de um filme de vampiro. De longe, avistei o cortejo, cruzei por ele sem levantar a cabeça. A turma tinha previsto muita gente no enterro, mas ninguém imaginava aquela multidão. Caminhando no sentido contrário do fluxo, eu tinha a sensação de ser notado por todos e de que todos me censuravam. Em casa, me refugiei no pomar. Quando nossa mãe voltou do enterro, vi seu rosto na janela da cozinha me procurando. Ela me viu passar, tenho certeza, ela não perdia nenhum detalhe quando era um dos seus. Ao contrário do que esperava, não me censurou — os Pompei também não, eles me absolveram, com uma mensagem kardecista deixada na caixa do correio. No dia seguinte, na saída para o recreio, vi Isadora me acenando, mas fingi que não vi. Depois das aulas, a colega da véspera me esperava com outro bilhete...

...Tié contou que Taú só voltou do nocaute três semanas depois. O médico tinha alertado: o paciente tanto podia voltar como podia não voltar. Por isso, quando acordou, correram até a cozinha. Tié estava atrás de uma pilha de batatas. Ele depôs a faca, enxugou as mãos no avental e olhou nos olhos cor de água de anil da irmã italiana, que sorria na sua frente. Tié jura que ajoelhou com a irmã e que rezaram — eu duvido. Ele contou que a cara de idiota e o riso pateta do Taú começaram nesse dia. Antes, ele era só meio bobo e meio alegre, mas cara de idiota ele ainda não tinha. As Irmãzinhas tinham recolhido os dois na Candelária, na frente da catedral: Tié num degrau, a cabeça do Taú apoiada no colo e uma lambança de sangue. As pessoas passavam, diminuíam o passo, olhavam curiosas e depois se iam. "No Rio de Janeiro é assim", falou Tié, com ares de conhecedor. "O povo já tá acostumado, não faz escândalo por qualquer bobagem." Foram as Irmãzinhas que acudiram os dois. Elas tinham uma espécie de camburão que servia para recolher doações e fazer a ronda do Centro em busca de desvalidos. Davam banho nos que não davam conta de se cuidar, cortavam cabelos, aparavam unhas e vestiam roupas limpas neles. Alimentavam, medicavam, limpavam feridas e faziam curativos. De noite, liam vidas de santos, exortavam os sem esperança a crer e a rezar. Tié contou que às vezes eram molestadas, às vezes confundidas com anjos, ou então com a

morte, em cenas impressionantes. No claustro, imagino as Irmãzinhas pedindo força e perseverança na fé, pois as obras de Satanás eram grandes e poderosas. Tié disse que Deus e o Diabo estavam jogando uma partida e que o Diabo estava ganhando de nove a um: as Irmãzinhas eram o único gol de Deus; os roubos, os assassinatos, os estupros, as agressões, as mutilações etc. eram os nove gols do Diabo. Tié contou que a Irmãzinha dos olhos de água de anil respondeu: "Não blasfema, meu filho, não blasfema. Ora e pede perdão". "É brincadeira, Irmã", ele jura que disse, eu duvido. Nos dois meses de sumiço, falou-se muita coisa na Vila, ouvimos histórias de gente que tinha desaparecido, sem deixar sinal, como se a Cidade Maravilhosa fosse a cartola de um mágico malvado...

...Ventania sugeriu uma missão de resgate, mas não foi levado a sério. Missão de resgate custava dinheiro, e todos já tinham raspado o fundo dos bolsos para custear os testes na Marinha. Não lembro quem perguntou se não ficava mais em conta pedir a ajuda dos espíritos, só sei que Tipo-Zero lembrou o fracasso dos espíritos no caso do Mário. Jacó apoiou a ideia da consulta aos espíritos, o caso do Mário não servia de exemplo porque todo mundo sabia desde o começo que ressuscitar morto era missão impossível; espírito era bom mesmo pra assombrar vivo e localizar coisas perdidas. O que sugeriu a mediação dos espíritos tinha ouvido dizer que pra sumiço de gente e de objetos eles eram bons mesmo. Ventania disse que estava fora, que aquela conversa estava parecendo filme de terror. Jacó disse que se ninguém tinha coragem ele ia sozinho, mas o autor da ideia

acompanhou Jacó. Dessa vez os espíritos não decepcionaram. "Os espírito da luz guia os irmão desgarrado na viagem trevosa, na hora certa os irmão vai encontrá o caminho de vorta", foi mais ou menos o que os espíritos falaram pela boca do seu Tião Pé-de-Boi, de acordo com Jacó. "E desde quando espírito analfabeto merece confiança", Tipo-Zero perguntou. Jacó respondeu com um palavrão, e a coisa ficou nisso. A consulta deu novo ânimo à turma, sem que a gente soubesse bem por quê...

...*na* casa de Isadora, havia uma quantidade absurda de mesas, poltronas, tapetes e quadros, além de objetos cuja função eu desconhecia. O número de cômodos era outro exagero numa família de apenas quatro pessoas. Entre um cômodo e outro, havia mais espaços mobiliados, mais objetos de decoração e quadros. A casa passava uma sensação refrescante, como um chiclete de hortelã, feita de limpeza, de luzes, de cores e de cheiros agradáveis. Pensei: se eu podia sentir um cheiro agradável na casa dela, era porque o cheiro da minha não devia ser agradável. Relaxei um pouco ao lembrar que no velório do meu pai Isadora não tinha entrado na casa, nem ela nem a turma do colégio. Ela me encontrou no quintal, explicou que não conseguia contemplar a face de um morto, desde a morte da avó. Então ela não podia saber se nosso cheiro era bom ou ruim. O segredo da coisa talvez esteja entre cheiro de gente e ausência de cheiro de gente. Gente rica substitui os cheiros de gente por cheiro de não gente: florais, madeiras, âmbares e almíscares; as roupas de cama são lavadas com produtos caros; mofos de armários e de gavetas são mitigados por sachês; banheiros são desinfetados com produtos cheirosos e apinhados de potes de sais de banho, águas-de-colônia e cremes hidratantes. Tive medo de esbarrar em alguma coisa e provocar um desastre. Havia um silêncio solene na casa, e eu me continha para não fazer barulho ao caminhar, embora fosse desnecessário porque os corredores eram forrados de um tapete comprido e estreito, que eles chamavam de passadeira. Isadora me levou para o seu quarto e encostou a porta. Perguntei se o pai dela não ia achar ruim um estranho no quarto da filha. Ela disse que eu não era um estranho e que, além disso, não estava sozinha comigo. Olhei em volta, desconfiado, e ela riu da minha reação. Com uma cara marota, explicou que seu anjo da guarda estava com a gente, e apontou uma imagem na parede. Na hora, não interpretei a fala como um dito espirituoso porque tinha de fato aquele anjo no quarto, fixo na parede, acima da cabeceira da cama. Era do tamanho de um menino de 5 ou 6 anos e tocava uma trombeta. Parecia muito antigo, tinha descascados na pintura e pequenos pontos lascados nas extremidades. Pensei: como é que um pessoal tão rico podia guardar uma porcaria tão velha...

...eu não saberia dizer se aquilo era um objeto de devoção ou de decoração, afinal quase tudo na casa parecia ter uma função mais decorativa do que funcional. O anjo era um menino gorducho e tinha as bochechas infladas, não era como os anjos da guarda normais, como os das gravuras, uns que ficam de pé, pousados no chão, protegendo crianças à beira de algum abismo. Aquele era da espécie que fica no meio das nuvens e compõe o fundo de certas imagens de santo. Apesar de a imagem ter as proporções de um menino

de 5 ou 6 anos segurando uma trombeta, a parede não ficava entulhada porque a suíte tinha o tamanho da nossa sala mais o quarto onde eu dormia com o irmão mais velho. Além da cama, havia uma escrivaninha com uma cadeira, uma penteadeira com um banquinho estofado, uma poltrona de dois lugares, um tapete no centro e, ao pé da cama, uma arca de madeira, com as iniciais de Isadora: "IVV", na verdade um "IW", Isadora me explicou. Os dois "vês" se juntavam para formar um dáblio, que eram as iniciais da família, Vidgeon da mãe, Vignoli do pai. Vidgeon Vignoli. Não duvido que os cavalos da família também levassem a mesma marca na anca. Isadora explicou que o anjo era mais antigo do que a Vila Vermelho e a cidade juntas. E aí ela deu um monte de informação sobre a imagem: dois séculos e meio de idade, talha em cedro policromado, os traços mulatos típicos do barroco mineiro etc.; e falou do lugar de onde ela tinha vindo: um lugar em Minas Gerais que um dia teve o incrível nome de Vila Real do Príncipe do Serro do Frio, na província do ouro e das grupiaras, dos negros das catas e dos quilombos, da cobrança do quinto e da conjuração mineira, dos poetas árcades... Eu não sabia que uma simples imagem de madeira pudesse ter tanta história. Ela disse que havia mais, muito mais de onde tinha vindo aquele anjo, e que um dia a gente iria lá, os dois. Então, era assim: as pessoas de dinheiro podiam ir lá, hoje, e garimpar as obras de arte, como outrora bandeirantes e portugueses garimparam o ouro, pensei...

...*o* segundo bilhete de Isadora também tinha a ver com o enterro. Perguntei como ela sabia do Mário. Ela disse que nas reuniões do grêmio eu não falava de outra pessoa, e me assustei com isso. Perguntei como ela soube da morte do Mário. Ela disse que não se falava de outra coisa na cidade. Eu disse que não entendia o motivo de ir ao enterro de alguém que ela não conhecia. "Pensei que você ia gostar de companhia no enterro do melhor amigo." A explicação não era boa, devo ter manifestado isso, porque ela acabou admitindo que era por curiosidade. Desconfiei de alguma brincadeira, uma dessas ideias excêntricas de garota rica, mas ela tinha aquele jeito franco e o olhar direto de sempre. Em seguida ela disse: "Você não foi ao enterro". Levei outro susto, perguntei como ela sabia disso. Ela respondeu que era por uma simples dedução, que no meu lugar um outro teria pedido para sair mais cedo, já que a prova do professor Gracioso não ia ser na última aula, em vez disso eu fiquei até a última aula. "Por que você não foi ao enterro?", perguntou ela. "Então você foi?", perguntei. "Não, claro que não, você não respondeu o meu bilhete", disse ela. Como eu ficasse calado, ela mudou de assunto. De fato, o assunto me incomodava. Aí, ela começou a falar pelos cotovelos, parecia empolgada, e eu não via motivo para isso. Se era para me deixar à vontade, o resultado foi o oposto. Não acho que ela falava daquele jeito com gente do seu meio, parecia uma representação. Ainda assim, era fascinante ver ela falando, observar seus gestos, o rosto e o corpo, tudo nela era expressivo. No meio da tarde, bateram à porta, olhei apreensivo para ela. Isadora abriu, uma mulher vestida como uma camareira de filme pediu licença, chamou ela de "dona Isadora" e perguntou se devia servir o lanche no quarto ou na copa. Isadora me conduziu ao lavabo, me entregou uma toalha limpa e um sabonete intacto, que retirou de um armário. Fizemos o lanche numa sala feita para isso, numa mesa posta para isso e com talheres próprios para isso...

...*eu* me atrapalhava com os talheres e louças e não sabia o que fazer com o guardanapo, uma peça de linho de cor creme, com monograma em alto-relevo, o mesmo dáblio estilizado que vi na arca e na porta de ferro forjado da entrada. Isadora percebeu minha falta de jeito, disse para eu não ligar para aquelas bobagens e prometeu que da próxima vez o lanche ia ser no quarto. Ao terminar um biscoito, ela levava os dedos aos lábios para retirar o açúcar — imagino que fosse para me deixar à vontade —, o gesto tinha graça, parecia espontâneo. Ela disse que adorava fazer aquilo à mesa para irritar a mãe, que estava sempre censurando sua "falta de modos". Isso ela falou de boca cheia, que era outra coisa que deixava sua mãe muito irritada. Disse também que tinha cansado de pedir à Conceição, a tal camareira de filme, que não chamasse ela de "dona Isadora", mas que Conceição sempre respondia "está bem, dona Isadora, não vou chamar mais". Ela riu, eu também ri, então ela colocou a mão sobre a minha, num gesto que parecia casual. Eu corei, ela percebeu, mas fingiu que não, e passou a falar da sua família...

...*o* irmão de Isadora estudava no Rio, engenharia, o pai ficava o dia inteiro na firma, a mãe não saía de casa e tinha crises de enxaqueca, nesses momentos só a camareira e seu pai tinham acesso a seu quarto. Isadora disse que a mãe se queixava do tédio, do deserto cultural e das pessoas sem refinamento da cidade. Quando não estava na Europa ou nos Estados Unidos, vivia sedada, consultava médicos caríssimos ora no Rio de Janeiro ora em São Paulo. Não gostava de receber nem de fazer visitas, não aqui, neste fim de mundo. Tinham apartamento nas duas capitais, onde recebiam os amigos. Lá, ela parecia outra pessoa: era falante, vivaz e espirituosa, citada nas colunas sociais. Isadora disse que colunas sociais eram coisa de ociosos e fúteis, de gente que dava chilique a cada manhã se não fosse citada e que pagava pequenas fortunas aos colunistas por uma simples nota. Depois trouxe um álbum com recortes — da mãe — em que o nome do casal era citado por Ibrahim Sued, n'*O Globo*, e por Jacintho de Thormes, no *Diário Carioca*. Nenhuma nota importante, o fato de ser citado já era um acontecimento. Não percebi que era uma crítica, meu fascínio pelos nomes em letra de forma no jornal me impedia de ver que era uma crítica. Perguntei se o colunista era o mesmo Jacintho de Thormes de *A cidade e as serras*. Ela riu e perguntou se eu falava sério. Eu disse que sim, desconfiado de algum fora, mas ela voltou a sorrir, com simpatia, e disse que não, que eles não eram a mesma pessoa, e que não saberia explicar a coincidência, apenas comentou: "Sua leitura dos portugueses está afiada". A mãe de Isadora falava francês, inglês e italiano, entendia de estilos de época e sabia tudo sobre arte — a escolha do anjo barroco tinha sido dela e também as coleções de música erudita. Colecionava objetos de arte e lia muito, lia nas três línguas, lia o tempo todo e ouvia música clássica, quando não estava sedada ou viajando. Por isso, nas raras vezes em que a mãe abria a boca, ela era irônica, Isadora disse, era preciso estar o tempo todo atenta para não ser apanhada por sua ironia. Não entendi que relação havia entre cultura e ironia, mas não perguntei. Numa única tarde, eu soube mais sobre sua família do que todos os colegas de escola juntos. Soube, por exemplo, que ela e a mãe se estranhavam. A falta de pudor em expor sua intimidade me impressionou, era algo impensável na minha família...

...na casa dos Pompei, não guardaram luto. Para eles, a morte não era morte. Eles não diziam, por exemplo, "o Mário morreu", mas "o Mário desencarnou" ou "o Mário passou para o outro plano". Não sei bem como funciona a coisa, parece que este plano, o carnal, é só um treinamento para o outro, o espiritual, este sim eterno, de acordo com espíritas e não espíritas. Então, cultivar o luto e a amargura não é uma boa coisa porque faz o espírito desencarnado se apegar a este plano, que é inferior etc. Bem, foi mais ou menos isso que vi numa novela de TV, mas não sei se é mesmo desse jeito, não li Allan Kardec, que é a autoridade-mor no assunto. Mas vou ler, acho interessante a tolerância deles para com os desvios de conduta. Em vez de culpa e de inferno, é tudo uma questão de carma, para evoluir o espírito só tem de reencarnar, reencarnar e reencarnar. Os Pompei entendiam do assunto. Acho que foi por influência deles que nossa mãe decidiu pôr um ponto final no nosso luto. "Chega de pano preto nesta casa", disse ela, "atrai maus fluidos". Nosso luto durou quatro meses, em vez de um ano. A decisão foi uma surpresa para nós e um choque para os parentes do meu pai. Certos vizinhos não perderam a oportunidade de fazer comentários. O lado bom da decisão é que pude tirar a tarja negra do bolso da camisa, que me fazia

sentir miserável, sobretudo no colégio, por causa do olhar de piedade dos colegas. Uma casa sem o pai era uma casa mutilada e arruinada, essa era a ideia. Nossa mãe e minha irmã pareciam duas beatas envelhecidas naqueles vestidos de pano ordinário, feitos à pressa e já desbotados pelo uso...

...*Isadora* tinha olhos coloridos, cabelos coloridos, pele colorida. E, como se diz hoje, seu sobrenome agregava mais valor a essa beleza. Eu não tinha coragem de dizer que estava loucamente apaixonado por ela. Quase todas as tardes, no seu quarto, a gente se encontrava, para estudar. Num desses encontros, Isadora segurou minha mão direita e disse que eu era a única pessoa interessante do colégio, que seus colegas eram uns burguesinhos caipiras e latifundiários semialfabetizados — nunca compreendi bem sua crítica, afinal ela era uma deles. Corei por causa do elogio e fiquei desconcertado pelo toque na minha mão. Ela riu da minha falta de graça, ela já tinha percebido que eu ficava sem graça quando era tocado — acho que já disse isso: na minha casa a gente não se tocava, era como se existisse um campo magnético envolvendo cada um de nós e que impedia a gente de se aproximar uns dos outros, como no filme *Guerra dos mundos*, as naves dos alienígenas não podiam ser atingidas porque eram protegidas por um campo antigravitacional. Depois, disse que eu tinha a boca bem-feita. Devo ter ficado ainda mais vermelho porque ela disse isso com os olhos indo dos meus lábios aos olhos e dos olhos aos meus lábios. Em seguida, segurou também minha mão esquerda e disse que eu tinha dedos de pianista. Eu ouvia tudo entre excitado e confuso: excitado, por ser tocado, confuso por suspeitar de algum outro interesse, por exemplo, um serviço menor de que ela precisava e que seria mais adequado pedir a alguém da minha condição social. Ou pior: eu devia ser objeto de alguma experiência. Pessoas do seu meio gostam de fazer experiências, e as pessoas de condição social inferior são seus objetos de experiência preferidos. Numa outra vez, ela pegou minha mão, percorreu a palma com a ponta do indicador e disse que na minha linha da vida estava escrito que ia me apaixonar por ela. Fiquei calado, não sabia o que dizer, ela deu um sorriso, e as duas covinhas do rosto se acentuaram...

...numa dessas tardes, na hora do lanche, o pai dela apareceu: "Ah, então esse é o nosso Quixote?" — vi que Isadora tinha falado de mim e de minhas idas ali. Ele explicou o "Quixote": meu texto, na sessão do grêmio, minhas atribulações junto à congregação etc. Depois, quis saber se conhecia alguém da minha família. Normalmente, eu me sentiria constrangido, mas não vi na sua curiosidade um pedido de carta de apresentação. Ele não parecia hostil e tinha o jeito simpático e tranquilo que todo filho gostaria de ver no pai. Falei do meu avô, e ele disse que seu pai tinha negociado café com ele, que meu avô tinha sido um homem correto, mas muito "turrão" — ele disse isso sorrindo. No colégio, recorri ao dicionário: "turrão" era mesmo a cara do meu avô. Ele foi delicado o bastante para não fazer perguntas embaraçosas nem comentar o caráter dos filhos do meu avô, que ele certamente conhecia e que botaram a fortuna do velho abaixo — imagino que esse assunto deve ter animado muita conversa nas rodas na cidade e na Associação Comercial.

Quando ele saiu, Isadora disse que tinha gostado de mim. Percebi que havia algum sinal, algum código de entendimento entre eles, aquilo que as mentes cultivadas chamam de cumplicidade. Tive inveja dela, não havia cumplicidade na nossa casa, apenas acordos tácitos. Nos dias que se seguiram, embora não tirasse o Mário da cabeça, não voltei a tocar no seu nome. Isadora também não. Mas uma dúvida persistia: que interesse um sargento da Marinha, nascido numa família de classe média suburbana, no trecho sem *pedigree* do rio Vermelho, podia despertar em Isadora?...

...*os* Russo tinham muitos livros, mas não iam à escola, pararam no final do quarto ano primário, como os outros meninos da Vila. Mas, ao contrário destes, liam, liam muito. Eles também conheciam *Robinson Crusoé* e *A Ilha do Tesouro*, só que iam além: *O livro da selva*, de um outro inglês, Kipling, cujo primeiro nome era impronunciável. E *Drácula*, *Frankenstein* e *O médico e o monstro*, que eu só conhecia dos gibis, não sabia que existiam em livro. Eles tinham lido uns americanos que eu ainda não conhecia: *O último dos moicanos*, *As aventuras de Tom Sawyer* e *A cabana do pai Tomás*. E, claro, *Moby Dick*. Eu gostava dos ingleses, eles também gostavam dos ingleses. De todos nós, os Russo eram os que tinham mais chance de ir à escola, mas seu Giuseppe não deixou. Ele tinha uma ojeriza quase cômica por escola e igreja, mas não por livros. Ele lia os autores franceses. No colégio, vocês diziam que os franceses eram ateus e que seus livros eram recheados de heresia e indecência. Na casa dos Russo, ao contrário, os livros proibidos tinham prestígio. A birra do seu Giuseppe por igreja eu entendia, afinal o padre Jaime vivia fustigando ele. O que eu não entendia era a birra dele por escola, já que dava tanto valor ao conhecimento. "Ir à escola pra quê?", dizia ele. "Pra louvar heróis de merda? Não, muito obrigado. Quero meus meninos longe dessa corja." Talvez fosse um artifício velhaco para segurar os filhos ao seu lado nas lidas do campo, mas ninguém pode dizer que ele não fosse sincero. Outra paixão do seu Giuseppe eram as óperas. Nos fins de semana, enquanto tomava seu tinto suave, ele ligava a vitrola a todo volume. Entre um e outro copo e entre uma e outra ópera, ele soltava seu grito de guerra: "Entra pra morrer, s'a vaca!". Ele era um bebedor muito sensível, o vinho lhe subia depressa à cabeça, como se a distância entre estômago e cérebro não tivesse mais que uns poucos centímetros. Certa noite, enquanto a gente bebia do garrafão do seu Giuseppe, o Adalmar disse: "Não vamos deixar nosso pai naquele lugar." Compreendi que os irmãos tinham uma decisão tomada, alguma decisão tão maluca quanto os miolos do pai. Nossa situação geral não era das melhores: o Mário enterrado, Tié e Taú desaparecidos e seu Giuseppe num hospício — acho que devo incluir nessa lista o meu pai, mas não sei se a ausência dele era considerada pelos demais...

...disseram que minha irmã era a única culpada pela morte do Mário, que ela tinha atraído Mário para o rio, que Mário não queria ir, mas que ela tinha insistido, sibilando promessas no seu ouvido, como a "serepente" das Escrituras — a gente atrasada da Vila não dizia serpente, mas "serepente". Detalhe: "serepente" era uma coisa, cobra era outra. Cobra era jararaca, urutu, coral, surucucu. "Serepente"

era o Mal, como no livro do *Gênesis*, a que seduziu Eva que seduziu Adão. Para piorar as coisas, minha irmã tinha um sinal de nascença no rosto, um "s". Quando ela nasceu, o sinal mal aparecia, ele foi se acentuando com o passar do tempo. Antes, as pessoas diziam que o sinal dava um charme especial ao seu rosto. Depois da morte do Mário, o que era charme virou estigma e prova de maldade: "s" de "serepente". Meu irmão do meio quis dar uma surra nela quando soube do rio e do Mário, mas não foi em frente porque a ameaça de nossa mãe continuava viva: "Nunca mais tu me põe a mão na sua irmã, seu moleque". Sem nossa mãe perceber, ele ameaçava minha irmã em voz baixa, os olhos faiscando de ódio. Ele dizia que ela tinha andado por aí feito uma desocupada, vestida de puta — o maiô preto emprestado de uma colega da fábrica —, vadiando em pleno dia na beira do rio com um desconhecido — nas suas ameaças, o Mário virava um desconhecido. Num desses bate-bocas, ele ameaçou enfiar uma faca de cozinha no peito dela e lavar a honra da família no seu sangue. O irmão mais velho disse para ele falar baixo, que os vizinhos iam ouvir, que já bastava toda aquela desgraça etc. — ele se referia à morte do Mário —, mas o irmão do meio disse que ele era um fraco — na verdade, disse "cagão" —, que em vez de cuidar da honra da família ele ficava cheio de dedos — acho que disse mesmo foi "cheio de bosta". Dessa vez, nossa mãe precisou de mais do que promessa, ela teve de chegar uma acha de lenha no pulso dele para tirar a faca, e ele andou com pulso enfaixado por muitos dias. Sobre a causa da morte do Mário, teve quem falasse de congestão, porque ele tinha ido nadar depois de comer. Mas isso era improvável, o Mário se afogou às três da tarde, e ele tinha almoçado ao meio-dia, dona Olvida disse, um tempo mais do que suficiente para fazer a digestão. A versão mais aceita acabou sendo a dos tiradores de areia: eles garantiram que o corpo do Mário estava preso numa loca, sugado pela força do sumidouro, e que tiveram muito trabalho para resgatar o corpo, que foi preciso amarrar dois mergulhadores pela cintura para eles também não serem sugados. Dias depois apareceu um tirador de lenha contando uma outra história: antes do afogamento, dois desconhecidos tinham aparecido no lugar, discutiram feio, brigaram, e o Mário foi jogado no sorvedouro. Ninguém levou o sujeito a sério porque era um cachaceiro contumaz e não batia bem da cabeça...

...desde o mergulho fatal, minha irmã começou a ficar daquele jeito. A cantoria, os agudos de cristal, os rodopios de bailarina, as risadas, tudo cessou. Penso se não foi aí, e não na proibição de nossa mãe, o verdadeiro fim da futura rainha do rádio. Ela passou a vomitar tudo o que punha na boca, chorava por um nada, perdeu peso, perdeu cabelos e o brilho dos que não perdeu, a pele ganhou uma palidez baça, o vermelho das unhas descascou e as sobrancelhas, que ela mantinha na forma de uma fina lua crescente, não foram mais pinçadas e viraram duas taturanas. A porta e a janela do quarto viviam cerradas, e ela não voltou a pôr os pés na rua, não por conta própria, até a véspera de nossa mudança. Não parecia mais Natalie Wood, a estrela de *Juventude transviada*, parecia um passarinho de gaiola, na muda, "triste, arrepiado, sem cantar", ouvi nossa mãe dizer a dona Olvida. Minha irmã devia saber de coisas que ninguém sabia, só ela poderia dizer se, em vez de uma estúpida conspiração

do destino, tinha havido uma conspiração de gente de carne e osso no afogamento do Mário. Mais de uma vez tentei falar com ela, quando nossa mãe não estava por perto, mas ela afundava o rosto no travesseiro e desatava em soluços. Acho que ninguém jamais ouviu da sua boca uma única palavra. "Só me faltava uma filha doida, encafuada no quarto, pra vizinho ficar de disse me disse", ouvi nossa mãe se queixando com a Albertina...

...alguns dias depois da missa de sétimo dia do Mário, dona Olvida procurou nossa mãe para dizer que o espírito do meu pai seguia minha irmã pela casa como uma sombra e, por causa dessa presença, ela estava como estava. "A menina está com um encosto", ela soprou no ouvido de nossa mãe. "Encosto" era mais um daqueles assuntos desagradáveis que dona Olvida tanto apreciava. Contrariando um velho hábito, dessa vez nossa mãe não fez segredo sobre a conversa, ela reuniu seus três homens e deixou minha irmã de fora: "Essa infeliz já não dá conta nem de ir ao banheiro sozinha". Fazia cinco meses que meu pai tinha morrido. Nossa mãe relatou, então, a conversa com dona Olvida: a alma penada do meu pai andava vagando sem paz pela casa — "alma penada" quem disse foi o irmão do meio, o que nossa mãe disse foi "o espírito do vosso pai"; como já disse, ela sempre usava o "vosso" em momentos graves. O irmão do meio não esperou o fim da conversa, disse que não queria saber daquele papo de macumbeira, e saiu pisando duro. Do portão, ele ainda gritou que enquanto existisse cavalo São Jorge não andava a pé. Não sei se nossa mãe entendeu o dito, mas o tom, sim. "Volta aqui, seu moleque", ela tentou

recompor a autoridade, mas ele não obedeceu. Eu tive inveja do atrevimento do irmão do meio, cada dia mais intratável desde a matança dos seus pombos. Nossa mãe engoliu o desafio e, assim que ele bateu o portão da rua, ela se benzeu e disse que ela e minha irmã não deviam nada a meu pai, que ele descansasse em paz, que encontrasse seu caminho em nome de Deus etc. Era como se se dirigisse não a nós, mas àquela presença invisível, que estava em algum ponto da casa, naquele mesmo momento, quem sabe até no meio de nós, espreitando, irradiando seus fluidos malfazejos. Até aquele dia, eu não tinha visto nossa mãe com medo de verdade. Ela passou a dar ouvidos a dona Olvida e a frequentar o centro espírita, pelo menos duas noites por semana, quando junto com a vizinha arrastava minha irmã para assistir às sessões e receber os passes do seu Tião Pé-de-Boi...

...*a* promoção de meu pai a espectro perseguidor me deixou mais indignado do que com medo. Depois de um sofrimento sem trégua — até o aparecimento das meias ampolas de morfina —, era intolerável ouvir aquilo. Então era isso: meu pai era um espectro malévolo a vagar sem paz pelos cômodos da casa, a irradiar maus fluidos, a perseguir nossa mãe e a causar mal a minha irmã. Não era justo, odiei dona Olvida por sua estratégia de aliciamento, tive vontade de dizer a ela que se ocupasse do espectro do próprio filho, mas não tive coragem. Em nenhum momento considerei a possibilidade de as visões serem reais, contrariavam a natureza do conhecimento, não passavam de superstição. Por outro lado, me faziam arrepiar quando ficava sozinho em casa. Tive raiva de nossa mãe por aceitar a ideia do meu pai transformado num espírito malfazejo, justo ele, uma pessoa alegre e divertida. Desejei que o espectro do meu pai, como fez o do pai de Hamlet, se manifestasse de verdade, para cobrar justiça e pôr ordem na casa. Eu não entendia como é que só agora, cinco meses depois, o espírito dele vinha se manifestar. Perguntei a nossa mãe por onde o espírito do meu pai tinha andado durante todo aquele tempo. Ela disse que eu devia ter mais respeito com as coisas que não entendia e não desafiar as forças do além. Meu desejo era dizer que ela é que devia deixar em paz as coisas que não entendia e que a memória do meu pai merecia respeito. A responsável pelo clima de terror era dona Olvida, a morte do Mário perturbou o juízo dela...

...dona Olvida dispunha de outra arma de persuasão: "água fluida". Ela mantinha uma garrafa de água na mesinha de cabeceira, áo lado de um abajur cuja coluna era uma imagem de São Judas Tadeu, transparente, com uma lâmpada dentro, uma das lembranças de viagem do Mário. Para "fluir" a água, dona Olvida colocava a garrafa em cima do rádio, das oito às dez horas da noite, durante o programa "A hora da boa vontade", ou coisa parecida, não me lembro mais. A emissora era carioca, disso tenho certeza, Rádio Mundial. Durante o programa, Alziro Zarur, um dublê de médium, pai de santo, pastor, padre e xamã, abençoava milhões e milhões de litros de água pelo país afora, segundo seus próprios cálculos. Dona Olvida vinha fazendo isso havia pelo menos dois anos. A garrafa tinha o aspecto de um aquário sujo. Sem nunca ter sido lavada, na face interna da garrafa floresceu uma colônia de algas. Sempre que o consumo fazia a linha da água abaixar, seu conteúdo era completado — as criaturinhas verdes eram a prova da manifestação dos espíritos, segundo dona Olvida, por isso a garrafa não podia ser lavada. Tanto as pessoas da casa como os vizinhos bebiam e aplicavam doses da água contra males visíveis e invisíveis. O espetáculo sinistro das rosáceas lembrava seres de outra galáxia, incubados na água, prontos para sair pelo gargalo, na calada da noite, invadir corpos humanos, tomar a casa, a Vila e depois o planeta. A "água fluida" de dona Olvida tornou-se o único remédio permitido a minha irmã, além das sessões de passes, no centro espírita. O tratamento parecia agravar sua capacidade inesgotável de chorar, vomitar e perder peso. As rosáceas impressionaram tanto nossa mãe que ela aceitou de vez a ubiquidade dos espíritos e admitiu "desenvolver sua mediunidade", outra estratégia de dona Olvida. A adesão ao espiritismo operou pelo menos um milagre, fez ela perder o medo do espectro do meu pai, que acabou se indo em busca do plano espiritual a que tinha direito. Dona Olvida explicou que o próprio espírito não sabia que estava desencarnado, por isso tinha continuado a habitar a casa e relutado em deixar seus entes queridos. Só que, ao ir embora, ele esqueceu de devolver a saúde da minha irmã. Mas isso ia acontecer, mais hora menos hora, de acordo com dona Olvida, porque cada coisa vinha a seu tempo, era só continuar perseverando no espírito de luz, ler a doutrina e frequentar o centro...

*...**no*** albergue das Irmãzinhas, os gêmeos ficaram mais de mês. O Tié contou que se desdobrava nos inúmeros serviços da casa: pilhas de batatas pra descascar, corredores sem-fim

pra varrer, infinitas paredes pra caiar, enquanto Taú vivia no conforto de uma cama larga, colchão macio e roupa de cama trocada toda semana. Tié não demorou a perceber que Taú já não era o mesmo, em vez dos ditos espirituosos ele só sabia dar resposta curta e repetir pedaço de frase. E agora aquele sorriso cretino que não largava a cara dele nem enquanto dormia. Além disso, a cabeça raspada. Toda semana, as Irmãzinhas passavam máquina zero na cabeça dele, como faziam com todos os outros, pra facilitar a limpeza, prevenir contra piolhos e fazer curativos. Taú mais parecia um interno de hospício. Desde o primeiro dia, elas notaram uma coisa: aqueles dois filhos de Deus não eram como os outros; os albergados, ou por conveniência ou por loucura, inventavam histórias delirantes, furtavam objetos, se agrediam e, às vezes, tentavam molestar as Irmãzinhas. Penso que, para elas, Tié e Taú deviam ter a malícia ingênua da gente do interior, não eram como aquela fauna sem preceitos e potencialmente perigosa que recolhiam nas ruas. Elas tentaram mandar carta pra casa deles, mas eles não sabiam direito o nome da rua — rua Lisbeth Halfeld, me lembro desse nome por causa dos envelopes das cartas para o Mário que eu subscritava para eles. As Irmãzinhas acabaram desistindo; certamente, aqueles dois não eram os primeiros nem seriam os últimos a se perder no Rio de Janeiro. Quando completaram um mês no abrigo, a irmã de olhos de água de anil explicou que Taú tinha recebido alta e que eles já podiam voltar pra casa, mas que antes a irmã superiora queria falar com ele. Tié disse que já era mesmo hora de caçar rumo de casa. No seu gabinete, a irmã superiora explicou que ia segurar eles só por mais uns dias, talvez uma, duas semanas, até a pintura do prédio ficar pronta. Tié recusou em nome dele e do irmão, porque se dependesse do Taú o safado ia ficar ali de papo pro ar até o fim dos tempos, dormindo em cama macia e escutando história de santo. A irmã superiora disse que Tié era um mal-agradecido e sem espírito de caridade. Tié respondeu que não era mal-agradecido, que ele tinha sido cozinheiro, pedreiro, pintor, encanador, carpinteiro, marceneiro, carregador e jardineiro das sete da manhã às sete da noite todo santo dia, com uma horinha só de almoço e descanso só no domingo... A irmã superiora falou que não queria mais ver a cara deles no albergue. Tié pegou o irmão e se despediu das Irmãzinhas, dos malucos e dos mendigos. Elas conseguiram as passagens de ônibus, algum dinheiro, mudas de roupa e levaram eles à rodoviária, na espécie de camburão do albergue. Foi o último passeio deles na Cidade Maravilhosa...

Sexto dia, de manhã

...*sem* o pai, as tarefas dos Russo se multiplicaram. Não tinham tempo para o futebol e quase não apareciam na roda noturna. No sítio, os cavalos andavam soltos, sem trato, a pelagem cheia de carrapicho e carrapato. Eram dois os cavalos: Incitatus e Trigger. Incitatus, um quarto de milha preto, foi o nome escolhido por seu Giuseppe, por causa do cavalo-senador do Calígula, aquele imperador romano maluco. Trigger, um quarto de milha vermelho, crina e cauda brancas, foi o nome escolhido pelos irmãos, por causa do cavalo do Roy Rogers, o caubói que se vestia como peão de rodeio. A tia que veio do Espírito Santo levou os irmãos para visitar o pai no hospício, mas o pai não reconheceu os filhos. Adalmar chorou e vomitou, Adalmir perdeu a fome e a voz. Adalmar levou vantagem sobre o Adalmir porque chorar e vomitar aliviam melhor o sofrimento do que perder a fome e a voz, que deixam o sujeito com prisão de alma, uma espécie de prisão de ventre, só que da alma, conforme explicou dona Olvida. O pai estava num canto do pátio, encolhido e pelado como um tatu, e se assustava e se encolhia ainda mais cada vez que um deles chegava perto. O homem que lia Dante e Cervantes no original estava de cócoras, os braços enlaçando as canelas, a cabeça mal raspada e cheia de rodelas esbranquiçadas. De longe pareciam peladas, ou pontos roídos por piolhos; de perto, eram cabelos brancos, ilhotas de cabelos brancos que apareceram da noite pro dia. Aquela coisa nua e enroscada, de olhar transfigurado, a cabeça mal raspada e cheia de rodelas brancas, que tinha saído bem de casa, não parecia o pai deles, parecia um louco como os outros. Encolhido e nu, a pelagem ruiva, o pai parecia um tatu-bola — foi Adalmir que observou. No sítio dos Russo, tinha tatu-bola; quando molestado, o bicho se enrosca como uma bola, mas se conseguir escapar dos cachorros ele se refugia na toca; os caçadores então enfiam uma faca de ponta no cu dele, sem esse expediente nem um trator arranca um tatu da sua toca. Tem gente que come carne de tatu — mas não pode ser qualquer tatu, tem uma espécie que procura comida em cemitério —; depois de separar a parte de comer, o sujeito faz cuia do casco e um brinquedo com o rabo. A coisa funciona assim: o sujeito enterra a ponta, do lado cortado, deixando o resto de fora, e faz aposta para ver quem consegue arrancar, mas ninguém consegue. É engraçado ver o esforço de quem tenta. O truque é bobo: rabo de tatu tem a forma de um cone, grosso na base e agudo na direção da ponta, por isso as mãos de quem puxa não se firmam. Não sei se ainda fazem isso com os rabos de tatu...

...*na* fazenda do meu avô, os empregados caçavam tatus. Meu avô deixava, ele dizia que tatu era uma praga — ele mesmo não comia porque carne de tatu era "reimosa", isto é, ruim para o sangue. Seu Giuseppe, não, ele não deixava caçador entrar em suas terras, dizia que os tatus eram seus convidados e que podiam se empanturrar de mandioca, comer o mandiocal inteiro se quisessem, porque a terra era deles e o invasor era ele: "Ninguém fica mais pobre ou menos pobre por causa de algumas ramas de mandioca". Não era à toa que seu Giuseppe tinha ficado doido, diziam os vizinhos, gente de juízo não falava uma besteira daquela. Diziam também que todos os tatus do vale do rio Vermelho tinham se mudado para o sítio do seu Giuseppe, que em vez de criação de gado ele tinha uma criação de tatus, que ele tinha feito um curral para tatus, que ele tirava leite de tatu... Seu Giuseppe gostava de abraçar e levantar os dois filhos, um em cada braço, como fazia sem dificuldade com dois sacos de arroz de sessenta quilos cada. Era um homem efusivo e pai afetuoso, diferentemente dos outros. Na Vila, pai não costumava ficar de chamego com filho, quando algum pai tocava no filho era para corrigir, afago estraga o caráter do homem, diziam. Seu Giuseppe beijava os filhos e dizia que eram seus meninos. Quando exagerava no seu tinto suave, em vez de "meus meninos", dizia "*bambini miei*" e muitas outras coisas que ninguém entendia. Adalmar e Adalmir foram três vezes ao hospício com a tia. A cada visita voltavam com menos esperança. Da última vez, voltaram com uma ideia maluca na cabeça. O médico tinha falado que não podia dar alta ao paciente porque ele continuava perturbado, que ele representava risco para a sociedade e para si mesmo etc. O médico conversava com a tia em particular, e ela repassava as explicações aos sobrinhos. Eles viram que não iam deixar o pai sair, que iam entupir ele de remédio e dar choque até matar. Foi aí que tiveram a ideia — ideia de Russo, claro. Numa das rodas noturnas, anunciaram um plano: resgatar seu Giuseppe do hospício. O plano parecia enredo de filme de pirata. Não foi por solidariedade que fizemos a promessa de ir com eles, mas por interesse: seu Giuseppe de volta significava os filhos de volta para a turma e principalmente para o time de futebol, que já não contava com dois atacantes, Tié e Taú...

...eu chegava do colégio, da varanda ouvi nossa mãe e o irmão do meio. O tom da discussão deixou minha respiração suspensa. "Quem é você pra me governar, seu moleque!", ela disse. "A senhora não vai sair desse jeito!", ele disse — eu conhecia aquele modo de falar do irmão do meio, depois que começava alguma merda nada fazia ele parar, deve ter vindo daí sua vocação para "beque de espera", como a gente chamava o último da defesa, o que ficava na frente do goleiro, o que não podia falhar, o que não hesitava em quebrar o adversário para pôr ordem na cagada do pessoal do meio, o que berrava com o resto do time como um sargento de filme de guerra. "E quem vai me segurar?", desafiou nossa mãe. "Se a senhora não tiver juízo, eu vou", disse ele. "Homem só teve dois pra me governar, o meu pai e o seu pai. Que Deus tenha eles em bom lugar, acabou o tempo do cativeiro!" "A senhora não vai sair por aí desse jeito!", repetiu ele. Minha aflição era grande e também a curiosidade, mas eu não tinha coragem de entrar. Algo de novo no tom da voz

da nossa mãe parecia aumentar a ira dele. "Saio na hora que quiser", ela disse. "Não pode sair desse jeito, tá parecendo a Albertina", ele disse. Temi pelo que podia acontecer se nossa mãe fosse em frente. "Sou dona do meu nariz, filho que mora debaixo do meu teto e come do meu feijão...", disse. "*Teto* que meu pai comprou, e o *feijão* é uma porcaria!", interrompeu ele. Esse era bem o irmão do meio, o que tinha a mania de destampar as panelas no fogão, cheirar uma por uma e fazer cara de nojo, como o meu pai. "Teto que *seu* pai comprou com *meu* dinheiro! O que era dele ele botou fora na rua", disse ela. Imaginei nossa mãe pontuando aquele "seu pai", com o indicador da mão esquerda apontando para o nariz dele, e aquele "meu dinheiro", com a palma da mão direita estapeando o próprio peito, em desafio. Os sons do estapear o peito eu ouvi, não podiam ser de outra coisa. "*Você* não vai sair na rua desse jeito...", repetiu ele. "Dobra essa língua, moleque, vê lá como fala com sua mãe!" Mas ele repetiu o "você", em vez de "senhora" — em casa, todos chamavam pai e mãe de "senhor" e "senhora". Eu não duvidava de que ele fosse tentar alguma coisa mais destrutiva, e foi o que começou a fazer: "*Você* não vai sair na rua desse jeito, tá parecendo uma...!". Antes de completar a frase ouvi o estalo de uma bofetada, desta vez no rosto, não podia ser em outro lugar. No instante seguinte, o irmão do meio surgiu na porta, vermelho, bufando. Passou por mim como um pé de vento, me deu um esbarrão e ganhou a rua. Meus objetos se espalharam pela varanda. O irmão do meio saiu de casa naquela mesma noite e passou a morar na casa do patrão e técnico do time dele. Quando mudamos, ele não veio com a gente. Nas poucas vezes em que a gente se viu depois, ele parecia o mesmo, sempre sem lugar e pronto para pôr um ponto final no encontro...

...sem pressa, recolhi os objetos espalhados na varanda, enquanto criava coragem para entrar e ficar frente a frente com o que tinha deixado o irmão do meio tão enfurecido. Os cabelos da nossa mãe chegavam à cintura, eram grisalhos e arranjados num coque tão antigo quanto o da minha avó no retrato da sala. Seu penteado dava a ela um aspecto severo e sombrio, a cor e o corte das roupas acentuavam essa severidade. Agora, os cabelos estavam tosados tão curtos que sua cabeça parecia ter encolhido, e o pescoço e as orelhas, esticado. A palidez da nuca pelada contrastava com o resto da pele, queimada pelo sol da lavação de roupa. E não havia mais um único fio de cabelo grisalho, era tudo de um amarelo vibrante, quer dizer, não sei se aquilo podia ser chamado pelo nome de alguma cor conhecida. Além disso, usava um vestido novo, de motivos florais. As cores não eram berrantes, mas as estampas impressionavam pelo tamanho. E usava batom. Como por um passe de mágica, o ar de mulher velha e acabrunhada tinha desaparecido. Se não fosse pela falta de alguns dentes e pelas rugas em volta dos olhos, passaria por uma irmã mais velha da minha irmã. Uma espécie de claridade — é, acho que era isso —, uma espécie de claridade substituía as sombras e os tons cinzentos do rosto que eu conhecia. Com um pouco de boa vontade, lembrava até um daqueles rostos de capa da *Revista do Rádio* ou da *Cinelândia*. Por um instante, hesitei entre o fascínio e o horror, e compreendi seu impacto no irmão do meio. Ela não parecia à vontade, mas sustentou o meu

olhar de espanto com um esforço altivo. Ela tinha esse olhar sacrificial — onde mesmo vi essa expressão? —, olhar de quem dinamitou todas as pontes da retaguarda e agora não tinha outro caminho a não ser ir em frente. Foi ela quem quebrou o encantamento, me mandando ir trocar de roupa e guardar os objetos — devia estar aflita para se livrar do meu olhar e do julgamento mudo. Caminhou na direção da varanda e, sem se virar, disse que ia à alfaiataria entregar as calças. A frase que pensei foi: "A senhora não pode sair desse jeito". Ela não esperou que eu abrisse a boca e nem explicou por que ia ela mesma à alfaiataria, já que buscar as calças cortadas e devolver elas arrematadas tinha sido obrigação minha até aquele dia. Já no portão, ela disse: "Tem carta pra você"...

...*só* saí do lugar quando ouvi o portão da rua bater. Na mesa da sala, vi o envelope. A caligrafia ligeiramente inclinada para a direita e um modo próprio de dispor os selos: carta do Mário! Foi uma sensação muito estranha. De imediato, me veio a ideia da reencarnação — culpa do kardecismo da dona Olvida —, só que uma reencarnação sem pé nem cabeça, reencarnação num envelope de carta. Eu não queria, mas acabava sempre pensando nas coisas que ela tinha falado sobre o espectro do meu pai, eu ainda sentia muita raiva dela por isso. Pelo que sabia, reencarnação não acontecia de gente para objeto, mas podia estar enganado, o que sabia eu sobre o espiritismo? Fiquei matutando sobre aquilo de uma pessoa chegar pelo correio quando já não estava mais entre os vivos. Por um instante, fiquei olhando o envelope em cima da mesa, a respiração suspensa. Tentei ser racional: era comum o atraso na entrega da correspondência. Mas o primeiro desejo foi o de não tocar no envelope. Finalmente, criei coragem e coloquei o envelope no meio dos meus objetos, larguei tudo em cima da cama e saí para o quintal, como sempre fazia ao chegar do colégio...

...à noite, o grupo se reuniu. Os Russo repetiram sua arenga: seu Giuseppe não era louco, era só uma crise passageira, ele já tinha tido outras crises e melhorado; se continuasse lá é que ia acabar louco de verdade; hospício era pra dar um fim nos doentes que as famílias tinham abandonado, e não pra curar, e eles não iam abandonar o pai e tal. Eles temiam que seu Giuseppe não aguentasse por muito tempo mais. Lá eles tinham visto o inferno: homem, mulher, velho, moço, preto, branco, todo mundo de cabeça raspada e olhar perdido, esparramados no pátio, muitos deles pelados, muitos com feridas abertas, todos no meio de bosta, mijo e mosca. As descrições impressionaram o grupo. Os surtos do seu Giuseppe podiam chegar com a lua cheia e ir embora antes que ela minguasse. Ele era assim, meio espaventado, meio teatral, mas de bom coração, não fazia mal a ninguém, era incapaz de judiar de uma criação ou de um bicho do mato. Mas aí alguém lembrou, acho que de novo o Ventania — parece que os pais dele tinham uma pendenga com seu Giuseppe por causa de divisa de terras —, que daquela vez seu Giuseppe tinha passado dos limites, porque antes ele nunca tinha saído pelado na rua, dando cambalhota e mostrando o pinto e a cabelama vermelha, feito um porco duroque. Jacó mandou ele calar a boca: se quisesse ajudar, que ajudasse, se não quisesse ajudar que fosse embora e deixasse a turma tomar uma

decisão. Hugo-Só apoiou Jacó: ali ninguém era de dar pra trás nem de abandonar um dos nossos, ele disse, um tanto dramático. Ventania ficou e não deu mais palpite errado. Os irmãos expuseram, então, seu plano. Uma ideia simples, disseram...

...a torrefação de café fechava no sábado ao meio-dia e só reabria na segunda-feira de manhã. Os Russo iam pedir o caminhão da torrefação para uma excursão — a firma costumava emprestar o caminhão para as excursões do time. Eles pagariam o combustível e dariam uma gorjeta ao motorista. As despesas com comida também seriam por conta deles, ninguém ia gastar um tostão. O motorista da torrefação, além de roupeiro e massagista do time, não parecia menos maluco do que seu Giuseppe, a gente sabia que ele ia topar. A falsa partida de futebol ia ser numa cidade distante, eles inventaram uma; a saída, numa tarde de sábado; a partida de futebol, no domingo, às dez da manhã; a volta, depois do almoço, e a chegada, de noite. A primeira parte do plano não parecia ruim. Às oito horas da manhã de domingo, o manicômio abria para visitas. Os irmãos iam procurar o pai e vestir ele de soldado de polícia. A confecção da farda ia ficar por conta de nossa mãe, eles disseram, sem me perguntar se ela ia topar. A resposta eu já sabia, ela ia dizer não, porque sabia farejar confusão como ninguém, eu disse. Tinha de dizer a ela que era roupa para teatro, Adalmar explicou. Lembrei a eles que faltavam detalhes importantes: coturnos, quepe, insígnias, cinto e divisas, mas eles garantiram que eu conseguia tudo isso na casa do Mário, porque se estivesse vivo Mário não ia me recusar favor nenhum porque eu era seu protegido, Adalmir disse, era só falar com

os pais dele e tal. Desprezaram meu argumento de que os pais do Mário não iam confiar a uns malucos objetos que tinham virado relíquias. E também lembrei que uniforme de marinheiro não era igual uniforme de polícia. Eles garantiram que porteiro de hospício não sabia distinguir um marinheiro de um meganha e que porteiro de hospício era igual a qualquer cidadão, cagava de medo de gente fardada, fosse que farda fosse, que esse ia ser nosso trunfo. A segunda parte do plano não parecia boa. Olhei — acho que todos olhamos — para a cara deles: os filhos não eram menos malucos do que o pai! Em seguida, fizeram uma exposição minuciosa da operação. Imagino que devem ter planejado aquilo por dias e dias, enquanto cuidavam da lida no campo e das tarefas de casa, e não ia ser um palpite de última hora que ia atrapalhar o plano. Cada um do grupo tinha um papel na operação; se um falhasse, toda a operação fracassava, eles alertaram. Por isso, um por um teve que repetir sua parte até ser aprovada pelos irmãos. Eles tinham tudo anotado em folhas de bloco de desenho, coladas umas às outras, e um desenho do prédio, incrivelmente detalhado, com seus corredores, alas e seções, cheio de números, setas e legendas. Olhando assim, parecia coisa séria, mas essa parte do plano era ainda mais delirante do que as anteriores. Lamentaram a ausência de Tié e Taú. Com eles ia ser tudo mais fácil, porque aqueles dois não iam ficar com pergunta boba, iam partir logo pra ação, Adalmir falou, de olho no Ventania. Mas Ventania lembrou que aqueles dois só iam prestar pra avacalhar tudo, porque gente que desaparece numa viagem à toa não tem moral pra tirar ninguém da merda...

...*não* abri o envelope naquele dia. Andei com ele no meio dos objetos durante toda a semana. A ideia de reencarnação volta e meia vinha me perturbar, eu não queria pensar naquela bobagem, mas de repente eu não estava tão certo sobre espíritos e reencarnação. Bem, este é o último cartão do Mário, você pode ver que ele não tem nada de especial, o único significado especial é o de ter sido o último e, claro, sua chegada póstuma. A imagem do postal não podia ser mais convencional, ainda agora não consigo entender por que Mário escolheu esta imagem: este Cristo Redentor, braços abertos sobre a Guanabara, como na letra de música. Não sei qual é a sua opinião, Professor, não acredito que seja porque ele fosse um católico praticante — ele era — e que frequentasse a igreja e comungasse toda semana — ele ia à igreja e comungava toda semana, apesar do padre Jaime ser um merda reacionário, ele dizia. Mário costumava levar minha irmã à igreja, e não o contrário, o que soa meio estranho, afinal mulher é que é ligada nessas coisas de igreja, de misticismo, de bruxaria e encantamento. Mas também não sei dizer se foi por isso que ele escolheu a imagem do Cristo Redentor. O que posso garantir é que a estampa e o texto dos cartões tinham sempre um propósito: me dizer alguma coisa. Levei algum tempo para entender isso e posso estar enganado, mas este parece ser o único postal com uma imagem aleatória, sem um propósito. Digo isso por causa do momento em que ele postou o cartão, um tempo de muita agitação política. Já o texto é menos previsível, e revela tensão: *Rio, 24.8.1958. Caburé: Devo chegar no início do mês. Você estava certo, devia ter posto mais sentido nos marinheiros enxeridos. Por causa deles, muitos companheiros estão presos e muitos ainda vão ser. Vamos falar sobre isso quando chegar.*

Saudações libertárias. Mário. Nossa mãe perguntou sobre o envelope, respondi que eram notícias velhas. O que podia eu dizer? Ela percebeu que eu não queria falar, mas não me pressionou...

...*na* casa de Isadora, havia uma aparelhagem de som espetacular: som alta-fidelidade, rádio, toca-discos semiautomático, em que podiam ser empilhados até seis discos de cada vez. Os discos cobriam uma parede inteira de uma sala, centenas deles, música clássica, ópera e *jazz,* ordenados e etiquetados como numa biblioteca. Isadora não costumava usar a sala de música, ela tinha seu próprio toca-discos, um aparelho portátil, embutido num estojo colorido como a máquina de escrever que Mário tinha trazido para minha irmã. Foi no seu quarto e no seu toca-discos que ouvi João Gilberto pela primeira vez: "Chega de saudade". A gente tinha lido, em alguma revista que seu irmão mandava do Rio, que a divisão silábica do cantor era como a descoberta da antimatéria, que sua batida era a prova da curvatura do espaço, que sua voz era uma bofetada no senso comum, que sua interpretação era um toque de silêncio sobre a velharia reinante na música popular e que, depois dele, tudo estava condenado ao pó e à teia de aranha. Mas, para a maioria, aquela voz chocha e fanhosa, com jeito de desafinada, era uma grossa porcaria, uma bobagem sem futuro. George Gershwin aconteceu ao mesmo tempo que João Gilberto. Isadora me aplicou "Rhapsody in Blue", que a gente também ouvia sem cansar, meio possuídos, como viciados. Acho que minha mente só se abriu para coisas tão novas porque foi pelas mãos de Isadora. No tapete do seu quarto, dedos entrelaçados, olhos fechados, a gente rodopiava como Fred Astaire e Ginger Rogers pelas paredes e teto. Seu anjo barroco fingia não ver a gente sapateando de ponta cabeça, desafiando a gravidade, como lagartixas endemoninhadas...

...*Tié* contou que a viagem foi tranquila até a primeira parada, depois dela é que a coisa desandou. "Dez minutos!", o motorista anunciou. "Dez minuto!... Dez minuto!...", remedou Taú, e os passageiros riram. Tié entrou no banheiro, depois de orientar o irmão pra esperar na porta. Ele disse que não ficou lá dentro nem cinco minutos, quando voltou, cadê Taú? Tié procurou no bar, no posto e no ônibus. Nada. Fez o retrato falado do irmão. Tié, motorista e passageiros saíram à procura do Taú. Os dez minutos de parada viraram vinte, os vinte viraram trinta. A paciência do motorista acabou, ele tinha escala pra cumprir; a dos passageiros também, todos se encheram daquela história de procurar um idiota de cabeça raspada e roupa de espantalho. Tié viu o ônibus sumindo na estrada, numa nuvem de poeira. Ele ainda tinha os trocados das Irmãzinhas pro sanduíche e refrigerante e uma sacola com algumas mudas de roupa. E tinha aquele irmão retardado, perdido em algum lugar. O que aconteceu é que Taú sempre gostou de criação, e como tinha ouvido ruído de bicho ele deu a volta por trás do restaurante e saiu num viveiro gigante cheio de umas aves esquisitas; andou mais um pouco e viu, num cercado, uns lagartos grandes chamados de teiús, um casal de cutias e outro de antas; depois, viu uns patinhos soltos e quis pegar um pra ele, mas Taú já não tinha a agilidade de antes, quando era um ponta-esquerda rápido como um corisco, e os patinhos escaparam terreno abaixo. Ele correu atrás, mas os patinhos driblavam ele pra lá e pra cá. E foi assim que ele se afastou, indo dar numa baixada onde tinha um canavial e, atrás do canavial, um grande chiqueiro de porcos e, depois do chiqueiro, um açude assim de patos, marrecos e gansos...

...*quando* Tié encontrou Taú, ele subia de volta com um patinho nas mãos e a metade do corpo coberta de lama preta e fedorenta. Tiraram a jatos de mangueira de lavar carro a lama que cobria metade do seu corpo, mas o patinho não houve meio de tirarem dele. Taú ameaçou fugir para o fundo do quintal outra vez se tentassem tirar dele o patinho, que já tinha até nome, "Garrincha", por causa dos dribles e daquela ginga de corpo que pato tem que faziam lembrar o craque maior da camisa sete do time da estrela solitária. A dona do restaurante não demorou a perceber que Taú era "simples", como ela disse — aquela cabeça raspada, o sorriso de santo de gravura e o raciocínio lento —, por isso deixou ele ficar com o patinho, porque não era uma boa coisa contrariar uma pessoa "simples", mas principalmente porque Tié explicou que não tinha mais nem um puto no bolso pra pagar coisa nenhuma, o que era uma deslavada mentira, porque ele tinha, sim, só que era pra merenda da viagem. Mas agora, com a partida do ônibus, ia ficar complicado porque o dinheiro não dava pra duas passagens, não dava nem para meia passagem, e isso era verdade. Taú não entendeu a confusão que tinha aprontado e ficou repetindo que o patinho driblava como o Garrincha, "Ehh... Igual o Garrincha... Ehh...", e as pessoas achando graça do jeito dele falar. Foi depois desse acontecimento que Tié e Taú começaram a viagem de volta pra casa que ninguém, em toda a história da Vila Vermelho, jamais tinha feito e jamais iria fazer...

...*então* aconteceu aquilo. Acho que foi com o Adalmar. Era fácil confundir os Russo, eles pareciam mais gêmeos do que Tié e Taú. Adalmar era um ano mais velho do que Adalmir, acho que foi com ele, o mais velho. Na oficina do sítio, Adalmar pisou na agulha enferrujada de um fiel de balança. Foi dona Amanda, a da casa invadida por seu Giuseppe pelado, que percebeu a mudança na rotina da casa. Desde a internação, ela costumava aparecer à tardinha, quando os dois voltavam do sítio, para ver se precisavam de alguma coisa. Nunca precisavam, mas ela aparecia assim mesmo, e sempre levava alguma coisa que tinha acabado de assar, puxava conversa e consolava com versículos da Bíblia. Numa dessas visitas, dona Amanda encontrou Adalmir às voltas com emplastros e comprimidos para abaixar a febre do irmão. Adalmar variava e tinha convulsões, Adalmir não conseguia prestar atenção nas perguntas dela, como se tivesse perdido a voz como da outra vez, quando tinha ido visitar o pai no hospício. Ela contou para nossa mãe que ele tinha a cor de açafrão e que os braços e pernas se repuxavam em espasmos. Dona Amanda mandou uma das filhas chamar um carro de praça, levou Adalmar para o hospital e de lá telefonou para a tia deles, no Espírito Santo. A tia chegou dois dias depois, mas nada pôde fazer. A gente não imaginava que uma espetada no pé pudesse matar. Nessa época, pelo menos na Vila, não costumavam maquiar os cadáveres, por isso a pele do Adalmar continuou com a cor de açafrão

Acostumei a associar essa cor ao tétano, que ninguém me fale de frango com açafrão, a cor está gravada na minha memória como um luto amarelo — dizem que no Oriente a cor do luto é o amarelo, e não o preto. Ler nos gibis e ver nos filmes os norte-americanos chamando os orientais de "amarelos" passou a me provocar um sentimento ambíguo. Nossa mãe, que não parava de surpreender a gente, deixou que eu passasse a noite na casa deles. A turma toda passou a noite no velório, uns se culpando de não terem percebido o que acontecia debaixo do nosso nariz, outros falando essas coisas próprias de velório, mas todos ficaram tristes, muito tristes mesmo. Tarde da noite, Adalmir recobrou a voz. Foi um susto, porque a voz voltou assim, sem mais nem menos, do jeito que tinha ido embora ela voltou, e ele ficou repetindo que queria morrer; repetia, repetia e andava de um lado para outro, ia do corpo do irmão ao quintal, do quintal ao corpo do irmão. Passou a noite naquilo, as pessoas achando que ele estivesse ficando com os miolos moles como seu Giuseppe. Não houve nada que estancasse a falação dele, nem mesmo a promessa de irmos juntos, no dia seguinte mesmo, invadir o maldito hospício e resgatar o pai deles, numa ação fulminante que ia ficar para sempre na memória da Vila. Ao raiar do dia, sua voz era um fiapo de tanto repetir a mesma coisa. A tia vendeu tudo o que eles tinham e levou Adalmir com ela não sei bem para que lugar no Espírito Santo. Eles falavam de uma região na serra capixaba, um lugar onde só tinha descendente de imigrante italiano, mas não guardei o nome...

...entre os livros dos Russo havia um *El Ingenioso Hidalgo Don Quixote de la Mancha*, um livrão de mil páginas,

capa dura e douraduras na lombada. Seu Giuseppe gostava de reler passagens do livro e soltar suas formidáveis gargalhadas. Eu achava que nunca ia ser capaz de ler um livro daquele tamanho. A ideia maluca de sair pelado na rua dando cambalhotas devia ser o resultado das repetidas leituras que ele tinha feito daquele herói sem juízo. Eles tinham uma versão portuguesa do romance, nela a palavra "cambalhota" era "cabriola". Antes de ir embora com a tia, Adalmir me deu um dos livros, a versão portuguesa, disse que eu era o único que podia dar conta de um livro tão grande. Disse também — e nunca entendi o porquê — que eu era o Quixote da turma. Porque eu era magriço e comprido? Porque eu disse que a bugrada de nossa terra um dia ia botar os ianques pra correr? Mas quem disse isso foi o Mário, eu só repetia o que ele dizia, porque eu queria ser como ele. Para mim, o Mário é que era o Quixote. Ou, então, seu Giuseppe, ele sim um Quixote ainda mais completo porque meio patético. Eu e os Russo não chegamos a ser colegas na escola primária, só fomos colegas no curso de admissão ao ginásio. Apesar de primeiros da turma, seu Giuseppe não deixou que continuassem. Nunca entendi por que deixou os filhos fazerem o preparatório para o ginásio se não ia deixar que continuassem os estudos. Não realizamos aquela que teria sido a mais incrível de nossas ações, o resgate do seu Giuseppe do hospício. Talvez isso tivesse mudado nossa vida — talvez tivesse mudado pelo menos a minha. Nunca mais tivemos notícia do seu Giuseppe e do Adalmir. Do seu Giuseppe nem era preciso, qualquer um sabia que hospício não dava alta. Eu gostaria de saber o que foi feito do Adalmir, por onde andou nosso altivo quarto-zagueiro, o que sabia desarmar, sem fazer falta, diferentemente do meu irmão do meio, e ainda sair jogando, sem dar chutão pra frente. Adalmir, o que sabia campear, plantar, colher, limpar a casa e cozinhar. O que sabia abraçar e beijar o pai. Num tempo de vacas magras, consegui um preço razoável pelo *Engenhoso Fidalgo* — edição numerada, capa de couro, papel bíblia, ilustrações do Gustave Doré...

...*nossa* mãe ganhou novas freguesas: além da Albertina e das suas filhas, três ou quatro mulheres do bordel, mais as amigas de outras casas da zona boêmia, no entorno da estação ferroviária. Enquanto minha irmã continuava a não dar notícia das coisas deste mundo, nossa mãe parecia ter descoberto a alegria de viver. As mulheres eram devoradoras de novidades, suas roupas davam mais trabalho do que as calças que nossa mãe arrematava para a alfaiataria, mas pagavam à vista e não pechinchavam. Nossa situação mudou da água pro vinho: sem os gastos com remédios, nossa mãe renovou a roupa de cama, comprou liquidificador, panela de pressão e lâmpadas mais potentes. Passei a estudar na sala porque o quarto virou ateliê, com provador e espelho de corpo inteiro. Revistas de moda, aviamentos, moldes de papel, fita métrica, réguas e pedaços de giz colorido se espalhavam pelo cômodo. Nossa mãe me proibiu de entrar quando elas viessem provar as roupas, ela não fazia ideia de que eu conhecia a nudez de uma delas. De passagem pela sala, as mulheres me abraçavam, atrapalhavam meus cabelos, me impregnavam do seu perfume exagerado e diziam a nossa mãe que iam me desencaminhar. Ela apenas balançava a cabeça, não parecia se incomodar com as brincadeiras. A única que não me tocava era a filha da Albertina. Ela ficava a distância, de braços cruzados, e eu me sentia fulminado por seu sorriso de despeito. Albertina chamava a atenção delas, recomendava que não perturbassem os estudos do "rapazinho". Nas revistas de nossa mãe, elas escolhiam os modelos mais vistosos, mais coloridos e mais cheios de babados e decotes — nossa mãe era uma exímia replicadora de modelos de revista. Deu pra cantar, como cantava minha irmã antes de se enterrar no quarto, e costurava com o rádio sintonizado em novelas da Rádio Nacional. As novelas começavam às duas da tarde e iam até às nove da noite, com parada às seis para a "Hora do Ângelus" e às oito para o "Repórter Esso"...

...*pelo* menos uma vez por semana, eu tinha de ir à oficina e trazer notícias do irmão desertor. Eu nunca contava tudo o que se passava em casa, mas tenho certeza de que ele conseguia informações por outros meios. Ele sabia da amizade de nossa mãe com Albertina e do entra e sai das mulheres. Eu podia sentir isso por uma ou outra palavra que ele deixava escapar. Quando informei que as consultas aos espíritos e os passes do seu Tião Pé-de-Boi de nada vinham valendo contra o mal que aflige a irmã, ele disse que aquela "macumbagem" não ia terminar bem, que o caso dela era de outra natureza — ele não disse "de outra natureza", não lembro como ele falou, mas não tive coragem de perguntar o que ele queria dizer. Eu também achava que nem as sessões espíritas nem a água "fluida" da garrafa infestada da dona Olvida iam ajudar minha irmã. Apesar das consultas aos espíritos e das sessões de passes, ela ia virando uma coisinha miserável e soturna, ao contrário de nossa mãe, que parecia desabrochar, ou, como diziam as más línguas, parecia remoçar. À noite, duas vezes por semana, eu via minha irmã ser levada ao centro espírita, amparada por nossa mãe e por dona Olvida, e voltar num choro inconsolável, depois das cenas de incorporação de espíritos pelos médiuns e das sessões de passes. Falei com nossa mãe que aquilo estava piorando a saúde dela, e ela me perguntou o que é que o sabichão entendia da doutrina. Para certas situações, os estudos em vez de qualificar me desqualificavam. No caso dos espíritos, me desqualificavam. Nossa mãe deu o assunto por encerrado: "O sabichão ainda tem alguma coisa a dizer?". Compreendi que iam acabar de enlouquecer minha irmã. As imagens do seu Giuseppe, amarrado na carroceria do caminhão e enroscado no pátio do hospício, pelado, sujo, a cabeça cheia de rodelas brancas, estavam vivas na minha memória...

...*o* irmão mais velho saía e entrava sem ruído, uma habilidade que aperfeiçoou ao limite. Deve ter aprendido o silêncio com os bichos que ele tinha perdido para a dieta de proteínas do meu pai prescrita por nossa mãe. Numa noite, quando o irmão mais velho voltava da rua, nossa mãe ficou esperando e mandou que ele abrisse a boca — ela desconfiava que ele andava fumando. Ela cheirou; ele andava fumando. Ela deu uma bofetada na boca dele, ele não disse nada. De outra feita, desconfiou que ele estava bebendo. Ela esperou de novo, voltou a cheirar a boca dele; não estava bebendo. Assim mesmo ela deu uma bofetada na cara dele porque ele estava chegando tarde e continuava cheirando a cigarro. Eu sabia por que ele chegava cada dia mais tarde: não queria estar em casa, apenas isso, esperava o sono chegar matando o tempo ora numa rinha de galos, atrás da rodoviária, ora num salão de sinuca que meu pai tinha frequentado, e que eu conhecia bem de tanto vasculhar as casas noturnas para trazer ele de volta. Matar o tempo na rinha de galos era algo que nunca entendi bem, já que ele sofria com o sofrimento de qualquer bicho ou criação. Uma vez, e foi só essa vez, ele me disse que estudasse muito, que não parasse de estudar. Ao dizer isso ele parecia um bicho acuado, tinha a voz embargada e desamparo no olhar. Hoje, entendo suas palavras e sinto um frio tardio na boca do estômago: ele era jovem demais para uma desesperança tão grande. Tem gente que tem um grande talento para a desesperança, e parece tirar prazer disso, mas ele, não, ele parecia sofrer de verdade...

...se Tié e Taú tivessem feito uma média de vinte quilômetros por dia, em quinze dias teriam alcançado a Vila, descontados os primeiros 60 quilômetros de ônibus. Na versão do Tié, foram quarenta dias de estrada, desde a hora em que foram deixados no posto de gasolina até a hora em que puseram os pés na Vila. Nessa época, as estradas não eram asfaltadas, um luxo que a gente só via no cinema. A nossa era pavimentada de cascalho e saibro, o traçado cheio de curvas, o mato das margens na maior parte do ano ficava coberto de pó, como uma paisagem pintada de uma só cor. Automóvel era coisa rara, só se viam ônibus e caminhão. Os primeiros caminhões fabricados no país tinham três letras na grade do motor, FNM, as pessoas diziam "Fenemê", a fábrica era no Rio de Janeiro e a montadora italiana. Mais uma ideia do presidente que tinha prometido 50 anos em 5, o mesmo que comprou um porta-aviões de segunda mão

dos ingleses e que mandou construir uma capital futurista no interior do país, no meio de um planalto sem-fim, onde só tinha bicho, caboclo atrasado e bugre pelado. Tié carregava a sacola com os pertences, Taú seguia abraçado a uma caixa de sapatos com furos na tampa e o patinho dentro, ideia da dona do posto de gasolina. Caminhavam de tamancos, presente das Irmãzinhas, que eles não iam demorar a descartar porque as tiras iam romper. Descalços, procuravam os acostamentos e tinham de ficar ativos pra não regaçar os pés nos cristais de rocha triturada que pavimentavam o leito da estrada. Naqueles dias, a vegetação estava verde e vibrante por causa das primeiras chuvas. Pitangas, araçás, ingás, maracujás e biribás punham um gostinho de Vila Vermelho na boca dos dois caminhantes...

...*Tié* contou que seguiram calados um bom tempo, ele tinha xingado Taú por causa do pato, quer dizer, por causa do ônibus que seguiu viagem sem eles por causa do pato. Teve uma hora que Taú perguntou se Tié estava com raiva dele, mas Tié não respondeu. Dois quilômetros depois foi Tié que perguntou se o irmão estava cansado. Dessa vez, quem não respondeu foi Taú, emburrado. Mais dois quilômetros, Tié quis saber se a cabeça raspada e a cicatriz do irmão estavam ardendo, mas ele continuou emburrado. Tié tirou do bolso um lenço amarfanhado, deu um nó em cada ponta e encaixou a touca improvisada na cabeça do irmão. Pelo meio da tarde, com um calor úmido e pesado, Tié ouviu um gorgolejo de riacho no meio da mata. Ficaram de molho na água friinha até a pele enrugar, depois se esticaram numa laje pra secar. Comeram o penúltimo pão com salame e colheram ingás e pitangas. Taú abriu a caixa de papelão e deu migalhas de pão ao patinho. Para provocar o irmão, Tié falou: "Quando o patinho ficar grande, a gente vai assar ele e comer, né, maninho?". Taú fez cara de mau pro irmão e recolheu o filhote a sua caixa. Depois, ficou brincando com um talo de capim entre os incisivos cariados, Tié disse que quando chegasse em casa ia comer inhame cozido com melado de rapadura. Taú se animou: "Inhame... melado...", repetiu ele. À noitinha, chegaram num lugar por nome de Itadoalto. Eram três as cidades da serra com nome de pedra: Itadoalto, Itadomeio e Itadebaixo — o professor Raimundo "Camões" explicou que "ita", na língua dos índios, quer dizer pedra. O povo da serra tinha a fama de ter as cidades mais limpas e floridas do estado e de não gostar de andarilho. "Beira de rodovia é caminho de gente sem eira nem beira, mal inclinada e gatuna", era o que o povo de lá dizia, Tié contou. Mas Tié e Taú ainda não sabiam disso, ninguém na Vila Vermelho sabia disso. Seguiram então até a rodoviária, comeram o último pão com salame e se ajeitaram em dois bancos, pra passar a noite...

...Isadora era a minha rotina e a soma de todos os meus interesses. Nossos olhos se cruzavam no recreio, ela sorria, e eu não conseguia me concentrar nas aulas. Voltava para casa, engolia o almoço e dizia que ia à biblioteca pública. Nossa mãe não fazia perguntas, parecia enlevada pela própria metamorfose. Então, eu corria, voava para Isadora. A gente se trancava no quarto de objetos encantados e odores que me desviavam da minha realidade mesquinha. Ouvia música, conversava, passava os olhos nas matérias do colégio

e examinava o material que seu irmão mandava do Rio: livros, revistas, jornais e panfletos. A isso a gente chamava de estudar junto — para os pais de Isadora, essa devia ser a única razão dos encontros. Aos poucos, os livros e os cadernos do colégio foram sendo deixados de lado pelo "material subversivo" vindo do Rio. Seu irmão era da diretoria da UNE, uma entidade comunista, a polícia política dizia, um antro de comunistas sustentados pelo ouro de Moscou, os militares diziam, uma molecada sem juízo, brincando com fogo, o pai de Isadora dizia — ele sabia das atividades do filho. O aparelho repressor do "governo entreguista e antipopular", como seu irmão dizia, mantinha severa vigilância sobre a entidade, detinha seus líderes, invadia a sede, virava tudo de cabeça para baixo, empastelava a redação e mais de uma vez tentou pôr fogo no prédio, um casarão antigo na praia do Flamengo...

...*Isadora* falava da exploração do homem pelo homem e da sublevação dos oprimidos em escala planetária. Havia a sensação poderosa de descobrir o lado podre da burguesia nacional, parida nas entranhas do latifúndio, da monocultura e do trabalho escravo. A gente lia com urgência tudo o que caía em nossas mãos. Ela me ensinava a gramática da revolução e me beijava. Eu já não ficava paralisado quando ela tocava meu corpo com dedos e lábios inquietos. A gente ficava se olhando de perto, de muito perto, e se beijava de novo, depois de avançar mais algumas posições na luta contra a grande hidra do capital internacional e o polvo sinistro do neocolonialismo, último estágio do imperialismo. Aprendemos a abrir a boca e a brincar com nossas línguas e, então, a gente dissecava sem misericórdia a relação entre capital e trabalho. Havia uma aflição naquele beijar sem-fim, naquele se tocar e se olhar de perto, e essa aflição a gente sabia o que era. O materialismo e a dialética ampliavam nossa compreensão do mundo e afinavam nosso olhar para contemplar as feridas abertas do país. Desejo e revolução eram um só corpo, uma só matéria...

...*mas* alguma coisa estava fora de lugar: se algum de nós tinha a obrigação de não fraquejar na luta contra a opressão, esse algum era eu, que fazia parte da grande nação dos deserdados da terra, e não Isadora, que tudo tinha, terra, empresas, sobrenome e objetos de arte, a que não tinha a obrigação de mexer na porcaria da ordem das coisas porque seria o mesmo que dar um tiro no próprio pé. Mas era justamente ela que criticava o egoísmo e a covardia das elites e que punha o dedo na ferida. Ela e o irmão dela. Em silêncio, eu sentia que o único sentido da minha vida era estar apaixonado por Isadora e morrer de amor por ela e me contaminar do seu charme. Eu escondia como uma mancha vergonhosa a suspeita de que a revolução só era a minha causa enquanto Isadora fosse a minha causa. Ela tinha me explicado o que era um pensamento pequeno-burguês, e aquilo não era uma coisa bonita. Por tudo isso, Isadora e o irmão não faziam sentido para mim, eram mais incompreensíveis do que o Mário. Esse, depois de conseguir pôr o pé fora do círculo de acanhamento e de caipirice da Vila, foi atraído de volta. Quando Mário começou a se desviar do rumo e a escrever um novo diário de bordo, feito de gente feia e perdedora, eu odiei ele. Mas, pelo menos, ele era feito desse barro, Isadora não. Ela e o irmão jogavam no lixo o que a vida tinha oferecido a eles de mão beijada, e isso era indecente. A vida estava me oferecendo a sorte grande, um bilhete premiado chamado Isadora. Eu mal conseguia acreditar que era eu mesmo que passava as tardes no seu quarto e que era o meu corpo que ela tocava e que era o seu corpo que eu tocava. Acontece que eu queria ser o que ela era, e não o que ela queria que eu fosse...

...no tapete do quarto, mesmo vestidos, eu sentia a forma de suas coxas e dos seios, sentia sua respiração na minha boca e via seu rosto se tingindo de todos os tons de rosa. A lembrança das suas coxas roçando meu sexo, dos seios no meu peito e da língua se enroscando na minha me acompanhava todas as horas do dia e da noite. Ela percebia o tumulto do meu corpo e sorria, sorria sempre e me apertava ainda mais entre suas coxas e braços. Ela sussurrava pequenas obscenidades no meu ouvido e enfiava a língua na minha orelha. Teve um momento em que ela disse que queria tocar o meu sexo. Não precisei ensinar a ela tocar o meu sexo, de alguma forma ela já sabia, seu toque era natural e ritmado. Eu ficava desconcertado porque ficava todo molhado, mas ela se encantava com meu gozo. Com ela, venci a barreira do contato físico. Depois, Isadora me ensinou a tocar seu sexo, conduzia minha mão com desenvoltura e isso me excitava de uma maneira absurda. Quando ela gozava, me implorava que fizesse sexo "de verdade" com ela. Pedia de todos os jeitos que eu metesse nela, dizia coisas que eu não acreditava que pudessem sair da boca de uma garota, porque eu ainda desconhecia a aflição infinita que podia ser

o gozo de uma mulher. Eu queria entrar nela, mas me continha, não sei explicar como, mas me continha. Na lógica da rua, engravidar uma menina rica significava futuro garantido. Mas minha contenção contrariava a lógica de que Isadora era o meu bilhete premiado. E ela me provocava, me desafiava, mas eu me continha...

...*mal* podia acreditar que tudo aquilo estivesse acontecendo comigo, e que Isadora, objeto de desejo de todos, fosse a Isadora real e encarnação das minhas mais desmedidas fantasias. Quando voltava para casa, eu tinha o corpo lasso, ainda impregnado de seus cheiros, e um sentimento me agoniando: a volta para o meu lugar mesquinho, a rua mal-iluminada, os sapos e grilos da Vila, minha pobre casa... Eu sentia então um vago medo do futuro, como um fantasma me espreitando. Num dos encontros, falei de minha preocupação pelas tardes no tapete do seu quarto, mas ela me tranquilizou, garantiu que não havia motivo para preocupação, a empregada só aparecia na hora marcada, o pai só voltava no final do dia e a mãe não se interessava por nada que não fossem seus livros, seus discos de *jazz* e comprimidos. Além disso, sua mãe só conversava com seu pai, nunca com ela, Isadora disse...

Sexto dia, à tarde

...*"Horra* de levantar!" — o homem tinha sotaque de alemão de filme de guerra, era enorme pra cima e largo pros lados, tinha bochechas de tomate maduro, cabelos de boneca de milho e olhos azuis como bolas de gude. Tié contou que o grandalhão chutava como zagueiro de time de várzea e que, na botina que acordou os dois, cabiam os pés do Tié e do Taú, juntos. Melhor era levantar logo e manter as canelas longe daquela coisa grande e nervosa. "Deus ajuda a quem cedo madruga!", o grandalhão disse. Tié só entendeu o que estava acontecendo quando o homem repetiu a palavra "trabalho" e fez sinal de dinheiro com os dedos indicador e polegar. Antes que ele usasse de novo a botina, Tié disse "sim, senhor, é com nós mesmo". Subiram num jipe e rodaram 3 quilômetros até um sítio. A casa principal era um "vê" maiúsculo de cabeça pra baixo, o telhado quase tocando o chão. A frente tinha uma porta grande e duas janelas com jardineiras. Acima da porta, dois balcões com mais jardineiras. Do telhado, saíam umas janelas que pareciam casinhas de brinquedo, Tié nunca tinha visto janela daquele feitio. Até onde a vista podia alcançar, o sítio parecia um parque: gramados sumindo de vista, fileiras de pinheiros dos dois lados da trilha principal e canteiros e mais canteiros de hortênsias de tudo quanto era tom de azul. Na primeira luz da manhã, aquilo não era uma cena feia de se ver, Tié contou...

...***Isadora*** me esperava com um disco de boleros. "Agora você não tem mais desculpas", disse ela. Eu não sabia dançar, essa era a desculpa que eu vinha usando para não sair com ela nos fins de semana, mas a falta de roupas é que era o verdadeiro motivo, e isso eu não ia dizer. A situação me constrangia mais do que a falta de dinheiro. Nos sábados e domingos, depois da sessão de cinema, a garotada se encontrava para dançar, beber cuba-libre e hi-fi, fumar escondido na varanda e dançar de rosto colado, os corpos se roçando. Essas "horas dançantes" aconteciam nos fins de semana na casa de algum deles. O ritmo mais fácil de dançar era o bolero: dois-pra-lá-dois-pra-cá. Em nossa casa, não se dançava — nunca me canso de lembrar que em nossa casa não se jogava, não se bebia, não se ouvia música alto e não se tocava. Na cabeça de nossa mãe, a dança era a soma de todas essas proibições, por isso não se dançava. Isadora ligou o toca-discos, pegou minha mão esquerda com a direita e apoiou o braço esquerdo no meu ombro. "Dois pra lá, dois pra cá", disse ela. "Dois pra lá, dois pra cá", ela me conduzia. "Dois pra lá, dois pra cá", eu tentando mentalizar. No começo, não sabia no que me concentrar, se nos meus pés, se nos pés dela, se na música... Já na segunda música, Isadora disse que eu estava pegando o jeito. Na terceira, ela apenas ria e me olhava surpresa. Na hora, pensei no meu pai. Meu pai, sim, sabia dançar. Nossa mãe dizia que ele dançava como um bailarino porque praticava todas as noites com as vadias...

...**"O** trabalho é simples, até *um* criança pode fazer", falou o homem. Tié contou que o trabalho era coletar borboletas, borboletas azuis, só serviam as azuis. E *"fifas*!", o homem queria elas *"fifas*!", Taú arremedou. Na Vila, os meninos brincavam de pegar borboleta, só que na Vila elas eram amarelas e não serviam para nada. Tié nunca imaginou que alguém pudesse ganhar dinheiro pegando borboleta. "Vivendo e aprendendo", disse ele — ele gostava repetir. Café da manhã às sete, almoço ao meio-dia, janta às seis e cama às oito. Uma rede de filó, na forma de um coador de café gigante, e uma gaiola de tela fina, era esse o equipamento de trabalho. "Agora é a estação delas", disse o homem. O nome dele era "Chutes"*,* seu "Chutes", foi o que Tié entendeu. "Vai ver é por causa das botinas enormes e dos pontapés", disse Tié. Quando o homem não estava por perto, os empregados chamavam ele de seu "Chucrutes". Os dois não sabiam o que o apelido significava, por isso não acharam graça. Seu Chutes não tocou no assunto de dinheiro, mas não era só por causa do dinheiro que ninguém parava no serviço, era por causa dos gritos e dos pontapés que ele gostava de dar em empregado burro e preguiçoso, eles ficaram sabendo. O homem ficava vermelho como um pimentão maduro e gritava *Ártun! Ártun! Chuínque! Blederrunde!* Afora isso, o serviço era até divertido. Mas, na Vila, ninguém podia ficar sabendo dos dois marmanjos correndo pela ravina, saltitando atrás de borboletas, tinha recomendado Tié a Taú. Mas foi o próprio Tié que acabou contando tudo e rindo a valer da situação. Aí, ele apontava Taú e dizia que tinha sido ideia dele, e o bobalhão respondia: "Eu não... Eu não...". Eram tantas e tão azuis as borboletas do sítio do seu Chutes que mais pareciam pétalas de hortênsias soltas ao vento, disse mais ou menos assim Taú, que parece ter ficado meio lírico e com pena de bichos, depois da tijolada na cabeça. A parte ruim do serviço era justamente a captura das borboletas, que eram mais bonitas voando, ou pousadas, abrindo e fechando as asas, disse Tié. Eles só paravam quando seu Chutes tocava um apito, que podia ser ouvido do outro lado da colina. Pra comer e pra dormir também era com o apito. Os empregados mais antigos diziam que era apito de adestrar cachorro, o dono tinha uma dúzia de cães pastores. Mas podia também não ser pra adestrar cachorro, podia ser apito de convés de navio, diziam que ele tinha sido oficial da marinha alemã, na Segunda Guerra. Apito de futebol é que não era, porque esse Tié conhecia muito bem...

...*De* uma viagem ao Rio, Albertina trouxe para nossa mãe uma capa de chuva com capuz, um par de botas de cano curto e uma sombrinha. Material impermeável, tudo amarelo, *Made in Danmark*. Até aquele dia, ninguém tinha visto nada igual na Vila, um conjunto feito de um material tão diferente, e — surpresa —, na descarada cor das borboletas que coloriam as areias do rio Vermelho. Na frente do espelho, onde as mulheres provavam as roupas, ela pôs a capa, calçou as botas e abriu a sombrinha. Virou para um lado, virou para o outro, cobriu a cabeça com o capuz, deu um passo atrás, deu um passo à frente, ao som rascante daquele material novo. Albertina acompanhou a operação, tirando baforadas da piteira, uma haste de madrepérola, que prolongava até o infinito a brancura do cigarro, um desses badulaques que davam um ar de sofisticação e luxúria às heroínas dos filmes. Cada pose da nossa mãe era pontuada por uma baforada e uma gargalhada rouca da cafetina. Em toda minha vida, acho que jamais vi nossa mãe tão contente. E não parecia envergonhada de estar contente — a cada dia, parecia menos envergonhada de estar contente. Acho que o desejo dela era sair de casa e atravessar a Vila nos trajes de chuva. Duas semanas depois, ao primeiro sinal da estação das chuvas, com lufadas de vento, pancadas rápidas e o cheiro de poeira molhada, nossa mãe inventou uma compra de aviamentos e se abalou pela Vila, como uma vela de fragata, insuflada mais pelo vento do que pela chuva fraca. As pessoas da Vila puderam assistir àquela aparição amarelo-solar, um escândalo, devem ter pensado. Fui até o portão ver nossa mãe ganhar a rua e se afastar, ainda pouco à vontade, no esplendor das suas vestimentas. Vi Albertina com sua piteira de madrepérola acenando do alto da varanda...

...Tié contou que trabalhava pelos dois na captura de borboletas, porque Taú se aborrecia depressa, se distraía por qualquer bobagem e já não tinha a antiga destreza. Tié deixava o irmão na sombra com uma das gaiolas e ia à caça. Às vezes Taú cochilava, às vezes chamava pelo irmão, às vezes chorava de saudade de casa. E tinha aquele ar de beatitude, o sorriso idiota que não largava a cara dele e que lembrava

a imagem do São Francisco da igreja da Vila. No primeiro dia de coleta, ele abriu a gaiola que Tié tinha deixado sob sua guarda, e as borboletas voaram uma a uma. Tié teve de explicar ao irmão que ele não podia soltar as borboletas, seu Chutes não ia gostar de saber que havia um amigo de borboletas no seu sítio e que ninguém ia querer ver o alemão berrando: "*Ártun! Chuínque! Blederrunde!*". À tardinha, seu Chutes fazia a conferência da coleta do dia. Ele dizia "*Pom, muito pom!*". Depois, passava as borboletas para um viveiro grande como uma casa. Tié explicou que o nome do viveiro gigante era "borboletário" e que era feito de tubo de ferro e tela de arame de trama tão fina quanto a das gaiolas. Dentro do borboletário tinha umas plantas e nas plantas tinha cachos e mais cachos de lagartas — Tié não falava "lagarta", mas "largata". Ele achava que lagarta era um bicho nojento e até aquele dia nem ele nem Taú sabiam que lagarta virava borboleta, foi seu Chutes que explicou. Tié contou que o homem ainda disse: "Brasileiro é ignorante, brasileiro não conhece a própria natureza". Tié disse que só resmungou: "Vivendo e aprendendo". Perto do borboletário ficava a oficina do alemão, um galpão com jeito de laboratório de cientista louco, era nele que seu Chutes trabalhava, depois que o último apito impunha silêncio no sítio. Na sua propriedade, que cada um cuidasse da sua obrigação, ele tinha alertado, e que ninguém metesse o nariz onde não era chamado, ele tinha ameaçado...

...Isadora quis que eu visse seu biquíni, mais um dos tantos presentes que ela vivia ganhando. Biquíni não era novidade, eu já tinha visto no cinema, na revista *O Cruzeiro*

e nas revistas de moda de nossa mãe. Diziam que nas praias do Rio era a última moda. No clube do bairro do Alto, seu uso tinha sido proibido e depois liberado, Isadora contou. Eu disse que ela não ia ter coragem de vestir aquilo, mas ela disse que não só tinha coragem como eu ia ser o primeiro a ver. Eu ri, eu nunca ia poder ver ela de biquíni porque não era sócio do clube, mas ela disse que não era preciso ser sócio do clube. Perguntei como isso era possível, ela explicou que ia vestir o biquíni ali mesmo. Eu disse que não era uma boa ideia, ela riu. E se a empregada batesse à porta, e se sua mãe aparecesse, e se seu pai chegasse? Ela riu ainda mais. Sua falta de noção de perigo tirava o meu fôlego e isso parecia deixá-la ainda mais excitada. Hoje, me pergunto se o pudor excessivo, a restrição ao contato físico e a rigidez moral de nossa mãe não travaram minha compreensão do mundo. Penso nisso toda vez que lembro a quantidade de coisas que Isadora sabia, a rapidez de seu raciocínio e o senso de humor ágil, quando comparados com meu tempo de reação, lento. Eu nunca conseguia ficar totalmente relaxado no seu quarto, estar com ela era um sentimento ambivalente: desejo e medo, desejo e vergonha, desejo e contenção... Ela entrou no toalete e pôs o biquíni...

...cinco dias de coleta de borboletas e de comida esquisita, cinco noites em enxerga de palha, cinquenta horas de trabalho, cento e cinquenta silvos de apito... Tié contou que, desde o primeiro dia, o bichinho da curiosidade vinha soprando bobagens no seu ouvido: as borboletas, o galpão misterioso e o trabalho secreto do seu Chutes. Na noite do quarto dia, antes do último toque de recolher e dos cães de

guarda serem soltos, Tié pôs Taú pra dormir, esgueirou-se até o galpão e subiu no sótão por uma escada externa. O homem entrou, pôs um jaleco branco, tirou as borboletas da primeira gaiola e espetou uma por uma numa tela branca. Quando pararam de se debater, ele pôs uns óculos parecidos com aquelas geringonças de relojoeiro e com uma pinça ele arrancou asa por asa dos corpos sem vida, e mergulhou a ponta do lado arrancado no líquido de um grande frasco. Depois, estendeu as asas sobre um lençol branco debaixo de uma luz muito forte. Numa mesa maior, havia bandejas, pratos e quadros decorados de paisagens feitas de asas de todos os tamanhos e tons de azul. Tié disse que pensou: "Vivendo e aprendendo!". No chão, caixas de pinho, pilhas de serragem e de fitas de madeira para embalagem. Na noite do quinto dia, Tié esperou seu Chutes terminar o serviço, apagar as luzes e se recolher. Aí, ele pegou a sacola com seus pertences, uma outra com batatas e pedaços de carne cozida, poupados das refeições do dia, e acordou Taú. Tié teve dificuldade em acordar e arrastar o irmão e sua caixa de sapato. Antes de ganhar a estrada, escancarou a porta do borboletário. Não teve problema com os cães, eles já não estranhavam o cheiro e os movimentos do novato que todo dia jogava pedaços da carne cozida pra eles. Pela manhã, ao primeiro sol, centenas de asas azuis iam planar livres de novo sobre canteiros de hortênsias e verdes ravinas. Na saída do sítio, sob o pórtico de ferro forjado, numa placa de madeira pintada de vinhetas florais e borboletas, onde se lia "Recanto das Hortênsias", Tié deu um tapa na cabeça raspada do irmão: "Tá passando da hora de voltar pra casa, né, seu macaqueiro?". Ainda sonolento, Taú arremedou o irmão: "...voltar pra casa... macaqueiro...". Do lado de fora do pórtico, Tié fez um gesto na direção do parque do seu Chutes: "Tó, procê, alemão azedo!"...

...*Isadora* saiu do toalete de biquíni, vi seu corpo de um jeito que ainda não tinha visto — é verdade que os biquínis não eram isso que são hoje, duas tirinhas de pano. Na hora, me lembrei da vez em que vi a filha da Albertina nua, sem roupa elas deixam de ser meninas e viram mulheres. Esse é o seu segredo, diferente dos meninos, com seus músculos indefinidos, seu corpo anguloso e desengonçado. Não sei por quê, ao ver Isadora de biquíni me veio a lembrança de que fazia tempo a gente não abria um livro, nossos assuntos eram apenas cinema, música e política, nunca as matérias do colégio — e o tempo todo Isadora insistindo para a gente sair do tapete e ir para a cama. Eu andava tenso, em vez de me concentrar no que a gente fazia eu me concentrava no que acontecia fora do quarto — ruídos de passos, vozes, sons de objetos... Ela não perdia nenhum dos meus gestos, nem meus lapsos de atenção. "Não te entendo. Se a gente for apanhado, tanto faz estar na cama ou no tapete", me provocava ela. E mais de uma vez ela descolou a boca da minha e pediu para eu prestar atenção, dizendo que minha língua e meus lábios estavam distraídos. Eu tinha consciência de que vigiar os ruídos fora do quarto era um desperdício de tempo, e talvez um esforço desnecessário, já que não parecia existir vida naquela casa-labirinto, mas eu não conseguia evitar. Nos últimos dois meses, a gente tinha relaxado de vez com trabalhos e provas, tudo era pensado só na última hora. Por isso, em vez de elogiar o biquíni, ou ela de biquíni, eu disse que fazia tempo que a gente não estudava. Ela riu, disse que eu era um cagão, me abraçou e me arrastou para o tapete, vestida como estava. Nesse dia, ela gritou, não gemeu como costumava fazer, ela gritou. Isso me assustou, e só quando ela trocou de roupa de novo eu consegui relaxar. Vieram então as últimas provas bimestrais e nossas notas despencaram...

...*em* meia hora alcançaram a rodovia. Um nevoeiro súbito começou a cobrir a estrada e a paisagem em volta. Um luar de filme de lobisomem boiava no alto do nevoeiro. A temperatura caiu de repente. Tié contou que ele ia na frente e Taú a uns dez passos atrás, resmungando, abraçado à caixa de papelão. De vez em quando, Tié chamava: "Caminha, Taú!". Já tinham feito coisa de uma légua quando Tié parou e apurou os ouvidos, pôs a mão em concha num ouvido: ouviu, ouviu e voltou a caminhar. Mais um pouco, parou de novo. Chamou o irmão, dessa vez Taú não resmungou. Ficaram juntos, quase abraçados. Apuraram o ouvido: agora, sim, dava pra ouvir voz de gente, tropel de animais e grunhidos de porcos. Seu Chutes não podia ser, Tié pensou, o homem tinha cães, não porcos. Logo à frente, onde a estrada fazia uma curva, três cruzes enfeitadas de papel crepom indicavam o lugar ou de algum acidente fatal ou de alguma morte matada. Os dois tremeram e se juntaram ainda mais. Naquele ponto da curva, o rumor aumentou, ganhou corpo e cresceu na direção deles. Por causa do nevoeiro, não era possível divisar vulto algum, só a latomia de gente e bicho. Foi o tempo do Tié puxar Taú pra fora da estrada e a coisa passar, tensa, apressada e invisível. Não era algo que um filho de Deus pudesse ver ou pegar, como gente ou bicho de carne e osso; uma coisa era certa, deste mundo é que aquilo não era. Tié sentiu o corpo inteiro se arrepiar como um rabo de caxinguelê. A comitiva dos infernos passou por eles, rompeu na direção de Itadoalto e foi tragada pelo nevoeiro. Assim que o escarcéu sumiu na treva que o pariu, Tié puxou Taú pelo braço, e pernas pra que vos quero! Dessa vez, não precisou cobrar pressa do irmão...

...*Tié* contou que fizeram 18 quilômetros naquela noite, 18 quilômetros, foi o recorde deles nos quarenta dias de estrada. Taú choramingava e pedia pra descansar, Tié dizia que seu Chutes estava atrás deles, que seu Chutes tinha cães pastores, que seu Chutes... Conversa fiada, o medo do Tié era de outra coisa, mas disso ele não queria falar, dizem que a palavra atrai coisa ruim, ele acreditava nisso de verdade. Chegaram a Itadomeio o dia amanhecendo. Itadomeio é parecida com Itadoalto e com Itadebaixo, só que fica no meio. Lá também eles têm plantações de morango, bosques de pinheiro, moitas de hortênsia e casas com o telhado em "v" maiúsculo de cabeça pra baixo, como no sítio do seu Chutes, quem sabe até de parentes dele, quem sabe até de coletores de borboletas. Tié achava que não era uma boa ideia parar em Itadomeio, que o grandalhão devia ter amigos ali, mas mudou de ideia por causa do corpo enregelado do irmão. Mesmo com medo, rumou pro centro da cidade. Tinham feito uns cento e poucos metros quando Tié divisou a placa: "Conferência de São Vicente de Paulo": "Pronto, maninho!", disse ele, "Café quente e pão com manteiga". E, com um pouco de sorte, pouso por um ou dois dias, ele pensou. Mas não bateu à porta porque era muito cedo, ainda escuro, era melhor esperar sinais de atividade do lado de dentro...

...*mas* foi um jipe da polícia que deu sinal de atividade. Primeiro, passou direto e virou a esquina. Depois, voltou e parou. O que estava no banco do passageiro desceu e pediu documento, mas eles não tinham documento. O que estava no volante disse que naquela cidade não queriam saber de andarilho, Tié falou que eles não eram andarilhos. Taú só olhava. O que pediu documento disse que eles tinham cara de safado e de vagabundo, Tié disse que eles não eram safados nem vagabundos. E estendeu as palmas das mãos pra mostrar os calos. O que estava no volante disse que ele tinha língua de respondão, Tié disse que não era respondão. O que pediu documento disse que iam levar eles pra averiguação, Tié não disse mais nada. Na delegacia, um terceiro que devia ser o chefe deles começou a fazer pergunta atrás de pergunta, que os outros dois repetiam aos berros: nome, endereço, profissão, documento... Nome, endereço, profissão, documento... Tié e Taú não conseguiam terminar a resposta porque os dois ajudantes interrompiam aos gritos, "fala direito, muquirana!", "cala a boca, safado!", e enchiam a cara e as orelhas deles de bofetada. Teve uma hora em que os homens cansaram de gritar e de dar bofetada. Foram pra um canto beber o café novo que a cozinheira tinha acabado de fazer. Eles fumavam e conversavam em voz baixa. Depois voltaram; ficou decidido assim: Taú ia ficar de fora das bofetadas por causa do patinho na caixa de papelão, da cabeça raspada, da cicatriz de quinze pontos, do vermelho de mercúrio cromo e do choro de bezerro desmamado que ele fazia a cada bofetada; iam dar só no respondão, o que parecia ser o mais ladino dos dois. Levaram Taú pra outra cela, longe do Tié, pra ele não encher o saco. Aí, o chefe deles teve uma ideia: "A mulata, cadê a mulata?". Trouxeram a "mulata", uma tira de borracha de pneu. Deram com a tira de borracha de pneu na sola dos pés dele até um dos homens perguntar pro chefe se o corretivo não estava de bom tamanho, já que os andarilhos não tinham roubado nem matado. O chefe perguntou se ele queria conhecer a mulata no lugar do meliante. Todos riram muito e continuaram a dar com a "mulata" na sola dos pés do Tié até que o chefe enjoou daquilo e mandou que tirassem aquele traste das suas vistas. Antes de arrastarem os dois de lá, o chefe disse pra um Tié meio desfalecido: "O corretivo é pelas borboletas do Chucrutes, seu moleque". Mas Tié estava sem forças pra responder. "O alemão tá uma arara, seu bosta, telefonou pro posto, no meio da noite, pedindo o couro dos dois. Dá graças a Deus pelo corretivo maneiro, porque aqui ninguém topa aquele alemão filho da puta..." O nome do homem era Schultz, Hermann Schultz, não esquecessem aquele nome e sumissem da vista deles. Arrastaram os dois até o jipe, tocaram pra Conferência de São Vicente de Paulo, despejaram os trastes no degrau e bateram à porta. Veio uma mulher e depois mais outra e carregaram Tié pra dentro, porque ele não dava conta de ficar em pé. Taú ganhou café com leite e pão com manteiga, e Tié teve de ser medicado, o nariz e os ouvidos não pareciam bem, os pés estavam roxos e cresciam feito massa de pão com fermento. A mulher trouxe uma bacia com água, sal grosso e vinagre pra ele mergulhar os pés. Os ouvidos zumbiam e do direito minava sangue, mas Tié não ligou pra isso porque o que arde cura, o que sangra depura, o pai dele dizia. A mulher trouxe um médico, ele disse que Tié ia ficar surdo de um ouvido, mas que o resto ia ficar bom. Por causa desse imprevisto eles passaram sete dias no meio de velhinhos caducos, doentes sem esperança e doidos mansos. Na hora do banho de sol, enquanto Taú entretinha os internos com o patinho, Tié não dava um pio, ele passou o tempo todo sonhando com a volta pra casa e matutando um jeito de ir à forra. No dia da partida, ganharam provisão, dois pedaços de oleado pra chuva e umas alpercatas ainda em bom estado...

...*eu* ia à casa de Isadora de uniforme. Se durante a semana o uniforme do colégio era uma espécie de identidade e salvo-conduto, nos fins de semana era atestado de pobreza. Isadora não sabia que esse era meu motivo para não sair com ela. Ela acreditava que o verdadeiro motivo era não saber dançar. Por isso achou que tinha resolvido o problema: "Agora você não tem desculpa, já sabe dançar". Eu disse que ainda não dançava direito, ela não aceitou: "Ah, não! Não tem mais desculpa". Criei coragem e revelei o verdadeiro motivo: eu não tinha roupa apropriada. Isadora disse que não era verdade, que tinha me visto no cinema com os amigos: "E você parecia estar usando roupa apropriada, sim". Não era verdade, eu ia ao cinema de calça do uniforme e uma camisa herdada do irmão do meio — eu tinha duas calças de uniforme, um luxo nas nossas condições, e eram as únicas apresentáveis. Isadora insistiu que eu parecia muito apresentável. Respondi que sair com a turma era uma coisa, sair com Isadora Vidgeon Vignoli era outra. "Você sabe que isso não tem importância pra mim." "Não tem importância porque não é com você." "Pra mim roupa não é importante." "Pra você é fácil falar." "Isso só existe na sua cabeça..." Isadora usou de todos os argumentos, mas não cedi. A falta de roupa me constrangia de verdade, constrangimento era uma coisa que ela não entendia, nisso eu era um campeão, a roupa revela ou disfarça a condição social da pessoa, roupa e sapato. Isadora tentou um último recurso: sábado e domingo eram os dias de cinema, de *footing* na praça e de hora dançante, ela queria sair comigo, ser vista comigo, andar de mãos dadas comigo e dançar comigo como uma garota normal. "Você não é uma garota normal", falei. "Você também não é um garoto normal. Você é um menino-bobo" — eu entendi "menino-lobo". Isadora riu, eu também ri, mas não cedi. Isadora disse que ela, então, ia vir à Vila — ela não estava brincando. Recusei, é claro, disse que a ideia era absurda, que a Vila era uma roça, que as casas tinham cercas de bambu cobertas de ramas de chuchu e de plantas baldias; à noite, a gente não tinha o que fazer, então falava de filme de pirata e de futebol, sentado no meio-fio, debaixo de um poste de luz fraca como uma lamparina, que atraía uma multidão de insetos, insetos que atraíam uma procissão de sapos, sapos que atraíam cobras, cobras que a gente matava a pedradas e depois jogava uns nos outros para se divertir... Não, ela não podia vir, minha vergonha ia ser maior do que a falta de roupa. Esse impasse vinha me impondo longos e estúpidos fins de semana sem Isadora. Eu tinha vontade de ir à praça em segredo para espionar, era um sentimento ambíguo: eu desejava e ao mesmo tempo tinha medo de flagrar ela com seus pares, rindo e se divertindo. Eu não conseguia evitar a ideia de que ela só me acolhia por uma excentricidade de menina rica ou por um capricho passageiro..

...iam seguir na direção de Itadebaixo, que é parecida com Itadomeio e Itadecima: as mesmas chácaras, os mesmos colonos de cabelos cor de palha e olhos azuis... A diferença é que a cidade de baixo fica no sopé da serra, vinte e quatro quilômetros abaixo da cidade do meio. Mas antes mesmo de ganhar a estrada e deixar aquele lugar infeliz, avistaram o jipe da polícia. Foi o Taú que teve a ideia: botar areia no tanque de gasolina; bastava um punhado, um punhadinho só — pra isso a cabeça atrapalhada do Taú ainda prestava. O veículo estava parado na frente de um bar, na rua da Conferência de São Vicente de Paulo. Quando a brincadeira fosse descoberta, os dois iam estar de papo pro ar nas areias quentes do rio Vermelho, pés descansando na correnteza friinha, um talo de capim enfiado entre os dentes. Foi fácil botar areia no tanque do jipe sem serem vistos, os policiais bebiam e davam risadas com umas mulheres. Por causa dos pés ainda doloridos do Tié, a caminhada pouco rendeu, tinham de parar a cada quilômetro pra ele colocar os pés pra cima e ficar de olho na estrada, prontos pra se embrenhar no mato, sempre que ouviam o ronco de motor. Mas o jipe da polícia nunca apareceu. No fim do dia, tinham feito uns magros 12 quilômetros. Passaram a noite numa gruta que tinha uma imagem de São Cristóvão, tocos de vela, cera escorrida e flores murchas, parecia capela de velório. Acordaram com a luz do dia na barra do céu. O ritmo continuou lento, só alcançaram Itadebaixo no meio da tarde. Evitaram a rodoviária pra não ser acordados a pontapés por algum grandalhão de cabelo cor de boneca de espiga de milho, evitaram a Conferência de São Vicente de Paulo pra não cruzar com a lei. Passaram a noite debaixo de uma ponte, na saída da cidade. Na cabeceira da ponte, a placa: "Ponte sobre o

rio Varjão". Pouco a pouco, aquele riacho ia receber outros riachos e virar um rio grande; o nome "Varjão" era por causa das várzeas. O gorgolejar do riacho trazia lembranças do rio Vermelho. Tié mergulhou os pés na corrente gelada, sem vontade de conversar: "'Varjão', nome feio... 'Vermelho', nome bonito", disse Taú. "É... Hum...", resmungou Tié. "'Varjão', nome feio... 'Vermelho', nome bonito", repetiu Taú, impaciente. "Tá bom, tá bom: 'Vermelho' é nome bonito... Agora dorme, tem que dormir pra acordar cedo", disse Tié, fingindo que era só isso que tirava sua vontade de conversar. "... Voltar pra casa... macaqueiro...", disse Taú. "Isso, isso. Tá passando da hora de voltar pra casa, seu macaqueiro... Agora dorme", repetiu Tié. "Há, há, há!...", fez Taú, feliz pela esperteza de lembrar a fala do irmão. Depois, conferiu a caixa com o patinho, engrolou umas palavras, se enroscou no irmão como um filhote de cachorro, suspirou fundo e dormiu...

...a simpatia pelo proletariado era um desses caprichos de Isadora — "proletário" foi outra palavra que ela me ensinou. Perguntei se eu era proletário, ela disse que eu não era proletário, que minha família não era proletária. E teve a delicadeza de não lembrar que éramos latifundiários falidos. Aliás, nunca discutimos esse ponto da gramática revolucionária e da minha identidade, porque evitei o assunto de todas as maneiras. E também não cheguei a espionar seus fins de semana, mas a cada segunda-feira eu submetia Isadora a interrogatórios para saber se ela tinha saído, com quem tinha saído e aonde tinha ido. Ela me examinava de uma maneira curiosa, era nisso que eu ia pensando enquanto seguia

para sua casa. Finalmente, eu tinha uma boa notícia: a gente ia poder se ver nos fins de semana, nossa mãe tinha me dado roupa nova: calça de linho e camisa, e também cinto e sapatos. A camisa ela mesma tinha feito, ela disse, mas eu sabia que não era verdade, Albertina tinha trazido do Rio, só não sei dizer se por encomenda de nossa mãe ou por iniciativa da cafetina. Ela mentiu, eu sei, com medo de que eu não aceitasse o presente. O mais certo é que foi a costura para as mulheres da casa da Albertina e para suas amigas que me vestiu. Finalmente, nossa mãe parecia despreocupada das pequenas misérias do dia a dia...

...Tié contou que teve um sonho. Era no tempo da guerra da Coreia, e ele tinha entrado para a Marinha de Guerra. Os amarelos queriam invadir um país livre e impor a ferro e fogo seu mundo sem Deus e sem propriedade — a gente tinha visto um filme assim, no Imperial. Os amarelos perseguiam padres e freiras — mas isso quem falou foi o padre Jaime, que apareceu no sonho vestido de capelão do exército, só que com um saiote escocês; os comunistas prendiam sem julgamento, torturavam para arrancar confissões e mantinham prisões secretas — isso não apareceu no sonho do Tié, mas nas *Seleções do Reader's Digest*, que o padre Jaime assinava e costumava usar nas suas prédicas. Então Tié foi lutar contra os amarelos, que eram também vermelhos porque comunista é vermelho. O encouraçado dele era uma canoa de índio, só que uma canoa de filme de índio, muito elegante, com pintura de guerra e feita de casca de uma árvore que só existe nos bosques dos filmes de índio americano. A partida foi de um cais do rio Vermelho,

onde as pessoas acenavam com bandeirinhas dos Estados Unidos e do Brasil. A cada remada a canoa dava um salto de mil quilômetros. Com dez remadas, Tié chegou à Coreia. Os caubóis e os super-heróis esperavam por ele no cais do porto, e o cais do porto era o adro do Cine Imperial. Aí, Tié começou a combater os amarelos vermelhos: ele atirava de arco e flecha, e os inimigos atiravam de canhão. As flechas não penetravam o couro dos amarelos porque elas eram de borracha, mas as balas dos canhões deles atingiam seu peito e ele caía pra trás sem fôlego. Os caubóis e os super-heróis riam das suas flechas de borracha que não fincavam e do seu arco flácido que fazia *tzoing!... tzoing!...*, como corda de violão frouxa. Eles riam das suas pernas curtas, da sua cabeça grande e do pescoço curto e nada faziam pra ajudar ele contra os amarelos vermelhos que vinham em ondas, com uma folha de inhame na cabeça no lugar do capacete, como formigas cabeçudas que atacam uma laranjeira. Aí, ele foi preso e torturado. Primeiro, tortura apache: davam lambadas com tiras de pneu nas solas dos seus pés, e seu irmão Taú gritava: "Rio Bonito!... Rio Feio!... Rio Bonito!... Rio Feio!...". E o patinho, em vez de grasnar como grasna um pato, imitava a voz do Pato Donald: "Esfola ele!... Esfola ele!...". Depois, foi tortura chinesa: eles derramavam água por sua goela abaixo com um funil gigante e faziam cócegas nos seus sovacos até ele mijar de tanto rir. Aí, ele mijou de verdade e acordou...

...eu estava ansioso para dar a notícia a Isadora. Meu desejo era ir correndo, mas me contive porque desde o primeiro dia percebi que suores e odores eram inapropriados

naquela casa. A qualquer hora do dia, a aparência deles era limpa e fresca, como se tivessem acabado de sair do banho. Isadora nunca repetia a roupa da véspera, e não duvido que tivesse cinco conjuntos de uniforme, um para cada dia da semana. Por isso, nesse dia, fui de ônibus. Diante da porta, seco e confiante, toquei a campainha. Em vez de Isadora, atendeu seu pai. Por um instante, fiquei sem reação. Ele me cumprimentou e disse: "Isadora está esperando. Por gentileza, me acompanha". Não era preciso ser um gênio para perceber que ele me esperava, não era sua hora de estar em casa. Caminhamos em silêncio, ele na frente, eu atrás, o coração aos pulos me pedindo para dar meia-volta e desaparecer. Ele me levou para o escritório, um lugar da casa que eu não conhecia e que aumentou minha impressão de casa-labirinto. Numa estante, havia uma coleção de cachimbos; numa outra, estatuetas e fotos, com um único tema: cavalos. Havia poltronas de couro vermelho, em toda a volta, o cheiro era bom, mas eu não conseguia me concentrar nisso. Quando entrei, Isadora estava sentada, séria. Ela procurou meus olhos e só deve ter encontrado apreensão. Não foi preciso uma única palavra para entender o que estava para acontecer, afinal eu sabia de cor os rituais da interdição e da punição. Não me ocorreu que pudesse ser uma boa surpresa, que ali estivesse, por exemplo, o grande chefe *sioux* trazendo a mais linda donzela da tribo, "Gazela do Bosque", em trajes cerimoniais, para entregá-la em oferenda carnal ao mais bravo dos seus guerreiros, "Caburé Destemido", também conhecido como "Estrela Brejeira" pelas tribos inimigas. Seu pai devia ser um mestre dos disfarces, foi cordial o tempo todo, em nenhum momento perdeu a calma ou elevou o tom da voz, mas foi direto ao assunto, como sabe fazer um bem-sucedido homem de negócios. Suas primeiras palavras eu ouvi de cabeça baixa, como a esperar uma bofetada, o que talvez eu não julgasse imerecido, já que além dos rituais da interdição eu era um bom conhecedor dos rituais da culpa. Ele disse que a confiança na educação que havia dado à filha era maior do que tudo no mundo, mas que não achava correto duas crianças passarem as tardes trancadas num quarto e que isso resultasse, principalmente, nas más notas. Numa das mãos, ele tinha um boletim escolar...

...o dia ia só pela metade, mas a fome ia por inteiro. Sem mais nada de comer na capanga, Tié espiava a mata em busca de um pé de fruta. Foi então que ele viu as goiabeiras. Tié contou que nunca tinha visto goiabas tão grandes e tão bonitas. Dizem que fruta madura na beira de estrada ou está bichada ou tem marimbondo no pé. Mas aquelas não tinham, e bichadas não estavam, ele conferiu. E como fruta na beira da estrada também não tem dono, ele trepou até o alto atrás das mais bonitas. Comeram até se fartar e ainda fizeram provisão pra viagem. Quando se preparavam pra seguir caminho, ouviram um bulício no mato. Dizem também que cachorro mordido de cobra tem medo de linguiça — lembraram a madrugada de nevoeiro, a manada de porcos sem porcos, o vozerio de gente sem gente, e se arrepiaram. Foi aí que viram duas criaturas mofinas e molambentas saindo do mato e vindo na direção deles: olhos em brasa, sem pestanas nem sobrancelhas, nariz carcomido, cara encaroçada e boca sem beiços com uns cacos de dentes que pareciam rir um riso de zumbis de filme. Com seus

dedos carcomidos, seguravam umas goiabas muito viçosas, que eles lambiam e mostravam que lambiam, cuspiam nelas e mostravam que cuspiam nelas. Tié tinha ouvido contar essa história de gente morfética que lambe e cospe nas frutas de beira de estrada pra passar pra frente o mal que consome a carne deles. Então estava explicado: não era à toa tanta fruta viçosa e farta dando sopa na beira da estrada. Mas Tié não se deu por achado, puxou o irmão de lado e desafiou os zumbis: "Catei só as do alto, seus bocós. No alto, morfético não trepa! Hehehê! No alto, morfético não trepa! Hehehê!", cantava e dançava pra tripudiar dos zumbis. Pelo sim, pelo não, deram um jeito de ganhar a estrada logo, fingindo que não estavam cagando de medo...

...*o* pai de Isadora disse que não desaprovava amizade sadia, mas que aquela situação não podia continuar, que devíamos aprender a administrar com equilíbrio a diversão e a obrigação — até aquele dia, não tinha passado por minha cabeça que alguém pudesse usar a palavra "administrar" daquela maneira; eu conhecia a palavra para secos e molhados, escritórios e empresas, não como metáfora. Depois, ele disse que cada um devia cuidar de seus estudos no seu próprio canto. Senti um travo na boca, a palavra "canto" se aplicava mais a mim do que a Isadora, pensei. Ainda hoje não tenho certeza se o sentido que ele quis dar à palavra era o de lugar social, podia ser e podia não ser, sei apenas que ela me incomodou. A expectativa em torno de nossas notas era muito alta para que chegássemos àquele ponto, ele disse. Ao falar de notas, no plural, vi que ele tinha informações também sobre os meus resultados. Temi que ele fosse usar o nome de nossa mãe como ameaça, mas isso não aconteceu, ele apenas disse que meus pais também deviam concordar com ele — acho que ele não sabia, ou não se lembrava, da morte do meu pai. Por fim, ele perguntou se queríamos dizer alguma coisa. Olhou para Isadora, ela negou com um movimento de cabeça. Olhou para mim, repeti o gesto. Antes de pôr um ponto final no encontro, deixou a gente a sós para acertar nossos ponteiros, pois tínhamos juízo bastante para saber o que era bom e o que não era bom para todos. "Então estamos combinados", disse ele, como se a gente tivesse combinado alguma coisa...

...enquanto durou o encontro, Isadora não disse uma palavra, coisa que eu tinha imaginado impossível até aquele dia. Certamente, uma conversa entre eles tinha antecedido a nossa. Compreendi que ela respeitava a decisão do pai, mesmo que isso contrariasse sua noção de autonomia. Compreendi que os encontros no seu quarto tinham chegado ao fim. A sós, Isadora tomou a iniciativa de falar, eu não sabia o que dizer: "Fica tranquilo, amanhã, depois das aulas, a gente conversa com calma". De volta para casa, fiquei pensando na expressão "amizade sadia", no quanto o pai de Isadora sabia de nossos encontros e no que os meus pais fariam se a garota do quarto trancado e do tapete fosse a filha deles. Não dei a notícia sobre as roupas novas porque seu pai esperava na sala ao lado e eu não conseguia pôr ordem nas ideias, só dei a notícia no dia seguinte. Isadora me esperava na esquina, como tinha prometido. Seus olhos brilharam ao ouvir a boa-nova, e ela me beijou, atrevida, em plena rua. As pessoas olhavam, censurando o despudor

da mocinha. Colegas do colégio assoviaram, sem acreditar no que viam. Depois, ela se afastou sorrindo, desafiadora, como a heroína de um musical romântico. Ela se voltou ainda duas vezes e mandou beijos. Parado na esquina, eu devia ser objeto de inveja e de ódio...

...vi a mãe de Isadora poucas vezes. A primeira, no dia do lanche formal, foi uma aparição rápida, ela fumava, sentou-se ao lado de Isadora e me cumprimentou. "Então esse é o novo amiguinho", disse ela, acentuando o "novo", que na hora não entendi. "Cuide-se bem", disse ela, "Isadora tem um apurado senso de dominação" — e seu olhar passeou de mim a Isadora, de Isadora a mim. Num segundo, elas se encararam com hostilidade. "Mãe!", disse Isadora. "*Bon apétit*", ela sorriu, levantou-se e saiu. A segunda vez foi no escritório, no dia da proibição. Imóvel e muda, sua figura me lembrou certa brincadeira de salão: "Se ela fosse...". Se ela fosse um bicho, seria um leopardo: esquiva e silenciosa. Ela apareceu no meio da conversa e permaneceu de pé, recostada na estante que cobria a parede correspondente à porta. Durante o tempo em que permaneceu ali — ela não esperou o fim da conversa —, apenas fumou. Deve ter vindo para observar melhor o amigo da filha, o intruso sem *pedigree* que passava as tardes no quarto daquela inconsequente, mimada pelo pai. Se ela fosse um objeto, seria uma taça de cristal: esguia, elegante e fria. Se fosse uma flor, seria uma gardênia: distante, misteriosa e embriagadora — a imagem da flor me veio por causa de uma canção, "Blue Gardenia", de uma nostalgia infinita, interpretada pela voz, que diziam aveludada, de Nat King Cole. Tinha olhos azuis, como os

de Isadora, mas de um azul entediado e perigoso. Devia ser jovem, apesar de um filho de 20 anos. Seu rosto me passou a impressão de alguém que tinha ou chorado ou acabado de acordar de um sono prolongado. Vestia roupas de festa, quer dizer, a mim me pareceram de festa, estranhas para o dia a dia: um conjunto que Isadora chamou de *chanel*, sem as cores berrantes e as flores espalhafatosas que as mulheres da Albertina usavam e agora também nossa mãe; sapatos de salto, mas não muito altos, e bicos finos. Uma espécie de lenço de seda em volta do pescoço, *foulard*, segundo ainda Isadora, que me interpelou sobre o súbito interesse por moda. No pouco tempo em que esteve no escritório, ela fumou dois cigarros. Na mão esquerda, tinha uma cartela de cigarros, e não uma cigarreira de ouro como imaginei que devesse ser. Sua figura me passou a impressão de altivez, reforçada, não sei explicar por quê, pelo *foulard*, e de crueldade, por causa dos olhos azuis, sublinhados pelas olheiras e acentuados pelas sobrancelhas, que ampliavam o tamanho e a obliquidade dos olhos. Isadora me garantiu que todas as impressões que sua mãe passava eram falsas, era preciso muito cuidado, ela era dissimulação e ironia vinte e quatro horas por dia. Precisei da ajuda de Isadora para entender melhor como era aquele jogo de dissimulação e ironia, mas não precisei de muito tempo para perceber que entre as duas havia uma disputa surda. Seu perfume, sem a urgência dos perfumes das mulheres da Albertina, me causou uma perturbação inexplicável, uma vivência olfativa impossível de descrever e de esquecer, uma perturbação que certas cenas dos filmes de Ava Gardner me provocavam. Da mesma maneira que apareceu, ela se retirou, sem uma palavra, sem um ruído, no tempo de um piscar de olhos. Se fosse um inseto, seria uma borboleta azul. A mãe era mais fascinante do que a filha, mas isso eu não percebi de imediato...

...*eu* fingia estudar, mas o pensamento voava: perder Isadora era o pior de todos os pesadelos. Sem ela minha vida não tinha sentido, eu ia me arrastar pelo vale das sombras e da morte como uma alma penada. E mais: sem mim por perto, logo ia aparecer algum aventureiro para roubar o meu lugar. O destino das classes trabalhadoras não me interessava como interessava a ela, ao irmão dela e ao Mário. Os olhos, o corpo e o sobrenome de Isadora me interessavam mais. Seu capital simbólico me atraía como a luz a mariposa. Classes trabalhadoras... O que eu sabia das classes trabalhadoras? O mesmo que sabia o meu avô: boiadeiros, vaqueiros, retireiros, plantadores, capinadores, colhedores... Gente atrasada e preguiçosa. Em silêncio, eu vinha sonhando minha revolução: primeiro, ser admitido na empresa do pai de Isadora, depois promovido a um cargo de confiança e em seguida aceito como genro. A tomada do Palácio de Inverno ia ser a gravidez de Isadora. Para os Vidgeon Vignoli, assim como para qualquer família de posses, mais valia um arranjo ruim do que um escândalo ruidoso. Quantos pilantras não penetraram nas famílias ricas pelo arrombamento dos portões do palácio, quer dizer, pelo defloramento das herdeiras do trono? Era o caso recente de um motorista da maior transportadora da cidade, um joão-ninguém boa-pinta que engravidou a filha do patrão. Como "punição", ganhou casa de dois andares, com lojas de aluguel no térreo, caminhão novo em folha e o filé da empresa, os fretes para o Rio e São Paulo. Para isso o cara ousou, e eu não passava de um cagão que tinha medo de sair do tapete e subir para a cama de Isadora...

...da mesa em que nossa mãe começava a cortar um vestido, de tempos em tempos ela me observava por cima dos óculos, sem interromper a tarefa. Ela parecia uma outra pessoa, e eu não conseguia me acostumar a essa nova pessoa, não sei se por medo ou por vergonha. O corte e a tintura dos cabelos disfarçavam, mas não eliminavam sua severidade. Houve um momento em que ela rompeu o silêncio: "Vê lá se já não me aprontou mais alguma!" — sua intuição de que alguma coisa não ia bem me pôs em alerta. Eu disse que não tinha aprontado mais nenhuma. O tom áspero de minha resposta tanto podia ser por seu corte brutal dos cabelos e pela tintura de fogo como por causa de Isadora. Nossa mãe continuou a me sondar e, depois de alguns minutos, voltou à carga. Tentou parecer casual, não me encarou nem interrompeu a costura: "É aquela mocinha, não é?". A mocinha era a mesma que tinha aparecido no velório do meu pai, a mesma que tinha me esperado na porta do colégio no dia da sessão do tribunal da inquisição e a mesma que depois me salvou da fogueira. O termo "mocinha" soava como uma censura, já que nossa mãe sabia o nome dela e da família dela, porque tinha me perguntado — não esqueço sua cara de espanto quando disse o sobrenome de Isadora. Além disso, não há mãe neste mundo que esqueça o nome e a cara da mulher que reclama as atenções do seu filho. Desconfiei desde o primeiro dia que ela não aprovava o jeito de Isadora, altivo e desabrido demais, embora isso fosse tudo o que nossa mãe gostaria de ser na vida e que,

nesses últimos dias, tentava ser. "Esse azedume todo é por causa da mocinha rica?", perguntou ela. Eu não respondi. "Vê lá, não quero saber de filho meu pisado por essa gente", disse ela. Como eu não levantasse os olhos nem respondesse, ela deve ter pensado que tinha acertado o alvo. "Mulher, meu filho, o diabo caga aos montes e anda com o rabo cheio", sentenciou. Penso que acreditava estar acudindo o filho num momento de infortúnio amoroso. Só que, de uma tacada, ela punha Isadora na categoria de todas as mulheres, se rebaixava junto com elas e comprometia seus últimos gestos de rebeldia. Mulher era, então, algo deletério — esta eu aprendi no curso de Direito — algo deletério, como todos os doutores da Igreja já tinham cantado? Eu odiei nossa mãe, Isadora não era qualquer uma...

...Tié e Taú depressa aprenderam que não é uma boa ideia isso de andarilho entrar na cidade dos outros e zanzar feito veranista folgado. O mais esperto é não ir além do posto de gasolina da entrada da cidade, pois em caso de perigo a estrada está ao alcance das canelas. E também aprenderam que as terras do vale eram como as terras da serra, de muito boa qualidade, de muito boas culturas, mas também de donos de muito pouca paciência. As cidades do vale do rio Varjão, umas eram pequenas outras eram médias. Nas pequenas, plantavam arroz e tomate nas várzeas que o rio alaga e aduba a cada cheia. Nas médias, fabricavam tijolos, telhas e vasos de cerâmica da argila. Tié notou que nas cidades pequenas as crianças não tinham tempo de brincar porque trabucavam nas lavouras desde a hora em que o sol nascia até a hora em que se punha. Nas cidades médias, as crianças

não tinham tempo de ficar inteiras porque as máquinas de misturar, de prensar e de dar forma à argila podiam mastigar seus dedos, mãos e até braços — sabe, Professor, nunca entendi direito como um iletrado do naipe do Tié podia ter esse tipo de percepção —; bom, isso acontecia a qualquer hora do dia, mas mais à tardinha quando a luz era fraca e o corpo do moleque já estava lerdo pelas dez horas de trabalho. Os moleques sem partes ganhavam, junto com o primeiro nome, um apelido. Por exemplo, Chico "Cotoco" — "Cotoco" era para os sem braço. Tié achava graça desses apelidos e da quantidade de donos de apelidos. Tié e Taú foram parando aqui e ali, serviço é que não faltava: caixas de tomates e sacas de arroz num lugar, telhas, tijolos e vasos noutro, enquanto rompiam na direção do vale do rio Vermelho, que era muito mais bonito do que o vale do rio Varjão, era o que Taú ficava repetindo...

...*o* pai de Isadora contratou professor particular, que ela dispensou na segunda aula. Não precisei dispensar professor particular nenhum porque não tive esse luxo. E afinal não aconteceu o desastre anunciado, e por muito pouco não ficamos de novo com os primeiros lugares. Você se lembra como era o cônego Vidal, ele tinha veneração pela língua e cultura francesas. Isadora me contou que ele fez este comentário sobre seu boletim: "É só um revés temporário. *Il y a raine et reine*", um jogo de palavras entre *raine* — rã — e *reine* — rainha. Nesse tempo, as escolas tinham em sua grade latim, inglês e francês. Finalmente, veio o fim das aulas e início das férias. Em outros tempos, eu ia saber o que fazer, mas daquela vez eu estava sem rumo. A turma, com três baixas e o moral abalado, não me atraía. O futebol, a leitura e o cinema tampouco me atraíam, só Isadora me atraía. Eu era Isadora 24 horas por dia, não conseguia tirar ela da cabeça e sabia que as tardes no seu quarto, os jogos de línguas e a exploração de nossos corpos eram página virada. Depositei minha esperança na roupa nova, com ela poderia ter algumas horas com Isadora nos fins de semana. Mas aí aconteceu uma coisa que mudou tudo...

Sétimo dia, de manhã

...*na* hora do almoço — isso foi numa segunda-feira — nossa mãe anunciou que tinha vendido a casa e que a gente ia se mudar no fim de semana. Na hora, pensei que fosse uma brincadeira, o que não fazia sentido, não com ela. E se tivesse ficado maluca, como minha irmã, e começado a cometer desatinos? Primeiro os cabelos, depois as roupas e agora a casa. Mil vezes fossem só os cabelos e as roupas, ela falava sério. A notícia me perturbou muito, eu mal conseguia raciocinar. O irmão mais velho não parecia surpreso, mas eu não estou seguro disso, a cada dia ele ficava mais insondável, desde a matança dos seus coelhos ele dava a impressão de que nenhuma coisa no mundo era capaz de atingir ele. Pensei em Isadora e senti uma agulha de gelo costurando meu estômago. Eu tinha de procurar ela já, estava disposto a desafiar as regras impostas por seu pai. Nossa mãe continuou falando, mas eu não conseguia prestar atenção: "Vai ser melhor pra vocês... A Vila é atraso de vida... Lá vocês vão ter um futuro...". Finalmente ela traduzia sua aversão pela Vila numa ação concreta. Então ela disse: "Era o desejo do pai de vocês. Foi seu último pedido". Era mentira, eu sabia que era mentira, ela invocou o nome do meu pai para legitimar sua decisão maluca. Falou aquilo para se prevenir de outras deserções, a saída do irmão do meio tinha assustado ela de verdade. Por isso invocava o nome do meu pai, mesmo não tendo por ele o apreço que parecia de repente mostrar. Compreendi que tinha planejado tudo em segredo, sem ouvir ninguém, quer dizer, sem ouvir alguém de casa. Senti por trás daquela decisão maluca o dedo da Albertina, isso era certo. Mas talvez nem fosse uma decisão tão maluca assim, afinal nosso futuro na Vila não valia mesmo uma ervilha desidratada. Devia ser isso que as duas andavam tramando em conversas sem-fim, numa intimidade que atiçava a maledicência da Vila. "E você", disse ela para mim, "vai já na oficina e me traz seu irmão aqui". Ela não ia pedir isso ao meu irmão mais velho, ela sabia que os dois não se falavam, que eles se odiavam surdamente e que podiam se atracar só de olhar um para a cara do outro. Nossa mãe revelou que tinha escrito a um parente, que eu nem sabia que existia, dono de uma fábrica de feixes de molas de caminhão, em São Bernardo do Campo. Ele prometeu emprego para meus irmãos e curso técnico no Senai para mim. Nossa mãe escolheu as férias escolares para a mudança e vendeu a casa ao libanês Fehres. "E lá todo mundo vai trabalhar e estudar", disse ela. Enquadrava, assim, a todos: eu, o irmão mais velho e o irmão do meio, mesmo estando ele longe da sua tutela. Nesse instante, vi minha irmã saindo do quarto...

...depois de quase três meses de reclusão, ver sua cara, assim, de dia, foi estranho. Ela arrastava os chinelos como

uma anciã, tinha as sobrancelhas crescidas, grossas como duas taturanas, a cor da pele e a expressão do rosto eram as de uma heroína romântica tuberculosa. Eu tinha visto uma cena assim num filme, *A noiva de Drácula*, a palidez de morte e o andar sonâmbulo. Só não lembro se era um filme daqueles dias ou se isso foi depois. No tempo da reclusão, ela saiu do quarto poucas vezes, e sempre de noite, sob a luz miserável da Vila, quando era levada ao centro espírita. Parecia que eu não via minha irmã havia um século. Ela então falou, e isso foi mais estranho ainda porque ela falou como se estivesse retomando uma conversa interrompida há pouco: "Preciso levar flores pro papai e pro Mário". Todos corremos para abraçar e dizer a ela o quanto a gente estava feliz por sua volta. Ela nunca soube disso, naturalmente, porque todos abraçamos ela do jeito que a gente sabia: sem braços, sem corpo, sem palavras, apenas com os olhos, num alívio coletivo pelo fim da ameaça de ter uma louca na família. Afinal, bastava a doença do meu pai, a Vila virando as costas para nossa casa, por medo de contágio, e a metamorfose de nossa mãe a constranger a gente. O sentimento ao ver minha irmã de volta das sombras era de alegria, mas não estou certo de que esse fosse o sentimento de todos. Se bem conhecia nossa mãe, ela devia ter uma palavra de censura na ponta da língua contra a fraqueza da minha irmã, por ela se dobrar como um caniço verde diante de uma ninharia, por atrair o olhar maledicente da gente desprezível da Vila. Mas, aí, ela deve ter se lembrado do espírito persecutório do meu pai e agradecido a Deus pelo fim do "encosto". Alívio, talvez fosse o que melhor exprimia o sentimento de nossa mãe...

...*Tié* e Taú tinham cruzado as três cidades da Serra, feito paradas em outras três do Vale e conhecido pequenas vilas. Já começavam a marcha na direção do grande platô, que ia levar eles de volta à Vila, quando avistaram um posto de gasolina e, ao lado, um sobrado de cores vistosas, com uma lâmpada vermelha acesa acima da porta. Tié, que não sabia o significado de uma luz vermelha acesa acima da porta, tocou a campainha. Uma mulher, que lembrava a Albertina no corte dos cabelos, na maquiagem e no cigarro enfiado numa piteira, atendeu. Por uma espécie de escotilha, a mulher viu que aqueles trastes não podiam ser fregueses. Tié anunciou que por um café com pão de manhã e no meio da tarde, um prato de comida no almoço e outro na janta, eles capinavam a frente da casa e consertavam a cerca. A mulher mentiu que já tinha quem fizesse o serviço, que não precisava. Tié disse que mato na frente da casa e cerca esburacada desvalorizavam a propriedade. A mulher pensou melhor, e refez a proposta do Tié: café com pão e manteiga, de manhã e de tarde, mais almoço e janta, se eles fizessem a capina da frente, consertassem a cerca, desentupissem o esgoto e limpassem a valeta até o córrego, no fundo do quintal. Tié disse que eles faziam a frente da casa, a cerca e mais o serviço sujo do esgoto e da valeta pelo café com pão e manteiga, de manhã e de tarde, almoço, janta e mais o valor de duas passagens de ônibus. "É cinco dias no batente, de sol a sol, dona", disse ele. A mulher rejeitou o valor das duas passagens, mas Tié jogou a isca: "Tá parecendo casa de filme de terror, dona". A mulher passeou os olhos, desanimada: o mato crescendo na frente da casa, a cerca arruinada e o esgoto transbordando. Negócio fechado, durante quatro dias os dois mostraram serviço, trabalharam duro, de sol a sol. Tié no pesado,

Taú de ajudante. Cumpriram o trato um dia antes do prazo combinado. A dona vistoriou o serviço, aprovou e entregou o dinheiro das passagens, que Tié contou e recontou. Aí, ele coçou a cabeça, fingiu que pensava e propôs um novo acordo. A mulher falou: "Ai-ai-ai! Combinado é combinado!". É que naqueles quatro dias de trabalho duro ele tinha entendido o significado da luzinha vermelha sempre acesa no alto da porta e agora vinha matutando uma coisa: e se, em vez do dinheiro das passagens, eles recebessem o pago em... "Ahn?... Ahn?...", ele piscou pra mulher e fez um gesto. A cafetina entendeu a piscadela e não se fez de rogada, afinal segurar dinheiro era mais difícil do que deitar com homem. "Negócio fechado", disse ela, desde que os porcalhões tomassem banho de sabão e bucha, e debaixo do olho dela, que naquela casa homem tinha de ser asseado etc. "Peguei uma moreninha cor de jambo, safada feito uma guariba. Ela fazia tudo dando risinho, mas no final teve de jogar a toalha porque o papai aqui não queria sair de cima. Deixei um bom nome na casa, honrei o nome da Vila", contou Tié. E jurou que Taú também não fez feio, só que o abestalhado se apaixonou por uma ruiva cheia de sardas da cabeça aos pés e branca feito galinha de granja. Tié acha que é porque ela parecia com a Irmãzinha do abrigo no Rio, a que lia histórias de santo e que tinha a cara de Nossa Senhora. O bobalhão chorou na hora de se despedir, e as mulheres encheram o safado de beijinho e cafuné. Foi assim que Tié e Taú conheceram mulher — Tié usou essas palavras, "conhecer mulher", exatamente essas palavras...

...*antes* de procurar o irmão do meio na oficina, fui à casa de Isadora. Numa praça perto de sua casa, sentei num banco, na sombra: eu precisava digerir a notícia, organizar as ideias e, principalmente, não chegar suado como um carregador de sacos de café da firma do seu pai. Conceição, a empregada que se vestia como camareira de filme, veio atender. Ela me examinou com curiosidade enquanto olhava o tempo todo para dentro da casa. Numa voz quase sussurrada, perguntou se eu estava maluco, disse que tinha ordens para vigiar Isadora e me manter a distância. Expliquei que era urgente, que eu precisava ver Isadora. A camareira insistiu que eu não devia estar ali, que eu devia ir embora. Eu falei que era uma questão de vida ou morte. Ela me olhou desconfiada, hesitou, mas acabou informando que Isadora estava na fazenda com o pai e que só ia voltar na sexta-feira à tarde. Pensei: "Puta merda, sexta-feira é véspera de nossa mudança!". Como eu continuava plantado no mesmo lugar, ela disse que eu podia confirmar com meus próprios olhos. Apontou a garagem, a caminhonete não estava na garagem, camionete fora da garagem significava visita à fazenda, isso eu sabia. A fazenda era de criação de cavalos de raça, não parecia fazenda, parecia um clube, Isadora me contou. Ela tinha um cavalo só para ela, com tratador, veterinário, cocheira e sela importada. Não devia ser como o quarto de milha dos irmãos Russo, grandalhão e rústico, usado na lida do campo. Os da fazenda eram transportados em *trailer* acolchoado e se exibiam em feiras e leilões. Isadora tinha prometido me levar à fazenda, mas isso não ia mais acontecer. Uma coisa que nunca entendi e que nunca vou entender, Professor, é como ela e o irmão podiam se interessar por operários e lavradores, se tinham cavalos de raça e piscina. Dei meia-volta e caminhei até o portão de saída. Aquilo era o ponto final...

*...**antes*** de alcançar o portão da rua, ouvi a camareira: "A patroa quer falar com o senhor", sua cara era de surpresa. Senti um frio na boca do estômago, disparei a piscar. A camareira me acompanhou até os aposentos da "patroa" e foi dispensada em seguida. Sentada numa poltrona de couro, as pernas cruzadas, ela fingia ler quando entrei. Depositou o livro na mesinha de centro e sorriu: "Ora, ora... O invasor de aposentos voltou" — não tenho certeza se ela disse "invasor de aposentos" ou "intruso". A sensação de bambeza nas pernas era a mesma que senti ao ser interpelado pelos agentes da Marinha. Sua frase piorou meu estado de pernas, mas consegui controlar a piscação dos olhos. "Quantos anos você tem?", perguntou ela, enquanto me media de cima a baixo. "Quinze...", eu disse. "Quinze...", repetiu ela, sempre me medindo com os olhos. "Vou fazer 16", corrigi. Suas coxas apareciam até a metade porque ela vestia um *robe* e não usava camisola por baixo. Eu continuava de pé. "Quanto você mede?", perguntou ela. Devo ter hesitado porque ela refez a pergunta: "Qual é a sua altura? Você não sabe qual é a sua altura?". "Mais ou menos... Quer dizer, mais de um e setenta, não lembro... Mediram no colégio... Na aula de educação física", disse. Saber minha altura e peso não era um assunto que me interessava. "E pesa quanto?", perguntou ela. "Não sei direito", disse, sem graça. "Não sabe? Como é que alguém não sabe quanto pesa?", ela fazia de conta que estava surpresa, e se divertia com minha falta de graça. "Na última vez, pesei sessenta... Mais de sessenta... Não sei, não lembro", disse. Ela avaliava meu corpo. "Você vai ficar aí de pé?", disse ela. Eu não respondi. Ela apontou uma poltrona, fingindo impaciência, quer dizer, acho que ela fingia impaciência, ela fazia algum jogo que eu ainda

não conhecia, eu só conhecia os da nossa mãe. Seus olhos iam e vinham do meu rosto aos meus pés...

...naquela manhã, Tié deve ter caminhado a passos de bailarino, corpo e alma leves depois de ter "conhecido" a primeira mulher. Imagino o sorriso do Taú, devia parecer uma flâmula desfraldada numa manhã de brisa. Tié contou que tinha chovido de noite e que a mata brilhava até onde a vista podia alcançar. Eles tinham feito uns dez quilômetros e iam fazer a primeira parada quando um andarilho irrompeu do mato, touceira de cabelos embaraçados e sujos e os andrajos mal escondendo a nudez. A criatura empunhava uma foice, que era brandida de um lado para o outro, como quem roça mato — *fuuuchhhh*! Tié deu três passos para trás e puxou Taú. O andarilho arremetia, recuava, rodava a arma, braços e foice cobrindo um raio de pelo menos dois metros e meio. "Olha o broto do assa-peixe! Olha o broto do assa-peixe!", gritava ele. Rodovia naquele tempo não era como hoje, esse formigueiro de carro pra lá e pra cá. Nenhum veículo apareceu pra acudir os dois ou pelo menos pra distrair o andarilho. O fio da lâmina brilhava, mesmo na pouca luz da manhã de nuvens, como se tivesse sido amolada muitas vezes. Tié arrastou o irmão para o lado livre da estrada, mas o maluco cortou a passagem. Tié atravessou para o outro lado, o maluco fez o mesmo, ele replicava cada movimento que os dois faziam. A cada passo daquela dança da morte a distância entre eles ia diminuindo. E a lâmina, naquele corrupio dos diabos — *Fuuuchhh*!... *Fuuuchhh*! E o maluco urrando feito um lobisomem: "Olha o broto do assa-peixe!". E a lâmina: *Fuuuchhh*!... *Fuuuchhh*!... Correr

não ia adiantar — lento de movimentos como tinha ficado Taú, e os pés do Tié mal curados das lambadas de pneu —, a foice podia alcançar os dois num instante. Lembro que a molecada da Vila era muito boa pra coisa atrapalhada, e atirar pedra era sua maior arte: passarinho, calango e cobra, tudo era alvo — às vezes, vidraças, gente e até a penteadeira de nossa mãe. Por diversão ou por competição. De atiradeira ou a mão. Tié se abaixou, sem despregar os olhos da foice, e catou a maior pedra que teve tempo de recolher no saibro grosso da estrada, catou uma de bom peso e de faces pontiagudas. No que ele empunhou a pedra, o maluco teve um instante de vacilo. No que vacilou, virou alvo fixo — para um moleque da Vila isso era o bastante. Tié acertou na cabeça, o maluco caiu por etapas: largou a foice, levou a mão à frente, dobrou os joelhos, sentou nos calcanhares e deitou de lado. "Olha o broto do assa-peixe, fiedaputa dos infernos!", urrou Tié, "Olha o broto do assa-peixe, desgraçado das profundezas!", urrou, urrou até a aflição passar. Tié contou que de repente parecia que tudo tinha parado: a mata em volta, o céu de nuvens escuras, a estrada, tudo, tudo era calma e silêncio. Então, ele viu um filete de sangue sob a cabeça do andarilho. O filete de sangue foi escorrendo, encorpando até formar uma mancha redonda no saibro. Tié não quis saber de mais nada, catou a arma medonha e atirou ela longe, no meio do mato. E enquanto arrastava o irmão pra longe da criatura estatelada no saibro, o pateta ficava olhando pra trás e repetindo "broto do assa-peixe... broto do assa-peixe...!". Já longe da cena de terror, a cada ronco de motor que Tié ouvia numa das pontas da estrada, ele se enfiava no mato com o irmão e esperava o carro passar...

"*...seu* pai era um vigarista", disse ela — a frase veio como um direto no meu queixo. "Você sabia que seu pai era um vigarista, não sabia?", perguntou, quer dizer, afirmou, olhando fixo nos meus olhos. Depois, descruzou e recruzou as pernas, bem devagar, enquanto acendia outro cigarro. Ela não tinha pelos nas canelas, como nossa mãe, e as coxas eram lisas e bronzeadas. E vestia uma calcinha branca. Eu não respondi, eu não conseguia raciocinar. Além da visão da calcinha, a pergunta me desconcertou — conversas sobre o caráter do meu pai sempre me perturbaram. Como é que ela sabia o que parecia saber sobre o meu pai? Ela pretendia atingir a memória do meu pai ou atingir o intruso que invadiu os aposentos da filha? Acho que percebeu que eu estava confuso. Então, se inclinou na minha direção, e os seios surgiram soltos sob o *robe*. Uma onda de perfume me alcançou: "Ava Gardner", pensei. "Blue Gardenia", pensei em seguida; a voz aveludada do Nat King Cole veio junto com o perfume. Eu devia ficar, mas não fiquei de pau duro porque estava muito tenso, eu não entendia o jogo dela e não sabia como reagir. "A falta de juízo do seu pai arruinou a família e deu prejuízo a muita gente na cidade", disse ela, e apoiou a mão na minha coxa. "Pôs a perder as terras do seu avô e enterrou a família num subúrbio", disse ela, enquanto avaliava os músculos da minha coxa pela pressão dos dedos. Depois se inclinou ainda mais na minha direção: "O que você quer com minha filha?". Linda, a mulher mais linda que conheci, mais linda do que a filha. "Aquela pirralha pensa que é dona do próprio nariz e nem peitos tem direito", disse ela. Devo ter ficado vermelho, eu não achava apropriado uma mulher tão distinta falar daquele jeito, principalmente falar daquele jeito sobre a filha. Os seios dela eram maiores, certamente, mas se enganava quanto aos seios da filha — devido às circunstâncias, não ousei sair em defesa dos seios de Isadora. Ela estava muito perto de mim, tão perto que o perfume se misturou ao cheiro do cigarro. "Então é isso o que você quer?", perguntou ela, sem tirar os olhos dos meus e sem tirar a mão de minha perna, que agora ia e vinha na parte interna da minha coxa. "Isso o quê?", eu consegui perguntar. "Não se faça de bobo, garoto!", disse ela. Ali era a mosca e a aranha, e tudo o que eu dissesse ia ser usado contra mim, como da vez com os agentes secretos. Tentei ficar de pé, eu estava assustado e confuso sobre o meu pai. Disparei a piscar de novo. Ela apoiou a mão que segurava o cigarro no meu joelho esquerdo e tentou me reter. Fiquei de pé, na segunda tentativa. Ela também se levantou e pôs a mão no meu peito. Ela era alta para uma mulher, tinha a voz forte e impositiva. "Como pode alguém querer frequentar esta casa nessas roupas?", perguntou ela, quer dizer, de novo afirmou, como parecia sempre fazer nas suas perguntas. As roupas eram as que nossa mãe tinha acabado de me dar, eu acreditava estar bem vestido — o que tinha de errado com as minhas roupas? Lembrei a recomendação de nossa mãe de jamais ser humilhado por aquela gente. "Preciso ir embora", disse. Ela recolheu a mão do meu peito, mas não me concedeu vantagem: "Vou chamar a camareira para te acompanhar", disse ela. Saí sem esperar a camareira, pouco me importava a etiqueta de ser conduzido à porta pela camareira. Não olhei para trás, tive medo de olhar, mas ainda ouvi, palavra por palavra — ela quase gritava, como as mulheres briguentas e desbocadas da Vila —, que não me iludisse, que adolescentes se apaixonavam por gente de classe social inferior, que meninas ricas se apaixonavam pelo verdureiro, pelo lixeiro, pelo carteiro, mas que isso passava logo, era como resfriado ou acne — eu sabia o que a palavra "acne" significava porque minha irmã usava um produto que prometia acabar com as espinhas. Apertei os passos, eu quase corria e mal conseguia raciocinar. Passei pela camareira sem me despedir, ela assistia à cena de longe, muito assustada. Já perto de casa, lembrei que ainda tinha a missão de procurar o irmão do meio e trazer ele de volta para nossa mãe...

...o irmão do meio não gostava de ser procurado no serviço. Mesmo assim, e sem o conhecimento de nossa mãe, eu fui à retífica de motores algumas vezes. Sem ele, a casa ficou esquisita, quieta demais, e nossa mãe suspirava enquanto costurava, ela não se conformava com a ausência. Eu aparecia no intervalo do lanche, no meio da tarde. Ele não falava comigo perto dos outros empregados, ele me levava para os fundos, para a beira do rio, onde a retífica descartava os rejeitos. Eu tinha aprendido com o Mário a gostar do rio de um jeito diferente, então não me importava de ser levado para lá. Mário dizia que as pessoas exploravam o rio, se aproveitavam dele e em troca enchiam ele de lixo e de merda — o Mário foi, sem saber, precursor desses fanáticos do meio ambiente, porta-vozes do atraso e do rancor, vivem trazendo problemas aos meus negócios e constrangimento aos clientes; por eles, a gente ainda andava pelado no mato e morava em caverna. Mário dizia, então, que o rio era um bicho indefeso, como uma lontra ou uma ariranha, e que estava com os dias contados. Ele disse que o rio e os bichos iam acabar por causa dos esgotos e dos rejeitos. Rimos dele,

um rio nunca acabava, os bichos nunca acabavam, qualquer um sabia disso. Mas, naqueles dias, acabei me importando com o destino do rio Vermelho por causa do Mário. Desse Mário eu ainda podia gostar porque ele me fazia lembrar as matas, rios, bichos e índios dos romances do José de Alencar. Veja bem, Professor, eu disse índio de romance, índio real é uma bosta, é atraso de vida, um estorvo. Na época, o Mário que me incomodava era o outro, o Mário dos trabalhadores e dos camponeses. Mas, naquele dia, minha missão era trazer o irmão do meio de volta para nossa mãe. Falei com ele da mudança para São Bernardo do Campo, ele ficou me olhando, sem dizer nada, e eu tentando imaginar o que ia pela cabeça dele. Aquela não era sua reação normal, em geral ele era reativo, mas daquela vez ele ficou só me olhando. Eu tinha imaginado, durante o trajeto, que ele ia ficar irado ao ouvir a notícia, e que eu ia pagar por ser o da família mais perto da sua raiva. Por isso eu tinha ido preparado para dizer que também não concordava com aquela maluquice da nossa mãe e que eu ia ficar com ele. Foi estranho porque, depois de ficar me olhando por algum tempo, ele começou a falar e dessa vez parecia escolher as palavras. Falou sem raiva, mesmo parecendo falar com raiva, porque ele gostava de parecer que tinha raiva...

...ele deu um tapa na própria testa: "Só me faltava essa!", disse, "Isso não vai dar certo, *sua* mãe ficou doida, igual *sua* irmã. Parece que todo mundo ficou doido naquela casa". Ele era assim, se a coisa não funcionava do seu jeito, ele punha a culpa nos outros. Falei de nossa irmã, do fim do "encosto" — usei essa palavra —, ele fez cara de surpresa,

mas nenhum comentário, e voltou à mudança para São Bernardo. "Sua mãe ficou doida mesmo", repetiu — ele ainda não desconfiava que eu tinha a missão de levar ele de volta, ou de pelo menos obter a promessa de que ele ia passar em casa depois do expediente. "Isso não vai dar certo", disse ele. Perguntei se ele não ia vir com a gente para São Bernardo. "Não, não vou... Isso não vai dar certo...", repetiu, enquanto golpeava com uma haste de ferro um pneu velho, metade fora d'água, metade dentro, de onde saltou um sapo enorme que encarou a gente, inflou e desinflou o papo, antes de mergulhar nas águas turvas do rio. "Nossa mãe mandou te chamar", disse, finalmente. "Não, não vou. Se ela quiser, ela que venha cá, a distância é a mesma, não precisa mandar recado", falou ele. Detectei um sinal de reconciliação no tom das palavras, mas não ia contar isso a nossa mãe. A sirene tocou, o intervalo do lanche tinha acabado, fiquei de pé para ir embora. Com o irmão do meio era preciso saber a hora de se levantar e ir embora. Mas ele falou para eu esperar...

"*...caminhar* de barriga vazia vai indo, vai indo bambeia o corpo e embaralha a mente. Custava, minha Santa Periquita-do-Bigode-Louro, um prato de comida quente, um arroz bem soltinho, uma couve rasgada com angu, feijão e torresmo?", disse Tié. Ele contou que, nem bem tinha acabado de pensar naquilo, avistou a fumaça e sentiu cheiro de carne assada. Ele cutucou Taú: "Comida de verdade, seu molenga!". Taú apertou o passo, desta vez sem reclamar. Saíram da estrada principal e pegaram um desvio de terra entre as árvores que parecia levar à fumaça. Mal tinham feito 50 metros, um "Fenemê" amarelo apareceu no sentido contrário, a cordoalha da carga arrastando touceiras de trepadeira, bromélias e galhos de árvores. Foi só o tempo de saltarem fora da trilha, e o caminhão passar por eles, rangendo e bufando feito uma locomotiva. Quando o susto passou e Taú parou de choramingar, caminharam ainda uns cem metros até avistar um riacho. Na beira do riacho, encontraram a fumaça e, no meio da fumaça, um corpo carbonizado. Mais depressa do que a fome tinha atraído eles até lá, o susto levou eles de volta pra estrada. Só pararam meia légua à frente, numa cooperativa rural, onde relataram a história do cheiro de carne assada, do "Fenemê fantasma" e do corpo carbonizado. Esse crime saiu no jornal, em letras grandes: "Churrasco Macabro — Ajudante de motorista assassina parceiro e assa o cadáver". Tié conseguiu os recortes, o nome deles saiu na matéria, com foto e legenda — ele só não gostou de serem chamados de "andarilhos"...

...o irmão do meio voltou com um embrulho. "Toma", disse ele. Eu hesitei. "Toma, pega logo", e me empurrou o embrulho, "e diz pra mãe que eu vou ficar, estou empregado, tenho casa, comida e roupa lavada". O irmão do meio agora morava na casa do dono da retífica e técnico do time. O casal não tinha filho homem e eles gostavam do jeito dele porque não existia ninguém mais prestativo e mais habilidoso. Ele tinha um quarto só para ele, onde arrumou suas coisas: uma coleção de revistas em quadrinhos, varas e tralha de pescaria e um toca-discos. Eu achava um luxo alguém ter um quarto só seu, como na casa de Isadora, e ele agora tinha um só dele. Nisso a sirene tocou. Não deixei de notar aquele "mãe" em vez de "sua mãe". Ele me deu dois

tapas no ombro, sinalizando o fim da conversa, como se faz com um parceiro. Era a primeira vez que fazia aquilo. "Agora vai embora que eu tenho mais o que fazer", disse ele. Criei coragem e disse que não queria mudar, que queria ficar com ele. "Não fala bobagem, moleque, seu lugar é com a mãe", disse ele, "agora vai, anda". Esperei ele entrar no galpão e abri o embrulho: um par de chuteiras quase novo. Meus pés tinham crescido, e o velho par não servia mais, eu vinha jogando descalço — não pensei que ele pudesse perceber isso. Nosso número já era quase o mesmo. Não fui atrás dele para agradecer, sei que ele ia ficar sem graça, não ia saber o que dizer e talvez me desse uns cascudos, na frente dos colegas, sem querer dar, para eu sumir da sua frente e ele parecer que era mesmo um cara durão...

...mal relatei o encontro, nossa mãe se arrumou e saiu. Quer dizer, se desarrumou, pôs um daqueles vestidos antigos, um lenço na cabeça, para esconder o corte curto e a tintura dos cabelos, e tirou a maquiagem. Ficou como na época do meu pai vivo, com jeito de mulher do campo, com o recato rural de uma esposa de um homem do campo. Em vez da capa de chuva e dos acessórios amarelos, ela enfrentou o tempo com o guarda-chuva preto que tinha comprado para eu ir ao colégio. Não imagino o que falaram, nem qual foi o tom da conversa, sei que nossa mãe voltou sem ele, mas não parecia abatida por não trazer de volta o filho rebelde. Ela comunicou que ele ia ficar, que estava empregado e que tinha casa, comida e roupa lavada, as mesmas palavras que eu tinha ouvido dele. Contou que conversou com seus patrões e garantiu — não entendo como chegou

a essa conclusão tão depressa — que se tratava de um casal reto, temente a Deus e de posses. Ela frisou o "de posses"...

...na manhã seguinte, acompanhei minha irmã ao cemitério. Nuvens de tempestade se juntavam e pareciam se concentrar sobre a Vila: imaginei a rua de novo sob meio metro de lama. Minha irmã levava flores, colhidas no quintal, uma braçada de cravos e margaridas que cresciam baldios entre os canteiros de verduras e legumes. Era uma bela adormecida recém-saída do sono, mas sem se dar conta disso, uma coisa quase de dar raiva. Mas eu não conseguia ter raiva dela e gostaria de ter sabido abraçar minha irmã naquela manhã, como num filme, em que as pessoas se dizem "I love you, sister", e que a gente inveja porque somos uns bugres desajeitados, herdeiros de uma língua que não presta para cinema, pensei, contrariando o Mário, que dizia que a nossa língua inculta e bela valia tanto quanto qualquer língua inglesa ou francesa. Se fosse hoje, ele ia dizer que a língua dos "estadunidenses" é de fato muito boa para dizer "I love you", mas que é melhor ainda para dizer "Burn in hell, motherfucker!" ou "Kill them all!", quando matam gente como se mata formiga, principalmente gente que não fala a língua deles e que é mais fraca. Mas o Mário não estava mais entre os vivos, era apenas um fantasma que não me assombrava mais. Mas ali estava minha irmã, testemunha muda dos últimos instantes do Mário. Esse fato me perturbava, eu tinha vontade de cortar sua passagem, ficar frente a frente com ela e fazer perguntas, mas sei que isso podia provocar outro curto-circuito na cabeça dela — minha irmã era minha esfinge, ela me dava medo. E ainda que nuvens

de tempestade dessem uma cor de drama à manhã, as flores que levava junto aos seios pareciam devolver a seu rosto as cores que tinha perdido na fase de escuridão. Mas uma coisa tinha mudado nela: a antiga jovialidade. Eu via nela, agora, o mesmo distanciamento severo que nossa mãe tinha antes do corte e pintura dos cabelos. No cemitério, ela pediu para caminharmos entre as aleias de ciprestes. Depois, que eu ajudasse a depositar as flores, primeiro no mármore branco do Mário, depois no granito negro onde repousava meu pai, no jazigo perpétuo do meu avô. As primeiras gotas de chuva caíram com ruído sobre a lousa dos túmulos. O temporal iminente apressou a volta...

...por um pão com salame e um copo de café com leite, o rapaz sujo e coberto de andrajos pode imitar qualquer coisa: locutor de rádio, oficial da marinha alemã, que berra "Achtung!", "Blederrunde!", ou um soldado da Wermacht no seu passo de ganso, que marcha para um lado, marcha para o outro, diz "Halte!", "Sieg heil!" e bate continência. Os dias no sítio do seu Chutes, os ouvidos atentos aos sons do alemão, o garbo da troca de guarda no pátio da Escola Naval e os filmes americanos ensinaram a representação. "Representação" foi o Mário que disse. Para ele, os americanos são histriônicos, e não os alemães: "Pensam que são super-heróis, fazem pose de super-heróis, sempre falam como se falassem para uma câmera invisível... Os 'American boys' são os bichos mais perigosos da floresta". Nos pontos de parada, enquanto esticam as pernas e forram o estômago, há sempre algum caminhoneiro disposto a gastar um trocado pra se divertir. Principalmente, se tem um andarilho

que sabe imitar um oficial alemão e se o seu parceiro tem uma cicatriz em lua minguante, parece retardado e imita a imitação germânica do outro pateta, além de fazer um número só seu, o do pato bailarino, um pato com o nome de "Garrincha". Tié contou que Taú tirava a tampa da caixa de sapatos, batia com uma vareta na beirada, o pato pulava pra fora da caixa, girava em torno do próprio eixo, ora para um lado ora para o outro, dependendo do jeito que Taú batia na tampa da caixa, e isso era tudo. Quando a função acabava, o próprio Taú batia palmas e ria o seu riso de bobo. Depois, recolhia as moedas, dava migalhas ao pato dançarino e punha ele de volta na caixa-camarim. Como Taú tinha conseguido fazer o pato girar para um lado e para o outro ninguém nunca soube. Mas a graça do número parecia estar mais na sua figura, no cabelo mal raspado e na cicatriz em lua minguante. Podiam ter feito a América com a imitação de oficiais nazistas e o número de adestramento de pato, mas tudo o que os dois patetas sabiam fazer era repetir que estava passando da hora de voltar pra casa, voltar pra sua inútil Vila Vermelho, a que nunca ia ser visitada por uma nave espacial, a que nunca ia ser o alvo de uma ogiva nuclear. "Ideia miúda na cabeça e alma caipira nunca fazem a América", ensinava Mário, quando ele ainda assinava "Pompei, the sailor" e era o nosso modelo...

...*na* sexta-feira, à tarde, não suportei mais. Eu precisava ver Isadora, mesmo que tivesse de enfrentar seu pai e agora também a mãe. Chovia muito. Na rua, os primeiros sinais de que o nosso trecho ia virar piscina de lama outra vez. Diante do portão dos Vidgeon Vignoli, senti os sapatos encharcados e pesados, a barra da calça estava respingada de barro. Meu plano era não ultrapassar o limite da varanda, não por causa da proibição do pai ou por medo de encontrar a mãe, mas por receio de emporcalhar tudo, de profanar o templo em que vivia e respirava e dormia Isadora. De algum ponto da casa, ela deve ter me visto porque se antecipou à empregada. Eu estava parado sobre uma grelha de ferro, colocada na entrada, no lugar do capacho. A grelha tinha os "vês" entrelaçados, o mesmo que aparecia no ferro forjado da porta de entrada, nos guardanapos e nos tapetes dos banheiros. A expressão de Isadora era de espanto. Ela insistiu para eu entrar, mas continuei plantado em cima da grelha. Ela disse que seu pai não estava em casa, mas não me movi e apontei os sapatos. Só entrei depois de tirar os sapatos e as meias e de calçar os chinelos que ela trouxe. Em silêncio, ela me conduziu pela mão até seu quarto. A primeira coisa que me ocorreu foi o que podia acontecer caso seu pai aparecesse. A segunda, o que eu ia dizer se a mãe aparecesse. Isadora não parecia preocupada — isso sempre me impressionou nela. Ela pegou uma toalha na cômoda, apesar do meu protesto. Insisti que me desse uma toalha usada, Isadora pôs o dedo indicador sobre meus lábios e disse para eu relaxar. A toalha tinha suas iniciais e era tão branca e macia quanto podia ser a idealização de uma toalha. O perfume de roupa saída da gaveta me trazia uma sensação desconcertante. Ela enxugou meus braços, meus cabelos e, delicadamente, meu rosto, enquanto me sondava, com mal disfarçada ansiedade, e de tão perto que eu podia sentir sua respiração. "Aconteceu alguma coisa, não é?", disse ela baixinho. Ela sabia que eu era obediente demais para desafiar uma ordem, e sobretudo a ordem de não aparecer em sua casa — muitas vezes, tenho pensado se ela não desprezava minha obediência. Não contei o que tinha se passado entre mim e sua mãe, no outro dia, só relatei a conversa de nossa mãe comigo e meu irmão mais velho. Disse que, na manhã seguinte, ia ser a mudança, que eu tinha tentado falar com ela no começo da semana, mas que ela tinha ido para a fazenda com o pai. Ela ficou pálida e deixou cair a toalha. Solícito, abaixei para recolher a toalha, ela me olhou de um jeito — como posso dizer? — era como se dissesse que uma toalha caída não era nada diante do que estava para acontecer...

...de precioso eu tinha um rolo de papiro, com seus hieróglifos gravados em nanquim e ouro, dentro de um cilindro de couro trabalhado e tampa de alumínio, um presente do primeiro Mário, o Mário das coisas prodigiosas, o Mário de um tempo em que andar pelo mundo conhecendo povos e terras não era uma traição. Entreguei a Isadora o rolo de papiro e recebi em troca, primeiro, uma expressão de desalento e, depois, de aflição. A transcrição em inglês dos pictogramas, copiados do "Livro dos Mortos", dizia — não tenho certeza de que eram essas as palavras — que Horus, ou Toth, ou Osíris, senhor de todos os elementos, pastor de todos os astros, emprestava a luz que guiaria o mestre dos homens a sua eterna morada. Eu não entendia, assim fora do contexto, o significado da transcrição. Além disso, não sei se devo confiar na sua autenticidade, sei apenas que acreditava porque tinha sido um presente do Mário, porque era um registro escrito e porque o papiro em ouro e nanquim era o meu objeto mais precioso. Ao contrário de mim, Isadora possuía bens materiais e imateriais, tudo nela era

precioso. Um exemplo: sua pele; sua pele era o seu papiro sagrado, escondia inscrições que eu jamais iria decifrar etc. Acho que todo homem tem sua idealização de mulher, Professor. Isadora foi o auge da minha idealização de mulher, a minha droga pesada, minha overdose romântica. À parte isso, ela sabia, e eu sabia, que a distância e o tempo eram uma mosca que ia pôr ovos na nossa carne. Eu precisava chorar, mas eu não era preparado para chorar, na minha casa ninguém era preparado para chorar. Penso que essa foi a grande sabedoria da nossa mãe: não adianta chorar, tudo é irremediável; você pode até se iludir durante algum tempo, mais hora menos hora você perde o jogo. Pior: perde sozinho, perder é sempre sozinho. Enfim, a arte de perder não é nenhum mistério, já disse alguém. Fiquei paralisado, sem saber o que fazer. Lembro que foi assim que fiquei quando vi, num dos canteiros da horta, um sapo na frente de uma cobra de cores vivas e brilhantes como vidro. Ela deslizou, com a delicadeza de uma gota de orvalho numa folha, depois ficou imóvel, medindo a distância; enrodilhou-se e então se atirou sobre o sapo, se enroscou nele num espasmo de ferocidade só possível numa criatura sem maldade. Isadora, então, deixou o corpo vir ao meu encontro, me enlaçando e me apertando, como no dia em que meu pai morreu, a diferença agora é que o choro era dela. Senti o calor do seu corpo aumentando à medida que o choro crescia, senti a umidade de suas lágrimas em meu pescoço e os espasmos dos soluços, como pequenos choques elétricos, em meu peito e meu estômago. No quarto, protegido da chuva e da lama cor de ferrugem da Vila, fiquei abraçado com Isadora, náufrago agarrado a uma impossível tábua de salvação, esperando pelo fim da contagem regressiva que ia me tirar dos seus braços, me levar de volta à Vila e, de lá, a um lugar muito distante, longe de qualquer esperança...

...de um posto de gasolina, no alto da serra, Tié e Taú podiam contemplar o vale: recortando a paisagem ao meio, como uma cobra azul no tapete esmeralda dos campos de arroz, o rio Vermelho... — penso, Professor, que os olhos do desterrado que retorna devem enxergar assim, na escala cromática do arco-íris, como nas ilustrações dos contos de fadas. Tié contou que viu um homem dentro da cabine de um caminhão observando os dois. O homem — ele logo ia confirmar — era um certo João Ezequiel, um que fazia carretos de arroz, milho e café. O homem desceu da cabine e veio na direção deles. Tinha o andar e o olhar de quem não parece acreditar no que está vendo. Seu João Ezequiel, como todos da Vila, sabia que os gêmeos tinham desaparecido desde que foram se apresentar à Marinha. Tié endireitou o corpo e mandou Taú se endireitar, recompor os trapos e disfarçar os pés arruinados. Sim, era mesmo ele: seu João Ezequiel, um negro retinto, grande e sólido como um lutador de boxe, outro crente batista. Já bem de perto, o homem espremeu os olhos, como quem se esforça pra enxergar melhor, e perguntou se por acaso eles não eram os meninos do seu Joaquim, os que tinham sumido no Rio de Janeiro. Tié confirmou com um movimento de cabeça e baixou os olhos. O homem disse "Aleluia, Senhor!" e abriu um enorme sorriso. Na Vila, achavam que eles tinham morrido, o homem disse. Ele ofereceu carona, mas Tié recusou: eles tinham chegado até ali a pé, e não iam fazer feio, justamente agora, entrando na Vila no conforto de uma boleia

de caminhão. É que Tié aprendeu, dentro das quatro linhas, no calor da batalha, que craque que é craque não sai do campo de maca, come grama, berra de dor, se arrasta até a linha lateral, mas não aceita maca, maca é pra "pó de arroz", pros branquelos do bairro do Alto. "O senhor não leve a mal, seu João, não é por soberba, é *questã* de honra", justificou Tié. Dez quilômetros, só mais 10 quilômetros, e iam margear a grande curva do rio, avistar a praia de areia branca com borboletas amarelas e a aleia de coqueiros. Depois, o remanso, seguido das corredeiras, onde o Mário tinha dado seu último mergulho. Depois... O homem entrou na cabine, o motor roncou e ele desceu a serra para dar a boa-nova. Duas horas depois, quando apontaram na cabeceira da ponte de ferro, meia Vila esperava do outro lado, estandarte de Nossa Senhora do Rosário desfraldado e o velho terno de congado tocando e levantando poeira...

...anoitecia. Minhas últimas horas de Vila. Eu disfarçava a aflição em alguma leitura, mas não conseguia desviar o pensamento de Isadora. Nossa mãe tinha juntado em dois volumes os pertences salvos do bota-fora. Numa caixa de papelão, iam a Bíblia, de velha ortografia, que tinha acudido nossa casa nos tempos de raios, trombas-d'água e viroses, o retrato de casamento dos meus pais, um pequeno baú de folha de níquel, um relógio Omega de bolso e corrente de ouro, dos tempos de soberba do meu pai, e sua caneta Parker 51, com pena de ouro, que peguei para mim — ela está numa redoma de cristal, no nosso escritório de Brasília; uma placa comemorativa diz que foi um presente do meu pai e que da sua pena saíram as assinaturas dos primeiros

contratos do escritório, marco zero da nossa expansão etc. etc. etc. Numa arca de couro, madeira e níquel, um trambolho de aparência arcaica, que trouxemos da fazenda, nossa mãe juntou roupas, lençóis, toalhas de mesa, fronhas, toalhas de banho e peças ainda intactas do seu enxoval. E isso era tudo. Eu me sentia mais miserável do que na primeira mudança, as perdas de agora eram maiores e mais definitivas. O carro de praça ia chegar bem cedo, antes dos primeiros sinais de atividade da Vila, porque assim ela decidiu. Se da fazenda do meu avô trouxemos um mínimo de móveis, desta vez nem isso. Nossa mãe se desfez de quase tudo que lembrasse seu tempo com meu pai, essa era minha impressão na época, hoje não tenho a mesma certeza. Contrariada, ela veio interromper minha leitura, me chamavam no portão. Ventania e Jacó, esbaforidos, vinham anunciar a volta de Tié e Taú. "A pé!", repetiam, quase sem fôlego. Levei algum tempo para entender que Tié e Taú tinham voltado do Rio de Janeiro a pé. Indiferentes à cara de índia-velha-na-chuva que nossa mãe sabia fazer quando me assediavam com o infame propósito de me desviar dos estudos, eles me arrastaram...

...*era* grande o rebuliço na casa. No quintal, a fornalha era atiçada, matavam galinha e preparavam paneladas de arroz. Meia dúzia de rapaduras num tacho de cobre e uma dúzia de inhames num enorme caldeirão de ferro. "Inhame com melado!", Tié e Taú balançavam o rabo e lambiam os beiços. Eles descansavam os pés numa tina de madeira com água morna, sal grosso e arnica, caras encovadas de muitas fomes e sustos. Mil vezes contassem suas aventuras, mil vezes ninguém ia se cansar de ouvir. Na verdade, só Tié ia contar, Taú ia ficar só remedando o irmão: "Não foi assim, Taú?", Tié ia perguntar. "Não foi... não foi...", Taú ia responder, e o pessoal ia dar gargalhadas porque sua fala parecia contradizer o irmão. A cada um que chegava, Taú mostrava a lua minguante na nuca e pedia pra tocarem a cicatriz. Quando entrei, o Tié me provocou com frases recheadas de "tu" e "esses" chiados, como ele fazia quando queria parecer carioca: "Ê, Caburé, tu vai precisar de muito papel almaço pra ichcrever nossa aventura, seu cientichta de mentira. Tu tá morrendo de inveja do papai aqui, hein? Hehehê!". "Ê, Caburé... papel *amasso*... aventura de mentira...", Taú remedou o irmão e, em seguida, destampou a caixa de sapatos, já muito avariada, de onde saiu um pato na muda; ele deu uma borrada no chão e começou a zanzar por entre as pernas das pessoas. Com movimentos lerdos, Taú largou a tina d'água e saiu atrás, andando de cócoras, mas sem conseguir pegar o pato. E todo mundo ria porque Taú parecia um pato gigante perseguindo um pato anão. Antes de relatar sua incrível aventura, Tié e Taú foram informados das nossas baixas. Primeiro, o seu Giuseppe — que acabou provocando gargalhadas, porque as pessoas pareciam se lembrar só das suas trapalhadas. Na vez do Mário e do Adalmar ninguém riu, Tié procurou a mãe com os olhos, ela confirmou com um movimento de cabeça. Ele começou a chorar, primeiro baixinho, depois alto — deve ter sido a gota d'água, acho que ele chorava pelos amigos o que não tinha chorado por si e pelo irmão. Ao ver Tié chorando, Taú também começou a chorar um choro destrambelhado, só que dessa vez ninguém achou graça...

...*não* revelei nossa mudança para São Bernardo do Campo, eu estava proibido de falar disso. Na Vila, só a Albertina e a família do Mário sabiam. Nossa mãe tinha vendido para uma loja de móveis usados, na cidade, tudo o que a gente possuía, até a cadeira de vime do meu pai, e o que não conseguiu vender ela doou aos vicentinos da Vila. A penteadeira, seu único móvel de estimação, ela deu à Albertina. A casa, com tudo o que havia dentro, só ia ser liberada na nossa saída, por isso a presença do libanês, do turco da loja de móveis usados e do irmão vicentino. Do pessoal da Vila, só os pais do Mário e a Albertina. Não voltei logo para casa, contrariando a recomendação de nossa mãe. Ninguém ia me arrancar dali, nada ia me arrancar dali, nem os mais sensatos motivos que nossa mãe pudesse inventar, nem a pior tromba-d'água que afogasse a Vila de lama. Só ia me levantar depois de ouvir toda a história. Eu trazia a medalha de honra ao mérito do colégio que um dia eles me forçaram a ganhar. Antes de sair, ia pendurar a medalha no pescoço do Tié, erguer seu braço direito e dizer que ele era o nosso campeão, e todo mundo ia achar graça, pensando que era mais uma brincadeira do Caburé. No Taú, eu não precisava pendurar nada porque ele já tinha a mais invejável de todas as medalhas que um herói poderia ganhar em combate, a cicatriz na forma de lua minguante. Mas, como eu sabia que ele era louco pela loura de maiô preto que ficava pelada a um toque, a caneta esferográfica ia ser dele. E ela nem escrevia mais, mas Taú não ia ligar para um detalhe assim porque ele já tinha esquecido quase tudo da sua curta passagem pela escola. Antes de sair, eu ia fixar o rosto de cada um, dizer até amanhã e sair pela porta da rua assobiando, fazendo de conta que era apenas o intervalo entre os dois tempos de uma partida que a gente ia ganhar fácil, fácil, agora que nossos dois craques estavam de volta à Vila. Mas, antes, a besta do Tié ia gritar da sua tina de água com sal grosso e arnica: "Içar velas! A todo vento, seus biltres!". E eu ia parar na porta e me virar. Ele ia erguer um cabo de vassoura à maneira de uma espada. Aí, com a voz arrastada, o sorriso de santo ou de idiota e exibindo sua incrível cicatriz de vinte pontos, Taú ia remedar o irmão: "Velas!... Biltres!...". E, com o braço esquerdo erguido, ia empunhar uma espada imaginária...

Sétimo dia, à tarde

...*retorno* a Palmas à noite. Resumo: Tié não morreu, tem 40 anos a mais e uma perna a menos; Isadora, uns quilos a mais e milhões de reais a menos. Tudo o mais são águas passadas. Logo que cheguei no asilo, tive uma conversa com a irmã-diretora: "Não acredito que o Professor esteja entrevado". Ela desaprovou o "entrevado" e explicou, mais uma vez, que você pode ouvir e compreender bem, só não pode falar nem se movimentar. "E quem me garante isso?", perguntei. "Como assim *quem me garante*?" — percebi uma contida indignação na sua fala, ou surpresa, sei lá, foi engraçado. Repeti a pergunta, dessa vez ela não respondeu, me mandou falar com o médico-chefe: "Minha missão nesta casa, senhor, é apenas prover os internos de conforto espiritual", disse ela. Mentira, sem ela o asilo não existe, não existe médico, comida não existe e não existem asilados, ela sabe muito bem que nem só de espírito vive o homem. Ainda perguntei sobre sua expectativa de vida, Professor, e ela foi previsível: "O futuro a Deus pertence, meu filho".

De novo, flagrei impaciência na resposta — não devo inspirar confiança na santa mulher. Mas como se trata de um ser humano prático, antes de se retirar perguntou quando é que eu pretendia fazer a minha doação. "Muitos ex-alunos visitam o Professor, e todos fazem doações", lembrou ela. Você é muito querido, Professor, isso eu confirmei pessoalmente. Prometi fazer minha doação antes de viajar. "O senhor viaja quando?", perguntou — ela não confia mesmo em mim! — e me passou uma lista de produtos de primeira necessidade: fraldas geriátricas, seringas descartáveis, luvas cirúrgicas, material esterilizante, cremes hidratantes, roupa de cama etc., prova definitiva de que nem só de espírito vive o homem...

...adiei o quanto pude, mas finalmente fiquei frente a frente com Isadora. Pode parecer estranho o que vou dizer, Professor: Isadora é uma perdedora. Sim, Professor, uma perdedora. Acompanhe o meu raciocínio: quem escolhe o lado errado também é perdedor. Existe uma lei universal de atração do fracasso, perdedor atrai perdedor na razão direta do seu fracasso. Registrar história de índio, de preto e de trabalhador é hobby de perdedor. Existe todo tipo de perdedor, o sonhador é um deles. Isadora faz parte desse clube. Ela é perdedora não porque seja uma fracassada por natureza — ela não é —, mas porque é sonhadora. Entende meu raciocínio? O Mário também foi um sonhador, por isso também foi perdedor. No meu entendimento, você tem duas chances na vida de ser vencedor, quando nasce e quando faz suas escolhas. Isadora nasceu vencedora, mas jogou tudo fora ao escolher o lado errado. Eu nasci perdedor,

mas fiz a escolha certa. Vencedor é quem vence, perdedor é quem perde, aprendi isso num filme. No dia em que o pai de Isadora proibiu nossos encontros, sua mãe apareceu no meio da conversa: foi ali, com ela, que conheci o mais olímpico desprezo por perdedores. Naquele momento, desejei sua altivez e sua indiferença. Desejei seus olhos frios, sua ironia sem palavras, seu conjunto *chanel* e sapatos italianos. A mãe de Isadora era uma vencedora nata, ela jamais iria dilapidar a fortuna ou pôr a perder o nome da família com índio, preto e trabalhador. Tive ódio dela quando me humilhou, mas hoje entendo que essa era a coisa certa a fazer, é o que um vencedor deve fazer. Ela fez o que eu faria no lugar dela...

...*o* encontro com Isadora foi na fundação que leva o nome do pai — a vida inteira desejei e temi esse encontro. "Eu tenho um dom", fui logo dizendo. Ela me olhou: "Um dom?". "É, um dom", repeti. "E que dom será esse?", ela sorriu. Eu disse que era um dom que o pai dela tinha. "Um dom que o meu pai tinha?", ela ainda sorria. Expliquei que era um dom que só os vencedores têm. Ela me olhou desconfiada: "Mas que dom será esse, meu Deus?". Eu disse que podia transformar uma nota de um real numa de cem. O sorriso dela sumiu. "Transformar uma nota de um numa de cem...", repetiu ela. "Saber ganhar dinheiro é o maior de todos os dons", disse eu, "seu pai foi e sempre será um ídolo pra mim". Ela ficou muito tensa: "Você não está falando sério". Eu disse que nunca tinha falado tão sério. "Meu pai não fazia truque de circo, meu pai trabalhava." Eu disse que também trabalhava. "Você chama de trabalho tomar e vender terra de índio?" Dessa vez quem ficou tenso fui eu. "Pra mim, isso tem outro nome", disparou ela. Disparei a piscar — acho que já disse, tenho esse tique quando fico tenso...

...quanto de mim e dos meus negócios Isadora sabia? E como tinha sabido? Do mesmo jeito que eu sabia dos negócios dela, espionando, pensei. A vida inteira, tinha me preparado para esse momento, ninguém vem de tão longe para perder, não gosto de perder. Como a melhor defesa é o ataque — isso eu aprendi no futebol —, eu disse que ela tinha torrado a grana e malbaratado o nome da família. "Isso também tem um nome", disse eu. Ela fez um gesto de impaciência com a mão: "E desde quando esse assunto te diz respeito?". Não respondi, apenas perguntei se o assunto incomodava ela. "De modo algum", disse ela, "isso parece incomodar você". E riu — tem um tipo de riso que me deixa desconfortável, não gosto, isso também me faz piscar. Perguntei o motivo do riso. "Me lembrei de uma imagem", disse. "Imagem?", perguntei. "É, uma imagem." Quis saber se era imagem de algum filme ou imagem de santo. "Do velório do seu pai", disse ela. Temi que fosse algum detalhe humilhante de nossa situação à época e pisquei mais forte: "Velório do meu pai?". "Fica tranquilo, não é ofensa", disse ela. "Isso foi há quarenta anos!", me defendi. "Não entendo o motivo da lembrança." Ela explicou: "As laranjeiras em flor, não lembra?". Eu disse que não lembrava, que ela só podia estar de gozação comigo. "Como é que alguém que teve laranjeiras em flor no quintal pôde ficar assim?", disse ela. "Ficar assim como?", perguntei. Ela fez um gesto vago na minha direção: "Assim...". De repente, entendi a relação

entre "ficar assim" e as flores de laranjeira do quintal. Aí, foi minha vez de rir. Ri, ri pra valer. Perguntei como é que alguém que teve a grana que ela teve e o sobrenome que ela ainda tinha podia dar importância a flores de laranjeira. Ela, grave: "Pois é; e você continua o mesmo, sempre precisando de explicação" — a lembrança de meus embaraços com as palavras e com as ideias me deixou ainda mais desconcertado. Mas ela não tinha terminado: "Fica tranquilo, o que deploro em você não são os tropeços com as palavras, mas a aleivosia". Essa palavra eu conhecia, me encolhi como uma taturana...

...*li* muita coisa na vida, Professor. Li de tudo. Para que me serviu isso? Você, quantos livros leu? Um professor de bom nível, como foi o seu caso, deve ler, por baixo, por baixo, um por semana. Isso dá cinquenta e dois livros por ano. Com disciplina e uma vida sem estresse, como foi a sua, o sujeito pode chegar a cinquenta, sessenta e até setenta anos de leitura. Vamos considerar o seu caso: nascido em 1930, acaba de completar 70 anos, começou a ler pra valer aos 15 e deixou de ler aos 65, quando teve o primeiro derrame; total: cinquenta anos de leitura. Cinquenta anos vezes cinquenta e dois são dois mil e seiscentos livros. Dois mil e seiscentos, Professor, uma biblioteca! E tudo isso pra quê? Entende o que quero dizer? Me lembrei de outro adesivo que vi num carro: "Não me assalte, sou professor" — olha a que nível chegou a coisa. Há dois ou três dias, eu falava dos livros que o Mário me deu. Falava de dois, em especial, *Macunaíma* e *Vidas secas*. Para ele, esses dois eram o antídoto seguro contra a alienação — será que esta palavra ainda está em uso? Mas o que eu gostava mesmo era de ler *A Ilha do Tesouro*, *Moby Dick* e *Robinson Crusoé*. E continuei a gostar deles em segredo, mas fingia gostar dos outros porque isso me deixava bem com o Mário e com Isadora. Porém, o livro que mais me incomodou, isso eu não contei, foi *São Bernardo*. Mário queria dizer alguma coisa quando me deu esse livro. Hoje eu sei o que ele queria dizer, e posso garantir que não é uma coisa bonita. Acontece que estou pouco ligando que não seja uma coisa bonita. Isadora deve saber o que ele queria dizer, mas também estou pouco ligando para o que Isadora pensa...

...estive finalmente com o médico, ele confirmou que você não pode mesmo nem falar nem se mover, mas ouve e entende tudo. E, pelo jeito, pode "falar" com os olhos, isso eu posso ver sem o médico me dizer. Seus olhos têm razão, Professor, ninguém vem de tão longe só para relembrar velhas histórias. Então vou chegar mais perto, vou falar devagar — fica tranquilo, não vou asfixiar você com o travesseiro. Ei, ei, é brincadeira, é que a gente vê isso nos filmes e acha graça. Relaxa, você só precisa ler meus lábios e não perder nenhum som: o Mário, o Mário Brandi Pompei, o Marinheiro Pompei — tenho a certeza de que se pudesse dizer um único nome, você ia dizer esse. Ele mesmo, Mário, nossa boia de luz num mar de tormenta e de arrecifes, o Mário dos sonhos de mares sem-fim, o Mário das terras remotas e misteriosas etc., esse Mário conhecia Isadora, eles se viam em segredo, e o irmão dela era o contato. A militância política uniu seu irmão e Mário e depois uniu Mário e Isadora. Nas duas últimas vezes que veio em casa, ele esteve

com ela. Devem ter tido outros encontros antes de eu entrar para o grêmio, mas isso eu não posso provar. Descobri que eles se viam porque eu ficava nos calcanhares dele, como os agentes do serviço reservado da Marinha. A suspeita de que Isadora introduziu Mário no seu quarto me atormentava, era pior do que os cadáveres dos meus pesadelos porque um pesadelo acaba depois que você acorda...

...na primeira vez que os agentes vieram, eu tive medo, mas não traí o Mário, eu achava que seria capaz de dar a vida por ele, como nos filmes — eu ainda não sabia dos encontros entre ele e Isadora. Na segunda vez — aí, eu já sabia dos encontros deles —, nossa mãe espantou os estranhos com o velho Smith & Wesson do meu pai, e eles chamaram ela de velha maluca. Na terceira vez, eles me esperavam na saída das aulas, foi na manhã, e não na tarde do dia em que Mário deu seu último mergulho. Não tentei escapar, como disse antes, fiquei frente a frente com os dois. Eles queriam saber onde ele estava e quem eram seus contatos. Eu sentia um desejo muito grande de atingir Mário, ainda assim não disse uma única palavra sobre nossas conversas e sobre as idas dele à casa de Isadora. Eu disse que fossem para o inferno. O louro de cabelo espetado quis me intimidar, mas o moreno conteve o parceiro e, com o dedo no meu nariz, disse que aquela não era a resposta certa e que eu ia me arrepender...

...algumas vezes, Mário tirou o chão dos meus pés. A cada filme que ele esculachava e a cada herói que ele chamava

de porta-voz do imperialismo ele tirava o chão dos meus pés. Por causa do Mário, cheguei a trocar minhas crenças de ex-dono de terras pela luta de classes, fiz isso com um frio na boca do estômago, mas fiz. Quer dizer, acreditei que fiz. E disfarcei muito bem porque era capaz de qualquer coisa para ser aceito por Mário e amado por Isadora. Uma das vezes em que Mário tirou o chão dos meus pés teve a ver com Isadora. O apaixonado é mesmo um cara patético: perde a fome, perde o sono, dança nas nuvens, diz coisas insensatas, chora e ri por um nada. Mas é apenas um ser patético, só isso. O ciumento, não, o ciumento é um cara doente de verdade, tem desejos de morte. Eu não conseguia ver os encontros clandestinos deles como parte da militância, Isadora como seu contato e o grêmio como parte de uma estratégia. Eu sabia que Mário caminhava no fio da navalha e que sua cabeça estava a prêmio. Eu sabia que ele vinha sendo investigado pelo serviço reservado da Marinha e que estava na lista dos "renegados". Para eles, Mário era um subversivo perigoso, um agente desagregador. Então, nem ele nem Isadora podiam revelar os encontros, eu sei, mas isso não me sossegava. Eu sabia que Mário não podia dizer certas coisas, e isso também não me sossegava. Eu vivi então o meu pior inferno. Ao deitar com Isadora no tapete, ideias muito feias passavam por minha cabeça...

...está bem, Professor, menti sobre o primeiro encontro com Isadora. Ao receber seu bilhete, ao contrário do que disse, não voltei pra casa, mas fui correndo pra casa dela. Por um instante, a morte do Mário ficava em segundo

plano, Isadora era a minha verdadeira travessia dos sete mares, minha estreia em Hollywood, meu número de sapateado em Paris. Ela me chamou para falar do Mário, devia estar muito perturbada para revelar que conhecia ele, porque isso punha em risco a segurança de muitos. Ela falou da ligação do Mário com seu irmão, falou dos encontros no Rio e das atividades clandestinas — havia admiração nas suas palavras; um sentimento de despeito, então, me contaminou. O convite para eu integrar a diretoria do grêmio tinha sido ideia do Mário, ela disse, e não dela, porque até então ela não sabia quem eu era. E até eu estar pronto, até os outros estarem prontos, para a segurança de todos era preciso segredo. "Quem não sabe não fala", ela costumava dizer, "regra número um da segurança; meu irmão me ensinou". Ela queria partilhar comigo esse segredo porque Mário tinha confiado em mim e agora estava morto e tudo aquilo era tão terrível e eu devia estar arrasado, ela disse. Ah, sim, eu estava arrasado, eu disse. Aí, ela perguntou por que eu não estava acompanhando o enterro, eu disse que não sabia explicar isso direito. Então eu perguntei por que ela não estava acompanhando o enterro. Ela me olhou de um jeito curioso, disse que já tinha explicado, que era por causa da segurança, que no enterro ia ter gente da repressão, agentes do Rio, ela tinha sido alertada pelo irmão, por telefone etc., mas que eu era vizinho dele, seu melhor amigo, que eu podia ir sem levantar suspeita. Fiquei calado, não revelei que sabia dos seus encontros, que espionava Mário e que tinha os pensamentos mais sujos sobre a ida dele a casa dela. Só três meses depois, na véspera de nossa mudança, é que ia revelar que sabia dos encontros. E, aí, eu ia vomitar tudo: que eu seguia Mário, que sabia dos encontros furtivos no seu quarto...

...foi assim: Isadora não me deixou continuar, fez menção de levar a mão à minha boca, mas interrompeu o gesto. Mandou que me calasse, disse que não podia acreditar que eu tivesse seguido Mário como um espião e pensado uma coisa tão suja deles. Ali, não era a Isadora que eu conhecia, as palavras saíam sem controle, e ela começou a chorar, não um choro de fragilidade, mas de raiva. E só sabia repetir a mesma coisa de traição e de nojo. Estávamos sentados, tentei tocar sua mão, ela me repeliu e ficou de pé. Me senti uma porcaria, e essa sensação era ainda pior por estar sentado e ela de pé. Fiquei de pé e disse que tinha feito aquilo por ciúme, que eu estava louco de ciúme, que ela era tudo para mim, era muito mais do que eu tinha imaginado um dia ter etc. Ela continuou repetindo que não podia acreditar que eu tivesse feito uma coisa tão covarde, que eu pudesse ter pensado uma coisa tão suja e continuado a frequentar o quarto dela e a tocar nela. Estendi a mão na sua direção e balbuciei um pedido de perdão. Ela se esquivou e, sem me olhar no rosto, mandou que eu saísse. Minhas pernas fraquejaram, disparei a piscar. Ela repetiu a ordem e apontou a saída. Obedeci sem resistência porque tive medo de que ela gritasse comigo e sua mãe aparecesse, ou seu pai, ou a camareira. Pela terceira vez em menos de um mês me punham para fora daquela casa, só que dessa vez o caminho era sem volta. Na varanda, ao me calçar, tive a sensação de que era da mesma matéria do barro cor de ferrugem grudada na sola dos sapatos. No percurso de volta, tomei uma decisão: ficar rico e voltar triunfante. Sonho ridículo de adolescente? Que seja, mas quem nunca teve um sonho ridículo de adolescente? Durante toda a vida, persegui esse sonho com a obstinação de um fanático. Realizei a primeira parte, venci,

mas sinto que voltei fora de hora, perdi o *timing*, como se diz. Por algum passe de mágica às avessas, o meu dinheiro não tem o mesmo charme do dinheiro dos Vidgeon Vignoli. Cansei de ouvir que dinheiro não é nem bom nem ruim, que dinheiro é apenas dinheiro. Não é verdade, posso garantir que existe dinheiro e dinheiro. O meu não tem o mesmo brilho do dinheiro dos Vidgeon Vignoli, e ponto final. Tenho a sensação de ser uma nova versão do Paulo Honório, o Paulo Honório do *São Bernardo*...

...está bem, Professor, também menti sobre os agentes, não fui tão destemido. Aliás, nem foi preciso me ameaçarem, dei com a língua nos dentes, sem choque elétrico nem pau de arara. Expliquei onde o Mário estava àquela hora do dia, no trecho preferido do seu amado rio Vermelho. Mas insisto num ponto: isso não teve nada a ver com o acidente. O que poderiam fazer contra ele? Que Mário se afogou ninguém duvida, houve testemunhas. Muitos se afogaram antes, muitos se afogaram depois, muitos ainda se afogarão. Rios são traiçoeiros, o rio Vermelho era particularmente traiçoeiro. Para mim, a morte do Mário foi e sempre será um acidente. Minha irmã nunca disse uma palavra sobre isso, pelo menos que eu saiba. Aliás, ela nunca voltou a falar comigo, morreu sem falar comigo, essas diferenças entre irmão e irmã, sei lá. Não sei se chegou a falar com meus irmãos ou com nossa mãe, nunca perguntei. Da parte deles, nunca ouvi nada. E afinal o que ela podia dizer sobre o acidente do Mário que todos já não soubessem? Minha irmã morreu pouco depois da mudança para São Bernardo do Campo. Desde a morte do Mário, ela nunca mais

foi a mesma, mas também nunca foi muito boa da cabeça, aquela ideia de virar cantora de rádio não podia ser coisa de gente boa da cabeça. A propósito, menti sobre a ida ao cemitério para depositar flores nos túmulos do Mário e do meu pai, na verdade foi nossa mãe que acompanhou minha irmã, eu não poderia, sua companhia me constrangia...

...ontem à tarde, Isadora me levou ao túmulo do Mário. Não tive coragem de recusar, ela sabia que eu não ia ter coragem de recusar. O sol no mármore, o brasão da Marinha faiscando, seu reflexo nas vistas... E flores, muitas flores, flores vivas, cultivadas — essa é uma imagem persistente; dizem que mulher expressa a paixão nas flores, é mais uma dessas bobagens da autoajuda. Mas o meu ciúme era autêntico. Tenho que admitir, senti ciúme de uma ossada. Um funcionário tinha dito que "uma mulher" cuidava do túmulo desde que a família do morto se mudou. "Ela vem pelo menos uma vez por mês, dizem que foram noivos", disse ele. "A mulher vem, limpa o mármore, pule os metais, cuida das flores... Ouvi dizer que é de uma família importante. Mas não sei, não sou daqui" — ele disse "pule", deve ser jargão profissional, não é termo para um zelador de cemitério —, fui obrigado a rir. Contei a Isadora, ela achou graça da percepção do funcionário e explicou que as razões dela eram de outra natureza. Perguntei quais eram suas razões. "Homenagear um herói do povo, um herói que nunca vai fazer parte de manuais escolares" — essa é a Isadora perdedora de que falei, Professor. Se usar só a razão, tenho de admitir que a motivação dela era justificada, mas discordei, disse que a palavra "herói" era excessiva, que se havia algum

herói do povo, ali, esses eram Tié e Taú. Isadora me olhou desconfiada. Relembrei, em poucas palavras, a façanha dos dois, sem esquecer o pato. Ela continuou a me olhar, desta vez incrédula: "Isso que você chama de povo é uma caricatura". "Não me diga", me defendi. "Uma caricatura útil", insistiu ela. "Ora, ora", fiz de conta que não estava incomodado. "É, vivemos num tempo de triunfo da alienação...", disse ela, meio absorta. "Ops", disse eu — de novo aquela palavra antiga. Depois, ela falou de uma segunda razão para a homenagem: mitigar a perda do irmão; reverenciando a memória de Mário, ela recuperava a memória do irmão — taí, isso não tinha me ocorrido. O irmão foi preso oito anos depois da morte do Mário, durante a ditadura militar, e é mais um de seus muitos "cadáveres insepultos" — palavras de Isadora. "Onde estava você oito anos depois da morte do Mário?", perguntou ela. Não respondi, a pergunta era uma armadilha. Além disso, meu coração estava mordido pelo bicho do despeito. Perguntei se não era verdade que ela e Mário se encontravam no mesmo quarto em que nos amávamos — usei essas palavras, admito, no meu estado normal eu teria vergonha de dizer aquilo. Ela disse que eu continuava o mesmo infeliz e que a passagem do Mário na minha vida tinha sido inútil. Na hora, o que pensei e não disse foi que o tempo tinha esculachado suas formas incríveis, mas que seu sobrenome ainda despertava minha cobiça e concupiscência — deixo esta palavra como última homenagem ao seu português castiço, Professor — "concupiscência", francamente! É verdade, a combinação Vidgeon e Vignoli ainda desperta minha concupiscência tanto quanto um carro importado, uma Ferrari, por exemplo...

...entreguei os postais à Isadora, ela folheou um por um, pausadamente. "Posso ler?", perguntou, com a urbanidade de sempre. "Foi pra isso que eu trouxe", respondi. Ela leu um ou outro. Vi — ou imaginei ter visto? — seus olhos marejados. Diante do mármore do Mário, sentimentos opostos separavam a gente: ela, comovida; eu, na minha. Meio tenso, é verdade, mas na minha. Sem nenhum comentário, Isadora me estendeu de volta os postais. Eu disse que ela podia ficar com eles, menti que nesses anos todos tinha guardado os postais para ela. Isadora sorriu — a velha ironia Vidgeon Vignoli que eu tanto temia e reverenciava —, me fez lembrar sua mãe. Eu precisava reagir rápido. Então me abaixei para deixar os postais na lápide, mas ela foi mais rápida: "Eles são seus, eles te pertencem... Bem ou mal eles te pertencem". "Se você diz que é assim...", fingi indiferença — melhor, tentei ser irônico. Não funcionou; naquele momento eu devia estar patético, senti que era mais um *round* a favor dela. Guardei de volta os postais. Maldição, séculos se passaram e Isadora ainda me deixava desconcertado! Disse então a ela que queria sair logo dali. Ela não disse nem sim, nem não. Caminhamos em silêncio. Já na rua, dissemos as palavras convencionais de despedida — dessa vez, para sempre, espero. Na volta, atirei os postais do alto da velha ponte de ferro. Os cartões voaram na corrente de ar — lembravam uma revoada de borboletas sem rumo. Um a um foram pousando nas águas turvas do rio Vermelho. Uma cena curta, mas de beleza pungente, diria você...

Este livro foi composto na tipologia Adobe Garamond Pro,
em corpo 12/15,3, e impresso em papel off-white
no Sistema Cameron da Divisão Gráfica
da Distribuidora Record.